하레스천하

하레스 천하 4 (完)

정한조 판타지 장편 소설

초판 1쇄 찍은 날 § 2003년 2월 7일
초판 1쇄 펴낸 날 § 2003년 2월 17일

지은이 § 정한조
펴낸이 § 서경석

편집장 § 문혜영
편집책임 § 이종민
편집 § 장상수 · 권민정 · 유경화
마케팅 § 정필 · 강양원 · 이선구 · 김규진 · 홍현경

펴낸곳 § 도서출판 청어람
등록번호 § 제1081-1-89호
등록일자 § 1999. 5. 31
어람번호 § 제1-0348호

주소 § 경기도 부천시 원미구 심곡1동 350-1 남성B/D 3F (우) 420-011
전화 § 032-656-4452 팩스 § 032-656-4453
http://www.chungeoram.com
E-mail § eoram99@chollian.net

값 7,500원

ISBN 89-5505-542-0 (SET)
ISBN 89-5505-605-2 04810

정한조 판타지 장편 소설

할레스 천황

4

●완결 신들의 운명

도서출판
청람

■
목

차

14장

의지만이 새 세계를 연다

의지만이 새 세계를 연다

　라모가 낯선 바다를 표류하는 동안 휠츠리 성의 영주 야스퍼는 인생의 전환점을 맞이하고 있었다.

　삼 일간 같은 자리를 벗어나지 않았다. 아니, 삼 일이 지났는지 30분이 지났는지 야스퍼의 의식은 느끼지 못했다. 삼 일 전 아침나절 야스퍼는 불현듯 마음속을 흐르는 심상에 성을 나섰다. 그리고 아바바 산맥으로 들어가 한 그루 나무 아래 앉아 명상에 잠겼다. 그리고 손에 잡힐 듯 왔다가 사라지기를 반복하는 머리 속의 간지러운 존재를 붙잡으려 애를 썼다. 그 와중에 야스퍼는 자신만의 운기를 반복했다. 라모가 다듬어준 경로를 따라 진기를 돌리고 또 돌렸다.

　야스퍼는 차츰 자신을 잊기 시작했다. 차가운 흙 바닥에 앉은 자신의 신체와 온몸에 연신 흐르는 진기의 흐름과 자신이 무엇을 잡으려 애를 썼는지까지 모두 잊어버렸다. 다만 야스퍼는 자신이 자연과 동화

되는 걸 느꼈다. 이어 자신의 의식이 점차 확장되더니 신체를 떠나 허공으로 떠오르는 유체 이탈의 경지를 맛보았다.

야스퍼는 영혼의 눈으로 자신의 의식과 신체를 관찰했다. 이렇게 매우 객관적인 자리에 서게 되자 야스퍼는 인간이란 매우 불안정한 존재라는 걸 발견했다. 신체적으로는 동물보다 약하고, 정신적으로는 다양한 감정에 쉽게 경도되는 약점을 지녔다. 하지만 그 모든 것을 뭉쳐 놓으면 어떤 존재도 쉬사리 침범하지 못할 영역을 확보한다. 신체적으로는 무기를 들고 정신적으로는 학습하며 세계의 자연적인 질서를 재배치해 버린다. 인간은 약하고 허술하기만 한 재능을 강력하게 결합하여 비상한 능력으로 키워내는 창조자들인 셈이다. 그래서 인간은 약한 존재로 태어났으나 세상의 지배자로 군림한다.

야스퍼는 계속 관찰하던 중 인간의 잠재력은 여기에서 끝나지 않는다는 걸 발견했다. 진리를 구하려는 마음까지 잊자 방심해 있던 순수한 자의식이 우주의 넘쳐흐르는 생명력과 합일돼 가는 걸 느낀다. 그것은 인간의 감각 체계가 알려주는 신호가 아니었다. 마치 환상처럼 빛의 형태로 야스퍼를 압도하는 형식이었다. 야스퍼는 있는 그대로 한없이 넓고 따뜻한 초자연의 기운을 받아들였다.

야스퍼의 신체에 흐르는 진기가 급박하게 한곳으로 치달리기 시작했다. 등과 가슴을 지난 진기 다발이 목을 통과해서는 그대로 머리 속으로 파고들었다.

펑!

야스퍼의 신체가 외부의 충격이 없는데도 펄쩍 뛰었다. 머리 속이 완전히 터져 나간 듯 의식조차도 사라져 버렸다. 이어 오색의 빛이 한순간 야스퍼의 몸에서 터져 나오며 주변을 밝혔다. 빛은 곧 사라져 버렸다. 그리고 오래지 않아 야스퍼는 눈을 떴다.

"드디어 형님이 말하던 생사현관이 타통된 건가?"

야스퍼의 얼굴이 기쁨으로 가득했다. 야스퍼도 진기가 끊어지지 않는 절대의 경지에 올랐다. 이제 웬만한 타격은 절로 진기가 일어나 신체를 보호할 것이다. 야스퍼는 라모에게 배운 신법을 발휘해 숲 안으로 뛰어들며 검을 빼 들어 눈부시게 휘두르기 시작했다. 검강의 수발이 지극히 자연스러워지며 나뭇잎들이 야스퍼를 중심으로 회전한다. 야스퍼의 검이 리코의 쾌검을 방불케 할 만큼 번쩍번쩍 뻗어 나가며 주위에서 나부끼는 낙엽을 꿰뚫었다.

"와하하하하하하!"

야스퍼는 마침내 검을 멈추고 길고 통쾌한 웃음을 터뜨렸다. 야스퍼의 장소성이 아바바 산맥 구석구석까지 퍼져 갔다.

"리코! 리코! 이제야 너를 만나게 되었구나."

야스퍼는 실상 리코에 대해 깊은 열등감을 가지고 있었다. 샤넬 황녀와 결혼하고 딸 유스타나를 얻으며 인생의 기쁨을 맛보았다. 하지만 리코에 대한 패배감은 갈수록 증폭되었다. 리코에게 패한 아픔은 좀체 잊혀지지 않았다.

이것은 야스퍼의 비밀이었다. 겉으로는 항상 웃고 다녔지만 리코를 꺾고자 샤넬 황녀와 지내는 시간 외에는 수련에 박차를 가하였다. 샤넬 황녀가 잠들고 나서도 홀로 아바바 산맥을 찾아 밤새도록 운기를 하였다. 그리고 이제 드디어 그 성과가 결실을 맺었다.

휠츠리 성으로 돌아오니 난리가 나 있다. 영주가 밤사이 사라져서는 3일 동안 소식이 없으니 갖가지 추측이 난무하던 중이다. 이런 일은 처음이어서 샤넬 황녀도 온통 불안한 얼굴을 하고 있다. 야스퍼는 적당히 샤넬 황녀를 달래면서도 마음은 자코 왕국으로 달려가고 있었다.

"오! 귀여운 유스티나! 이 아빠가 드디어 소원풀이를 하게 되었단다."

야스퍼는 딸 유스티나의 뺨에 키스한 후 번쩍 치켜 들고 빙빙 돌았다. 영문을 모르는 아이는 그저 아빠가 자신과 놀아주니 좋아서 까르르 웃음을 터뜨린다.

이후 야스퍼는 한시도 기다리고 싶은 심정이 아니었다. 야스퍼는 수석 마법사를 호출했다. 수석 마법사 오코롱은 바로 하레스 출신이었다. 하레스의 평민이던 오코롱의 재능을 알아본 블레이드가 특별히 발탁해 마법을 전수했다. 하레스에서는 라모의 전속 마법사가 된 페넬과 더불어 젊은 나이에 두각을 나타낸 인재였다. 하지만 야스퍼가 휠츠리의 영주로 부임하면서 거의 빼앗다시피 데려와 버렸다. 나이도 페넬과 비슷했다.

야스퍼는 걱정스런 얼굴의 샤넬 황녀를 달랜 후 즉시 오코롱을 대동하고 자코 왕국으로 공간 이동해 갔다. 한시라도 빨리 리코와 검을 맞대어 자웅을 결하고 싶었다. 자코 왕국의 마법실에 야스퍼가 나타나자 기다리던 자코 왕국 측 마법사가 응대했다.

"어서 오십시오, 야스퍼 후작님! 저희 자코 왕국에 오신 걸 환영합니다."

야스퍼도 리코와 이제 생사를 전제로 결투를 할 입장은 아니었다. 다만 비공식적인 비무를 원할 뿐이다.

"리코 마리니엘 후작을 만나러 왔소. 그에게 안내를 부탁하오."

그러자 마법사가 난처한 얼굴을 한다.

"리코 후작님을 만나러 오셨습니까? 후작님께서는 지금 이곳에 계시지 않습니다."

　마법사는 리코의 이름을 말하며 매우 황송한 표정을 짓는다. 이것은 자코 왕국에서 리코가 얼마나 존경받는 인물인지 잘 말해 주는 것이었다. 아르센 국왕이 리코를 공작에 봉하고자 했을 때도 리코는 극구 거부했다. 자신은 오히려 국가를 욕보인 죄인이라며 죄를 청하는 데는 아르센 국왕도 더 이상 그의 작위를 거론할 수 없었다고 전해진다.

　"그는 지금 어디에 있소?"

　"후작님은 로랜드 국과의 접경 지대인 크레스포 지방으로 가셨습니다."

　마법사의 말에 따르면 얼마 전부터 크레스포에서 연쇄 살인이 일어났다는 것이다. 남녀노소를 가리지 않은 이번 살인은 여러 마을에서 동시다발적으로 일어났고 왕궁까지 보고가 올라왔다. 이에 리코는 믿을 만한 기사를 보내 사건을 조사하고 가능하면 즉각 해결하라고 지시했다는 것이다. 그런데 한 번 간 기사는 돌아올 줄을 몰랐고, 연락도 두절되어 버렸다. 이에 상황이 심상치 않다고 판단한 리코가 직접 기사들을 이끌고 크레스포로 갔다는 설명이다.

　야스퍼는 마법사의 설명에 일단 돌아갔다가 다시 방문할까도 생각했지만, 이왕 온 김에 꼭 만나고 싶은 마음이 더 강했다. 그래서 야스퍼는 오코롱을 동반해 다시 크레스포 지방으로 공간 이동해 갔다.

　야스퍼가 나타난 곳은 크레스포 지방 가운데서도 로랜드의 접경 지대와는 꽤 거리가 있는 내지였다. 척박한 자코 왕국의 영토답게 황무지는 아니었지만 돌과 거친 흙으로 이루어져 있다. 한쪽으로는 산이 가로놓여 있고, 그 앞으로는 제법 넓은 강이 흘렀다. 제법 규모 있는 마을 여러 개가 강을 중심으로 나열돼 있다.

야스퍼는 일단 리코의 종적을 탐문하기 위해 그중 한 마을을 방문했다. 대략 1백 가구 정도의 마을이었다.

"후작님, 마을의 분위기가 심상치 않습니다."

마을로 들어서던 오코롱이 주변을 관찰하더니 야스퍼에게 보고했다. 야스퍼 또한 마을 광장에 모여 있는 일단의 인물들을 보았다. 그들 대부분은 남자였는데 검과 쇠스랑, 몽둥이 등 다양한 무기를 들고 웅성거리고 있었다. 오코롱이 마을 사람들에게 다가가 사정을 알아왔다.

"후작님, 연쇄 살인마의 흔적이 저 근처에서 자주 발견되었답니다. 더군다나 어젯밤에도 산 근처에서 한 사람이 살해되었다고 합니다. 그래서 마을 사람들이 자경단을 조직하는 중이랍니다."

야스퍼는 리코의 정확한 위치는 알 수 없었지만, 마을 사람들의 말이 확실하다면 리코의 예상 경로는 짐작할 만했다. 바로 앞에 보이는 산으로 들어갔을 것이다. 마침 살해된 시체가 거적에 싸여 광장 외곽에 안치돼 있었다.

야스퍼는 살인자가 어떤 무기를 썼는지 궁금해 거적을 들춰보았다. 시체의 상흔은 가슴에 나 있었다. 정확히는 명치 바로 위에 구멍이 나 있다. 상처는 검에 찔린 것도 아니고 창으로도 낼 수 없는 커다란 구멍이었다. 마치 기사들끼리의 대결 시 말에서 떨구기 위해 사용하는 랜서에 정통으로 맞은 것처럼 보였다. 시체를 뒤집어보니 예상대로 등 뒤로도 관통이 나 있었다.

도대체 무엇으로 사람을 죽였는지 야스퍼는 흉기를 짐작할 수 없었다. 다만 무기는 몹시 굵고 긴 창과 같은 무기이며, 사용자는 엄청나게 힘이 좋은 자임을 알 수 있었다.

"오코롱, 저 산으로 가보세."

야스퍼는 크고 둥근 산을 향해 나아갔다. 산은 멀리서 보면 구릉을 보는 듯 완만했다. 산을 오르는 길은 그다지 험하지 않게 뻗은 오솔길을 따라가면 됐다. 산에 자생하는 나무들은 상태가 별로 좋지 않았다. 키가 작고 구부러진 나무들이 대부분이다. 그것도 드문드문해서 민둥산이라 불러도 무방할 정도다. 그저 낮은 잡초들만 무성한 편이다.

산 하나를 다 넘어가도 아무런 일도 일어나지 않았다. 또한 리코의 행방도 알 수 없었다.

"후작님, 정말 리코 후작이 이곳으로 들어왔을까요?"

실로 평범하기 그지없는 산이므로 오코롱이 의심스런 얼굴로 묻는다. 야스퍼는 리코의 충실한 성격을 잘 안다. 그가 왔다면 분명 사건이 해결되기 전에는 돌아가지 않을 것이다. 그렇다면 지금 야스퍼가 간 길을 이미 앞질러 갔음이 분명하다.

"오코롱, 자네는 따라오기만 해."

야스퍼는 오코롱의 의심을 잘라 버리고 계속 앞으로 나아갔다. 협곡 아래로 내려섰다가 두 번째 산으로 오르는 중이었다. 주변의 분위기가 완전히 바뀌었다. 앞의 산은 볼품은 없었지만 태양이 축복하는 생명의 장이었다. 그런데 두 번째 산부터는 음산한 기운이 흐르며 산 전체에 넓고 어두운 그림자가 드리워져 있는 듯했다. 물론 야스퍼는 산의 분위기가 바뀌었다고 해서 주저할 사람이 아니었다. 하지만 오코롱은 야스퍼보다 민감했다. 산 전체에 마법의 기운이 배어 있는 걸 알았다.

"후작님, 뭔가 심상치 않습니다. 이건 흑마법의 기운입니다. 조심하세요."

오코롱이 조언했지만 야스퍼는 거침없이 앞서 걸었다. 그리고 두 번째 산 중턱으로 올라갔을 때 숲 여기저기에 무더기로 쌓여 있는 뼈들이 보였다. 인간의 뼈였다.

끼릭, 끼리릭.

야스퍼와 오코롱이 영역에 들어서자 뼈 무더기들이 저절로 움직이며 골격을 만들어가기 시작했다.

"스켈레톤입니다!"

오코롱이 놀라 부르짖었다. 야스퍼는 콧방귀를 뀌었다.

"도대체 어떤 놈이 감히 이런 장난을 치는 거야?"

야스퍼는 검을 빼 들고는 검강을 발해 앞에서 일어서는 스켈레톤을 후려쳤다. 스켈레톤의 허리가 절단되자 뼈 무더기가 제자리로 우수수 떨어져 버렸다. 평범하게 휘두르는 검과 검강은 마법에 미치는 영향에도 분명 차이가 났다. 스켈레톤이 검에 맞으면 일시 무너졌다가도 다시 재구성되어 끝없이 달려든다. 하지만 검강은 스켈레톤을 얽고 있는 검은 마나의 사슬을 끊어버린다. 그러니 뼈다귀는 기운을 잃고 본래의 위치로 돌아가 버리는 것이다.

하지만 스켈레톤의 수가 너무 많았다. 다 처치하기엔 시간도 많이 걸릴 테고 귀찮기만 할 뿐이다. 이럴 땐 그 원흉을 잡아 처리하는 게 더 빠르다. 야스퍼는 걸어나가며 앞을 가로막는 스켈레톤만을 날려 버리며 계속 산을 올라갔다. 그 모양이 마치 가로막는 잡가지를 헤치듯 자연스럽고 거침이 없다.

오코롱은 실드를 친 채 야스퍼의 뒤를 따랐다. 수없는 스켈레톤이 야스퍼의 앞을 가로막았지만 검강에 산산이 분해될 뿐이었다.

"도대체 산속에 웬 뼈다귀들이 이렇게 많은 거지? 이걸 외부에서 가져오려면 꽤나 힘들었겠군."

연신 검강을 휘두르며 야스퍼가 혀를 찼다.

"이건 제 생각인데, 이것들은 아마도 15년 전에 일어난 자코 왕국과 삼국동맹과의 전쟁에서 죽은 시체들인 것 같습니다. 그때는 이곳이 아마도 로랜드 국의 영토라고 기억되는데……."

야스퍼도 들은 바가 있다. 15년 전이면 자코 왕국이 한창 정복전쟁을 벌이던 시기였다. 자코 왕국에 대항해 삼 국이 연합을 펼친 적이 있었다. 바로 알티하드와 로랜드, 혼프라도였다. 그때 자코 왕국은 10만 기병을 동원했고, 삼국동맹은 각 5만씩 15만의 병사를 동원해 일대 격전을 벌였다. 그것이 '피에 젖은 크레스포 전쟁'이라고 알려졌다.

크레스포의 평야에서 부딪친 양군은 하루 밤낮을 싸웠다. 결과는 자코 왕국의 압승이었다. 한나절 만에 삼국동맹의 중군(황제를 위시한 주요 인사가 끼어 있는 병력)이 격파되며 지리멸렬되었고, 이후로는 일방적인 학살에 가까웠다. 10만에 가까운 패잔병은 주변 산으로 도망쳤고, 승리에 도취된 자코 왕국 기병은 포기하지 않고 쫓아 들어가 수만의 삼국동맹 병사들을 주살했다고 전해진다. 그때의 전투지가 아마 지금 자신과 야스퍼가 오르는 산이라고 오코롱은 예측하는 모양이다. 그 이후 삼 국은 라모가 호른 제국의 병사를 이끌고 자코 왕국을 격파할 때까지 엄청난 액수의 조공을 받치는 신세로 전락하고 말았었다.

"결국 어떤 흑마법사 놈이 그 희생자들의 영혼을 가지고 장난을 치고 있다는 건가?"

야스퍼는 연신 검강을 휘두르며 산을 올랐고, 어느 정도의 영역을 지나자 스켈레톤은 다시 뼈다귀로 변하며 추적을 멈추었다. 일정 지역을 방어하는 감응 장치 안에서만 스켈레톤이 발동되는 듯했다. 야스퍼가 오코롱을 되돌아보니 그는 실드를 친 채 여유있게 따라오고 있다. 두 번째 산을 넘고 다시 세 번째 산을 오를 때였다.

"으악!"

비명 소리가 산에 울려 퍼졌다.

"산 중턱입니다."

탐지 마법을 사용한 오코롱이 얼른 위치를 지적한다. 야스퍼는 신법을 발휘해 산 중턱을 향해 달려갔다. 산 중턱에는 제법 넓은 공터가 펼쳐져 있었는데, 그곳에서 기사들이 괴물과 싸우고 있었다.

기사들은 자코 왕국의 문장이 새겨진 메일을 입고 있었으며 서 있는 사람은 30명 남짓 돼 보였다. 그리고 공터 여기저기에는 이미 절명한 기사들 수십 명이 널브러져 있다. 야스퍼는 기사들 사이에서 날뛰는 두 구의 괴물을 한눈에 알아보았다.

"블랙워트! 저것이 어찌 여기에 있단 말인가?"

거대한 낫 같은 양팔을 접었다 폈다 하면서 날렵하게 기사들 사이를 뛰어다니는, 5미터에 이르는 거대한 괴물은 분명 블랙워트였다. 바로 호른 제국과의 전쟁에서 이미 죽은 리코의 스승 페렛이 선보인 키메라였다. 라모가 그래듀에이트라도 상대하기 어렵다고 말한 무적의 키메라다.

야스퍼가 보고 있는 사이에도 키메라는 손을 쭉 펼쳐 6미터 밖 기사의 심장을 일격에 관통해 버렸다. 또 다른 한 구의 키메라는 자신의 발 아래로 접근해 검을 휘두르는 기사의 머리를 오른팔로 내려쳤다. 투구가 대번에 찌그러지며 그대로 머리통이 터져 나갔다.

기사들의 빠른 몸놀림과 현란한 검술은 바로 그들이 그래듀에이트임을 보여주고 있었다. 그러나 블랙워트 앞에서는 개미나 다름없었다. 소리 하나 내지 않고 넓은 공간을 펄쩍펄쩍 뛰어다니며 낫 같은 팔을 휘두르고 내뻗는 블랙워트에겐 상대가 되지 않았다. 순식간에 다섯 명이 죽어 나갔다. 야스퍼는 들고 있는 검에 검강을 발한 후 공터로 뛰어들었다.

"키메라 따위가 인간을 능멸하다니… 죽어라!"

야스퍼가 신법을 발해 달려가 이글이글 타오르는 푸른 검강으로 키메라의 다리를 냉큼 잘라 버렸다. 털썩 무릎을 꿇는 키메라의 목 또한 단숨에 날려 버렸다. 그리고 다시 남은 키메라에게 달려가서는 허리를 통째로 날려 버렸다.

"후작님! 뒤를 조심하세요."

오코롱의 경고에 야스퍼는 뒤를 돌아보았다. 죽였다고 생각했던 키메라가 다시 일어서고 있었다. 자신의 목을 찾아 가져다 붙였다. 그러자 잘렸던 목이 맹렬히 복원되더니 멀쩡해졌다.

"파이어 스톰!"

오코롱이 마법의 불을 날렸다. 머리통만한 불이 블랙워트에게 날아가 작렬하더니 온몸을 휘돌며 맹렬히 타올랐다. 하지만 불이 꺼지자 블랙워트는 약간 그슬려 더욱 시커멓게 되었으나 비교적 멀쩡하다.

"이놈들 이거 뭐야?"

야스퍼는 어이없는 얼굴로 블랙워트를 바라보았다. 예전 페렛이 선보인 블랙워트보다 더욱 강한 키메라였다. 죽여도 되살아나는 능력까지 겸비한 듯 보인다. 하지만 야스퍼는 자신의 능력을 발휘할 좋은 실험물이라고 생각했다. 야스퍼는 다시 키메라에게 달려들어 다리를 자르고 머리를 날려 버렸다. 결국 푸른 검강에는 블랙워트도 견디지 못하는지 잘려 나간다. 이어 야스퍼는 땅에 떨어진 블랙워트의 삼각 머리를 주워 올려 공중에 던진 후 내가중수법으로 후려쳤다.

와작!

머리가 산산조각이 나며 흩어졌다. 그런 상태에서는 신이라도 다시 살려낼 방도가 없다. 블랙워트는 결국 다시 살아나지 못했다. 야스퍼는 나머지 한 마리도 마저 박살을 내버렸다.

그제야 살아남은 자코 왕국의 기사들은 긴장이 풀렸던지 여기저기 털썩 주저앉았다.

"리코 후작은 어디 계신가?"

"그대는 누구요?"

야스퍼의 물음에 기사 한 명이 일어나 물었다.

"이분은 호른 제국 휠츠리의 영주이신 야스퍼 후작님이시오. 리코 후작님을 뵈러 왔으니 어서 안내하시오."

오코롱이 재빨리 끼어들어 야스퍼를 소개하자 자코 왕국 기사들의 눈이 휘둥그레졌다. 지난 호른 제국과의 전쟁에서 리코에 버금가는 소드 마스터라고 소문이 자자했으니 듣지 못할 리 없다. 자코 왕국 기사들은 일제히 야스퍼를 경외의 눈으로 바라보았다.

"리코 후작님께서는 저곳으로 들어가셨습니다. 저희들에게는 일단 대기하라 하셨습니다."

기사들이 가리키는 곳에는 하나의 커다란 동굴 입구가 보였다.

리코는 오는 도중 블랙워트의 습격을 받아 처음엔 1백 명에 가깝던 기사들이 반 이상 줄어들자 사태의 엄중함을 깨달은 듯했다. 그래서 작전의 목적을 흉적의 색출, 생포에서 탐색으로 바꾸어야 했다. 동굴 안에 이 모든 사태의 원흉이 있을 것이라 추측했다는 것이다. 그래서 일반 기사들은 별반 도움이 되지 않는다며 대기하라 이르고 홀로 동굴로 진입했다는 것이다. 남아 있던 기사들은 초조하게 기다리던 와중 블랙워트의 습격을 받았다는 것이다.

기사들의 설명을 듣고 난 야스퍼도 훨씬 업그레이드된 블랙워트를 보고 사태의 심각성을 재인식했다.

"오코롱, 하레스에 연락해 블레이드 경을 호출하게. 그리고 지금의 사태를 그대로 알려 드리게. 난 지금부터 리코 후작을 따라 동굴로 들어가겠네."

야스퍼는 오코롱의 대답도 듣지 않고 신법을 발휘해 동굴 안으로 날아 들어갔다.

동굴 입구는 평범했다. 인공의 흔적이 별로 보이지 않고 자연의 풍화가 스며 있다. 그러나 진입해 들어감에 따라 뚜렷이 사람의 손길이 닿은 흔적이 보이며 점차 넓어지기 시작했다. 야스퍼는 동굴 안에서 매우 기분 나쁜 기운이 흘러나오는 걸 느끼고 검을 빼 들었다. 야스퍼는 이것이 마기라는 걸 경험한 바가 있다. 바로 전임 천인장 가운데 하나인 렌토가 광한마공을 운기할 때 느낀 기운이었다.

잠시 후 제법 넓은 광장이 나타났다. 야스퍼는 광장 반대 편으로 다시 5개의 작은 통로가 뚫려 있는 걸 보았으나 일시 발을 멈추었다. 광장 좌우로 10구의 거대한 물체가 서 있다가 야스퍼에게 다가왔기 때문이다.

쿵! 쿵!

육중한 발걸음 소리를 내며 다가오는 존재는 거의 7~8미터의 신장을 가진 스톤 골렘이었다. 야스퍼는 잠시 멈칫했으나 곧 주변을 관찰하기 시작했다. 바닥에는 미세한 인간의 발자국이 골렘의 발자국과 혼재돼 있다.

슈웅—

다가온 스톤 골렘 한 구가 거대한 주먹을 들어 후려쳤다. 야스퍼는 상대하지 않고 신법을 이용해 가볍게 피해 버렸다. 스톤 골렘의 주먹은 허공을 스쳤고, 야스퍼는 어느새 골렘의 뒤로 돌아가 바닥을 내려다보고 있었다.

"역시 이것이었군."

야스퍼는 발자국 하나를 내려다보며 중얼거렸다. 다시 양쪽에서 스톤 골렘이 손을 펼쳐 야스퍼의 머리와 어깨를 잡으려 했지만 야스퍼는 상체를 숙이며 다시 쏜살같이 달려나갔다. 역시 골렘들은 빈 허공만을 움켜쥐었다. 야스퍼는 자신이 목격한 발자국이 또 찍혀 있는 걸 보고 완전히 확신하게 되었다.

즉 야스퍼가 주목한 발자국은 동굴 입구에서부터 이어져 온 것이고 처음 골렘이 덤벼드는 곳에서 흔적이 사라졌다. 그래서 골렘의 뒤로 돌아가 보았더니 그 자리에 찍혀 있지 않은가. 그건 바로 리코 후작의 순간 이동 마법이 분명했다. 리코 또한 둔중한 골렘을 상대로 드잡이질을 벌일 마음이 없었던 것이다. 골렘이 달려들자 순간 이동으로 움직이면서 자신의 목표를 향해 나아갔을 것이다.

발자국은 제일 왼쪽으로 들어간 흔적이 보였다. 그러나 곧 되돌아나와 두 번째 동굴로 들어간 흔적이 보였고, 또 재차 되돌아와 가운데의 동굴로 들어갔다. 그리곤 다시 되돌아 나온 흔적은 보이지 않았다.

야스퍼의 뒤에서는 스톤 골렘이 연신 달려들며 주먹을 휘둘렀으나 재빠른 신법을 따라잡지 못해 애꿎은 바닥과 돌벽을 두드렸을 뿐이다. 야스퍼는 스톤 골렘에 아랑곳하지 않고 가운데 통로로 뛰어들었다. 스켈레톤의 예와 마찬가지로 광장을 벗어나자 스톤 골렘들은 곧 제자리로 돌아가 석상처럼 우뚝 서서 움직임을 멈췄다.

야스퍼는 통로로 접어드는 순간 마기가 더욱 짙어지는 걸 느꼈다.

아니나 다를까, 땅바닥이 흔들거리더니 좀비들이 기어나왔다. 좀비 따위야 야스퍼의 상대가 될 수 없었으나 숫자가 너무 많았다.

"리코 후작은 여길 어떻게 통과했지? 플라이 마법을 사용했나?"

순간 이동도 공간이 필요하다. 이처럼 좀비로 가득한 장소에서는 쓸 수 없는 마법이다. 통로 전체가 좀비로 가득 찼고 미처 땅속을 벗어나지 못한 좀비는 양팔을 휘저으며 공포감을 조성했다. 야스퍼는 그대로 통로를 달려가기 시작했다. 좀비의 머리와 어깨를 밟으며 통과했다. 야스퍼의 발에 걸린 좀비는 땅바닥에 철푸덕 엎어졌다. 머리를 밟힌 좀비는 그대로 으스러졌고 어깨가 걸린 좀비는 반신이 부숴졌다.

통로는 꽤나 길었다. 근 일 분가량 좀비를 밟으며 허공을 홀홀 날아가자 비로소 끝났다. 이어 또다시 광장이 나타났다. 두 번째 광장을 지키는 존재는 블랙워트였다. 광장의 반대 편에는 커다란 철문이 놓여 있는 걸 발견했다.

"도대체 어떤 미친놈이 이런 짓을 한 거야?"

광장으로 들어서자 근 20마리에 이르는 블랙워트들이 달려오는 모습에 야스퍼는 절로 욕설을 내뱉지 않을 수 없었다. 거대한 체구에 소리 하나 없이 달려오는 그 광경은 공포를 자아내기에 충분했다. 먼저 앞선 두 마리의 블랙워트가 거대한 낫 같은 팔을 쭉 뻗어왔다. 당하고 보니 과연 마상의 랜서보다 훨씬 위협적이다.

야스퍼는 신법으로 얼른 회피하며 검강을 발해 블랙워트의 팔을 날려 버렸다. 그리고 이어 쉬지 않고 블랙워트 사이로 파고들며 검강이 깃든 검을 사방으로 눈부시게 휘둘렀다. 특정한 목표를 정할 필요도 없는 검의 운용이었다. 야스퍼의 검에 걸린 블랙워트의 팔과 다리, 머리가 낙엽처럼 떨어져 나갔다.

그리고 틈이 보이자 야스퍼는 철문을 향해 달려갔다. 블랙워트도 빨랐지만 야스퍼의 신법은 더욱 빨랐다. 야스퍼가 블랙워트 사이를 누비다 한 구의 다리 사이로 슬쩍 빠져나가자 블랙워트는 일시에 방향을 잃고 말았다. 그사이 야스퍼는 어느새 철문으로 다가가 있었다. 철문 아래에는 역시 리코의 것으로 짐작되는 발자국이 찍혀 있었다.

야스퍼는 철문의 손잡이를 잡다가 번쩍 빛이 나며 온몸으로 흐르는 전격의 기운을 느끼고 진기를 이용해 몸에서 한 바퀴 휘돌린 다음 벽면을 후려쳤다.

쾅!

야스퍼의 몸을 통과한 번개의 기운이 돌벽에 부딪치며 광장 전체를 부르르 떨게 만든다. 생사현관이 타통되지 않았다면 큰 충격을 받을 뻔한 위기의 순간이었다. 야스퍼는 약간의 식은땀이 나는 것을 느꼈다.

"휘유! 큰일 날 뻔했구나. 방어 마법이 걸린 문인지 몰랐어. 그럼 이게 약이 되겠지."

야스퍼는 오른손에 가득 진기를 끌어올려 철문의 손잡이를 후려쳤다. 소리의 방향을 확인한 블랙워트들이 다시 달려오기 시작했다.

빠직!

내가중수법에 무언가 으스러지는 음향이 들리더니 '철컥' 문이 열리는 소리가 났다. 거대한 철문을 열자 그 뒤로 넓은 통로가 뚫려 있는 모습이 보였다. 야스퍼는 얼른 통로로 뛰어든 다음 철문을 닫아버렸다. 이어 철문을 벗어나 통로를 내달렸다. 짐작대로 블랙워트는 철문을 넘어 따라오지 않았다.

야스퍼는 재차 바닥을 내려다보았다. 역시 리코의 발자국이 침착하게 앞으로 나아간 흔적이 보인다. 야스퍼는 리코의 발자국을 따라 걷기 시작했다. 그러나 얼마 가지 못해서 동굴이 부르르 떨기 시작했다.

"이게 무슨 소리야?"

야스퍼는 멀리서 무언가 대대적으로 이동하는 소리를 들었다. 마치 1만의 야생마가 평원을 내달리는 듯한 소리와 혼들림이었다. 소리는 차츰 가까워졌고 이어 휘어진 통로를 향해 일단의 물체들이 달려오기 시작했다. 야스퍼는 눈에 진기를 돋워 노려보았다. 제일 선두에 리코가 달려오고 있었다. 아니, 선두에서 달리는 게 아니라 괴물들이 리코를 쫓아오고 있었다. 리코 또한 달리는 와중에 통로에 서 있는 야스퍼를 보았다.

"도망쳐요! 마물들이오!"

리코가 외치더니 순식간에 야스퍼를 지나쳐 달려갔다. 야스퍼는 곧 뱀의 머리가 여러 개 달린 거대한 히드라와 수십 개의 다리가 달린 길이가 10미터에 이르는 거대한 지네형 몬스터 블레드 웜, 그리고 액시비크(대형 타조를 닮은 마물, 부리가 도끼처럼 생겼음), 큼직한 가위 같은 이빨을 한 자이언트 그래브, 이마에 큰 뿔이 달린 라이노스로스 등 갖가지 마물을 보았다. 하나같이 거대하고 위압적이다.

"이런, 젠장!"

야스퍼도 두려운 건 아니었지만 저런 마물들과 개싸움을 하고 싶지 않아 몸을 돌려 도망가기 시작했다. 야스퍼는 신법을 최대한 발휘해 철문을 지나쳤다. 리코가 순간 이동을 발해 블랙워트를 피하는 모습이 보였다. 야스퍼는 신법을 이용해 블랙워트를 피해 이리저리 돌아 빠져나갔다.

쾅!

철문이 터져 나가며 마물들이 블랙워트가 있는 광장으로 쏟아져 들어왔다.

캬아아아아아악!

블랙워트와 마물들이 서로 괴성을 지르며 맞붙어 싸우기 시작했다. 야스퍼와 리코는 잠시 광장 입구에 서서 두 무리가 싸우는 모습을 구경했다. 싸움은 무시무시했다. 블랙워트를 광장에 배치한 자는 외부의 침입자를 방비하기 위해 광장으로 들어서는 존재는 모조리 죽이도록 주문을 걸어놓았다. 그러니 마물 또한 침입자에 다름 아니었다. 서로 덩치가 우람한 데다 각자 개성이 뚜렷해 순식간에 아수라장이 되었다.

히드라가 블랙워트의 몸을 휘감아 조이자 블랙워트는 낫 같은 팔을 들어 히드라의 목을 단숨에 날려 버렸다. 그러나 히드라의 목은 무려 7개나 되어 전혀 상관하지 않고 블랙워트의 목을 덥석 물었다. 그리고 머리를 마구 흔들더니 그대로 뜯어버렸다. 자이언트 그래브는 가위입을 벌려 블랙워트의 허리를 통째로 동강 냈다. 라이노스로스는 달려가며 그대로 블랙워트를 받아버렸고, 블랙워트는 30미터는 날아가 벽면에 부딪치며 떨어져 내렸다.

처음엔 마물들이 일방적으로 블랙워트를 박살 내는 듯 보였다. 그러나 곧 블랙워트들이 반격을 시작했다. 머리를 뜯긴 블랙워트는 재차 히드라의 목을 날려 버린 후 입에 물린 자신의 머리를 꺼내 상처에 가져다 댔다. 그러자 블랙워트는 맹렬히 재생돼 원상태로 돌아갔다. 허리가 잘린 블랙워트도 멀쩡히 다시 일어났고, 벽면까지 날려갔던 블랙워트는 더욱 맹렬하게 달려와 라이노스로스의 이마에 랜서 같은 손을 찔러 넣었다.

"이곳엔 어쩐 일이시오?"

구경을 하던 두 사람 중에 리코가 먼저 정신을 차렸다. 야스퍼도 구경을 하다 그제야 리코를 돌아보았다.

"저것들은 도대체 뭡니까?"

야스퍼는 본래의 목적조차 잊고 마물들의 위용에 압도당해 있었다. 리코가 머리를 절레절레 흔들었다.

"누군지는 모르겠지만 마계에서 이곳으로 통하는 영구 소환진을 만들었소. 지금도 아마 계속해서 마법진을 통해 얼마간의 마물들이 소환되고 있을 겁니다."

두 사람이 대화하는 동안데도 마물의 수가 더욱 많아져 차츰 블랙워트들도 밀리기 시작했다. 그리고 마물들 일부가 전장을 벗어나 두 사람을 향해 달려왔다.

"일단 이곳을 벗어나고 봅시다."

야스퍼는 리코를 채근해 동굴을 빠져나오기 시작했다. 다행히 좀비도 마물과는 상관관계가 없는지 마물의 앞을 가로막아 주었다. 그사이 두 사람은 스톤 골렘이 위치한 광장을 지나 동굴을 빠져나왔다. 그제야 야스퍼는 마기에 깃든 탁한 공기를 뱉어내고는 하늘을 보며 긴 한숨을 몰아쉬었다.

"야스퍼 경, 도대체 무슨 일이오?"

야스퍼는 자신을 부르는 소리에 앞을 바라보았다.

"블레이드 경!"

바로 하레스의 예전 수석 마법사 블레이드 하퍼가 와 있었다. 블레이드의 뒤로는 오코롱이 서 있었고, 자코 왕국의 기사들도 리코를 발견하고 휴식을 취하다 다가왔다. 블레이드는 현재 수석 마법사 자리도 다른 사람에게 넘기고 자신의 연구에만 몰두하고 있는 중이었다. 하지만 아직 하레스의 마법사 탑에 거주하고 있었다.

야스퍼와 악수를 나눈 후 블레이드의 통통한 얼굴이 곧 리코를 바라 보았다.

블레이드의 얼굴에 친근한 미소가 어렸다. 블레이드는 다가가 양손으로 덥석 리코의 손을 쥐었다.

"리코 후작! 그동안 어떻게 지내셨소?"

리코 또한 훈훈한 미소를 지었다.

"블레이드 경의 염려 덕분에 잘 지내고 있습니다. 그동안 연구에 매진하고 계신다는 소문은 들었습니다. 성과가 있었다면 좋겠군요."

두 사람의 맞잡은 손에서는 각별한 애정이 흐르는 듯했다. 블레이드와 리코는 서로를 남으로 생각하지 않았다. 바로 한 스승을 모신 사형제 간의 정이었다. 블레이드에게 있어 페렛은 스승에 다름 아니었다. 물론 자신의 마법 기초를 닦아준 스승은 따로 있었지만, 그 마법을 활짝 꽃 피게 해준 사람이 바로 페렛이었다. 리코 또한 그런 사실을 잘 알아 두 사람은 남이 알지 못하는 유대감을 느꼈던 것이다.

두 사람이 너무 친한 척하자 야스퍼는 약간 곤란함을 느꼈다. 야스퍼는 종내엔 리코와 비무를 해야 한다. 물론 서로 상해하지 않는 범위 내에서 이루어질 테지만, 비무가 격렬해지면 심한 부상을 입을 수도 있다. 그러면 지금의 분위기로 보아 블레이드는 자신을 질책하지 않겠는가. 야스퍼는 두 사람의 사이를 조금이라도 갈라놓고 싶은 마음이 들었다. 물론 자연스럽게.

"블레이드 경, 지금 그러고 있을 시간이 없소이다. 블랙워트가 나타났소. 더욱이 마계의 마물이 쏟아져 나오고 있소. 동굴을 폐쇄해야 합니다."

야스퍼의 의도대로 두 사람은 곧 떨어졌고 리코가 블레이드에게 간략히 사정을 설명했다.

"그럼 혹시……?"

"그렇습니다. 저도 바로 그런 의심을 했습니다. 호즈펠트! 그자가 분명합니다."

블레이드는 사정을 듣는 즉시 원흉을 추측해 냈다. 리코 또한 블레이드의 말에 맞장구쳤다. 블랙워트의 제조법은 페렛과 리코, 블레이드를 제외하고는 아는 이가 없었다. 리코는 알고는 있지만 관심이 없었고 블레이드는 악용할 사람이 아니다. 결국 세상에 분란을 일으킬 존재이며, 가능성이 있는 자는 블랙워트의 견본을 수집한 전 자코 왕국의 궁전 마법사이자 흑마법사인 호즈펠트밖에 없었다. 하지만 호즈펠트는 분명 라모의 검에 목이 잘리며 죽었다.

"리치가 되었겠지요. 우리가 당시 그자의 처리를 소홀히 했습니다. 8써클의 흑마법사라면, 또 자신의 영혼을 영원히 흑암에 매어두길 두려워하지 않는 자라면 충분히 가능합니다. 그자의 육체를 완전히 태워버렸어야 했는데……."

블레이드가 안타깝다는 목소리로 혀를 찼다. 리치라면 불에 태우거나 하는 식으로 완전히 소멸시켜야 한다. 물론 당사자는 자연의 이치를 위배한 대가로 영혼까지 소멸돼 버린다. 리치란 존재 자체의 말살을 각오한, 신의 율법에 저항하는 이단아인 것이다.

이때 동굴 안으로부터 쿵쾅거리는 소리가 들려왔다. 야스퍼는 마물들이 스톤 골렘이 있는 광장까지 몰려왔음을 알았다.

"블레이드 경! 마물들이 가까이 왔습니다. 혹시 방도가 없겠습니까? 이것들이 세상 밖으로 나간다면 큰 혼란이 옵니다."

리코의 다급한 얼굴에 블레이드의 안색도 차츰 굳어졌다. 상황의 급박함을 알았다.

"이거라면 가능할 겁니다. 키메라 나이트 소환!"

블레이드가 주문을 외우자 공간이 열리며 10여 개의 물체가 튀어나와 도열했다. 모두 5미터에 이르는 키의 거대한 존재들이었다. 또한 온몸을 풀 플레이트 메일로 감쌌다. 일제히 검을 들고 있는데 어찌나 큰지 세워놓으면 전신거울로 써도 무방할 정도였다. 투구까지 써서 본모습을 전연 알 수 없었다.

"블랙워트를 개량해 만든 키메라입니다. 특히 힘과 속력이 보다 증가했고 약간의 지성을 가진 데다 충성도가 강합니다."

블레이드의 목소리는 자부심으로 가득했다. 그는 새삼 기꺼운 눈으로 키메라 나이트들을 죽 한번 둘러보더니 동굴을 가리켰다.

"들어가라. 움직이는 건 모조리 죽여라."

블레이드의 명령이 떨어지자 10구의 키메라 나이트가 일제히 동굴 안으로 진입하기 시작했다. 그때 마침 마물들이 동굴 밖으로 달려나오고 있었다. 키메라 나이트들이 검을 치켜 들더니 앞서 달려나오는, 커다란 뿔을 앞세운 라이노스로스의 목을 단숨에 날려 버렸다.

쿠워어어어억!

마물들이 괴성을 지르며 키메라 나이트들과 정면으로 격돌했다. 키메라 나이트의 검들이 일제히 춤을 추기 시작했다. 히드라의 목이 일일이 잘려 나갔고, 자이언트 그래브의 가위입은 이빨과 함께 터져 나갔다. 또한 뿔을 앞세우고 돌진하던 라이노스로스는 두개골이 쪼개져 버렸다. 본래 블랙워트가 가지고 있던 속력과 힘에다 무기를 더하니 무서운 위력을 발한다. 블랙워트와는 달리 키메라 나이트의 체형은 인간형으로 바뀌었고, 거대한 검을 잡은 손도 건틀렛에 감싸여 있었지만 분명 손가락까지 달린 인간형 손이었다. 블레이드가 창의력을 발휘해 보기 흉한 블랙워트를 파격적으로 바꾸어놓은 듯했다. 그러니 블레이드가 자부심을 가질 만했다. 키메라 나이트의 활약으로 마물들이 곧 동굴 안으로 밀려들어 가기 시작했다.

야스퍼와 리코, 블레이드는 키메라 나이트의 뒤를 따라 다시 동굴 안으로 들어섰다. 첫 번째 광장에 이르니 삼파전이 벌어져 있었다. 스톤 골렘까지 가세해 피아를 구분하지 못하고 날뛰고 있었다. 키메라 나이트는 스톤 골렘에 대해서도 강해 보였다. 거대한 검을 들어 내려치자 스톤 골렘의 상체가 그대로 부수어져 내렸다. 물론 곧 복구돼 일어났지만 일어나자마자 다시 머리가 날아가 버린다.

블레이드는 스톤 골렘을 보더니 마력을 개방해 주변을 훑어보곤 이내 천장에 박혀 있는 마법석을 발견했다. 스톤 골렘의 행동을 제어하는 마법석이었다. 블레이드는 아이스 에로우를 던져 마법석을 깨버렸다. 즉시 스톤 골렘들이 동작을 멈추었다. 그러자 상황은 다시 일목요연해지며 키메라 나이트가 일방적으로 마물들을 밀어붙였다. 마물들은 다시 통로를 통해 후퇴하기 시작했다. 통로에 가득했던 좀비들은 마물들에게 당해 대부분 으깨져 있거나 어딘가 부러져 바닥에서 버둥거리고 있다.

두 번째 광장에 이르자 여전히 소리도 없이 뛰어다니는 블랙워트들이 마물들과 싸우고 있는 장면이 목격된다. 블랙워트를 본 블레이드가 감탄성을 발했다.

"호오! 호즈펠트 놈이 제법이군. 블랙워트를 그대로 재현해 냈어."

리코가 거기에 한마디를 덧붙였다.

"저것들은 재생력도 무척 뛰어나더군요."

"재생력이 있다고요?"

리코의 말에 블레이드의 눈이 반짝였다. 그때 멋모르는 블랙워트 한 구가 블레이드를 향해 달려왔다. 그리고 블레이드의 심장을 노리고 팔을 쭉 뻗었다.

"아이언 월!"

강철 벽이 전면에 생겨나며 블랙워트의 팔이 튕겨 나갔다.

"포박!"

블레이드가 오른손을 들어 활짝 펴자 거대한 블랙워트의 구부린 허리가 저절로 펴지며 우뚝 섰다. 그리고 꼼짝을 하지 못했다.

"공간 개방!"

이어 공간을 개방한 블레이드가 블랙워트를 집어넣은 후 다시 닫아 버렸다. 거대한 블랙워트가 공간으로 떠올라 사라지는 모습은 야스퍼와 리코의 눈을 의심하게 했다. 블레이드는 드디어 완전한 9써클의 대마도사가 되었음을 실력으로 보여준 것이다.

"호즈펠트 놈이 쓸 만한 점도 있군요. 블랙워트에 재생력을 부여하다니……. 만만치 않은 놈이군요. 뭐, 제가 연구 결과를 슬쩍 한다고 두 분이 욕하지는 않겠지요?"

블레이드가 겸연쩍은 얼굴로 머리를 긁적이며 두 사람의 눈치를 살핀다. 두 사람은 이런 상황에서도 연구욕에 불타는 블레이드의 욕심에 실소했다. 블레이드는 블랙워트가 눈에 보이는 족족 포박해 두꺼비가 파리를 잡아먹듯 공간으로 집어넣어 버렸다.

키메라 나이트는 힘에서도 밀리지 않은 데다 무기를 갖추고 있어 마물들은 계속해 밀려났다. 결국 세 번째 광장에 도착한 세 사람은 거대한 원형진이 그려져 있는 광경을 목격할 수 있었다. 거대한 원형진은 세 사람이 지켜보는 가운데서도 마물을 토해내고 있었다.

나타난 마물들은 마법진을 벗어나자마자 기다리던 키메라 나이트에게 당해 소멸돼 버렸다. 이윽고 마법진 위에 인간으로 보이는 형상이 나타났다. 검은 후드를 입은 호즈펠트였다.

리코가 제일 먼저 그의 정체를 알아보았다.

"호즈펠트!"

리코는 부지불식간에 부르짖었다. 그리고 격동에 찬 얼굴을 한다. 호즈펠트는 직접 마계로 들어가 마물들을 유인한 후 이제 만족한 숫자가 채워지자 되돌아온 것이다. 그런데 자신이 애써 데려온 마물들이 모조리 동강나 있거나 소멸되어 있지 않은가.

일반적인 사람이라면 그것이 옳든 그르든 자신의 노고가 물거품이 된다면 당연히 화를 내야 정상이었다. 하지만 호즈펠트는 담담한 눈으로 그것들을 지나쳤을 뿐 아니라 전혀 감정이 담기지 않은 표정으로 앞에 서 있는 세 사람을 주시했다. 호즈펠트의 눈이 리코에게 와서 멎었다.

"리코 후작, 오랜만일세. 그렇지 않아도 내가 직접 자코 왕국을 제일 먼저 방문하려던 참일세."

마치 친구를 대하듯 고저없는 억양으로 말을 건다. 리코는 호즈펠트의 반응이 뜻밖이어서 자세히 관찰했다. 호즈펠트의 눈은 핏빛이었다. 얼굴은 석고상같이 굳어 있고 걸음걸이나 동작이 매우 어색했다. 영혼을 담보로 리치가 된 자의 형상이었다.

실상 호즈펠트는 리치가 되는 순간 인간의 감정을 모두 잃었다. 기쁨과 슬픔은 물론이고 분노조차도 그의 머리 속에는 남아 있지 않았다.

다만 리치가 되기 직전 가졌던 그의 마지막 소망만을 기억하고 집착한다. 그것이 리치의 운명이었다.

물론 이성은 고스란히 남아 있다. 그래서 사람도 알아볼 수는 있었지만 반갑다거나 혐오스럽다는 반응은 영영 사라져 버렸다. 호즈펠트는 오직 한 가지, 흑마법을 통한 대륙 정복만이 온통 뇌리에 박혀 있었다. 그것만이 호즈펠트의 희망이자 목적이다. 스스로 자신에게 한 가지 명령만을 주입해 놓고 예정대로 움직이는 목각인형이 된 셈이나 마찬가지다. 호즈펠트는 이미 인간이 아닌 것이다.

반면 리코는 호즈펠트를 만나는 순간 얼굴이 벌겋게 달아올랐다. 부모와 다름없는 스승을 죽인 원흉이 버젓이 앞에 서 있다. 그리고 태연하게 입을 나불거리고 있자 도저히 참을 수가 없었다. 리코는 직접 자신의 손으로 원수를 갚을 수 있다는 기쁨에 몸을 부르르 떨었다.

"호즈펠트! 반갑구나. 내 앞에 나타나 주어 정말 고맙다. 내 손으로 널 소멸시켜 주마!"

리코는 정말 호즈펠트에게 고마운 기분까지 들 정도였다. 그만큼 스승을 잃은 원한이 컸다. 순간적으로 사라진 리코가 호즈펠트의 전면에 나타나 번개치듯 검으로 목과 가슴을 찔렀다. 리코의 쾌검이었다.

호즈펠트의 몸이 흔들 하더니 옆으로 기울어졌다. 리코의 검이 허공을 찌르고 되돌아가자 호즈펠트는 마치 오뚝이처럼 누웠다가 일어난다. 리코의 검은 빨랐지만 피하는 호즈펠트는 그 이상으로 자연스러웠다.

보고 있던 야스퍼도 혀를 내둘렀다. 리치의 감각이 생각 이상으로 대단하지 않은가.

"그렇군. 너희들은 나의 이상을 가로막는 장애물이었지. 내 앞을 가로막는 자들은 모조리 죽여주마. 내가 마계로부터 좋은 걸 가져왔지."

호즈펠트의 말은 여전히 조금도 감정이 담기지 않는다. 말이 끝나자마자 마법진으로부터 '붕붕~' 하는 소리가 들려오더니 무언가 빠른 속도로 튀어나왔다. 리코가 위험을 감지하고 번쩍 검을 휘두르자 주먹만한 물체가 반으로 쪼개져 바닥에 툭 떨어졌다. 하지만 그것으로 끝난 것이 아니었다. 이어 마법진으로부터 비슷한 비행체가 떼로 날아나왔다. 블레이드가 급히 외쳤다.

"저런! 리코 후작, 조심하시오! 호넷이오!"

물체는 알록달록한 색깔로 채색된 말벌이었다. 다만 크기가 훨씬 크다는 게 다를 뿐이다. 바로 마계에 서식하는 말벌형 마물인 셈이다. 꼬리에 달린 침에는 독이 묻어 있어 쏘이면 즉사한다. 또 호넷은 턱이 강하고 이빨이 발달해 다리에라도 붙으면 살을 발라내고 뼈를 씹을 정도였다. 호넷 또한 군집 생활을 하므로 대단히 까다로운 마물이었다.

아니나 다를까, 리코가 정신없이 검을 휘두르고 있었다. 호넷이 계속해서 쏟아져 나오며 광장은 붕붕거리는 날개 소리로 가득해졌다. 호넷은 야스퍼와 블레이드 쪽으로도 날아왔다. 블레이드는 급히 키메라 나이트들을 공간으로 돌려보냈다. 지금과 같은 상황에서는 전혀 도움이 안 되기 때문이었다.

"파이어 월!"

이어 블레이드가 주문을 외자 천장까지 닿는 불의 방패가 생겨났다.

화르륵!

불의 방패에 걸린 호넷이 타오르며 재로 흩어졌다. 블레이드는 다시 하나의 파이어 월을 더 생성시켜 앞으로 걸어나갔다. 두 개의 파이어 월을 방패처럼 사방으로 휘저었다. 파이어 월이 블레이드의 손짓에 따라 전후좌우로 현란하게 옮겨 다녔다.

호넷이 파이어 월의 불길에 걸려 떼죽임을 당하기 시작했다. 하지만 호넷의 수가 워낙 많았다. 리코는 순간 이동을 이용해 옮겨 다니며 피했지만 곧 광장이 호넷으로 가득 차자 어쩔 수 없이 마나의 소모가 많은 검강과 마법의 벽을 만들어 방어했다.

리코는 곧 지치기 시작했다. 호흡은 가빠지고 땀이 흘렀다. 한 손은 검강을, 다른 한 손은 마법을 실현하니 마검사인 리코로서도 벅차지 않을 수 없었다.

"리코 후작, 이리로 오시오!"

블레이드가 거대한 불의 방패를 휘두르며 부르자 리코는 검강을 발현하는 와중에도 용케 알아듣고 순간 이동으로 다가갔다.

야스퍼와 마찬가지로 파이어 월의 보호막 안으로 리코가 들어오자 블레이드는 본격적으로 실력 발휘를 하기 시작했다. 파이어 월을 휘두르는 데 그치지 않고 순간적으로 마력을 증가시키자 파이어 스톰으로 변해 호넷을 따라가며 불태웠다. 그리고 곧 광장은 온통 회오리바람 같은 불길에 휩싸였다. 블레이드의 9써클에 이르는 광대한 마나가 화염으로 변해 호넷을 말살하는 광경은 장관이었다.

블레이드가 마나를 거두었을 때는 광장에 흩어져 있던 호넷의 잔해만이 가득하다. 리코는 그제야 한숨을 돌리고는 앞으로 걸어나갔다. 호즈펠트는 역시 멀쩡한 모습으로 마법진 앞에 서 있다.

"저와 호즈펠트의 관계를 잘 아시겠지요? 두 분은 이 싸움을 제게 맡겨주세요."

리코의 말에 사정을 잘 아는 야스퍼와 블레이드는 뒤로 물러섰다.

리코는 다시 검강을 발했고, 순간적으로 사라졌다가 호즈펠트의 전면에 나타나 검을 휘둘렀다. 이번엔 피할 것을 염두에 두고 쾌검을 연속으로 펼쳤다. 과연 호즈펠트는 피하지 못하고 검강을 허용하고 말았다.

캉!

검이 호즈펠트의 목과 가슴을 찔렀지만 불꽃이 튀며 튕겨 나왔다. 이어 호즈펠트는 오른손으로 덥석 리코의 검을 잡은 손을 쥐었다.

"윽!"

리코는 검을 잡은 오른팔이 마비돼 왔다. 리치는 불로불사의 존재로 생명체를 잡으면 마비를 불러일으킨다. 리코는 마비되어 오는 오른팔을 무릅쓰고 마나를 검에 밀어 넣었다.

"블러드 파이어!"

리코의 검으로부터 화염이 솟구치더니 호즈펠트를 덮어씌웠다. 호즈펠트가 손을 놓으며 타오르는 불 속에서 리코를 노려보았다. 그리고 잠시 후 손을 휘젓자 불길이 사라졌다. 호즈펠트는 멀쩡한 모습으로 입을 열었다.

"이따위 불로는 나를 어쩔 수 없다. 나는 이미 불멸의 존재다. 나를 죽일 수 있는 건 아무것도 없다."

호즈펠트는 여전히 무감동한 얼굴이다. 자신이 불사의 존재라서 기쁘다든가 하는 표정이 아니다. 그냥 정보를 사실대로 전하는 기계적인 음성이다. 이번에는 블레이드가 앞으로 나섰다. 그리고 오른손을 활짝 폈다.

"포박!"

호즈펠트가 블레이드의 포박 마법에 걸려 허공으로 떠오르며 버둥거렸다.

"예상대로군요. 불사의 존재가 되었지만 활용할 수 있는 마법은 오히려 떨어져 보입니다."

블레이드의 말에 이번에는 야스퍼가 나섰다. 야스퍼는 오른손에 진기를 주입해 허공에 떠 있는 호즈펠트의 심장을 정통으로 가격했다. 내가중수법에 얻어맞은 호즈펠트가 내장 조각을 입으로 뱉어내며 잠시 괴로워하는 듯하더니 금방 정상으로 돌아갔다.

"제법이긴 하지만 그걸로는 날 어쩔 수 없다. 인비저블 스톡!"

야스퍼 덕분에 억압하던 마나의 사슬이 흔들리면서 잠시 풀려난 호즈펠트가 주문을 외웠다.

공간이 일렁거리며 알 수 없는 존재가 리코와 야스퍼, 그리고 블레이드를 덮쳐 왔다. 형체는 전혀 보이지 않았고 그냥 알 수 없는 위협이 다가온다는 걸 느낄 뿐이다.

"윈드 스톰!"

블레이드가 손을 휘젓자 바람의 칼날이 휭 불어와 광장 내부를 갈갈이 찢어버렸다. 그제야 다가오던 기운이 사라졌다. 그사이 호즈펠트는 마법 소환진으로 달려가더니 허리를 구부리고 몇 가지를 수정한 후 '앗' 하는 세 사람의 외마디를 들으며 공간으로 사라져 버렸다. 호즈펠트는 비록 두려움조차도 모르는 리치가 되었지만, 자신이 불리하다는 것 정도는 알 정도의 이성을 가지고 있었다. 아무리 불멸의 존재라 하더라도 두 명의 소드 마스터와 9써클의 마도사를 상대로 해서는 좋은 꼴을 볼 수 없다는 걸 알고 도피를 결심했던 것이다. 닭 쫓던 개 지붕 쳐다보는 격이 된 세 사람은 서로 얼굴을 바라보며 안타까운 얼굴을 했다.

"블레이드 경, 금방 다가오던 형체없는 것들은 뭡니까?"

야스퍼가 억울한 표정을 짓자 블레이드가 마법진으로 다가가다 고개를 돌렸다.

"그건 아마도 투명 몬스터였을 겁니다. 일종의 정령이라고 생각하면 됩니다. 물론 정령과는 달리 마계에 서식하며 마기를 토대로 존재하지요."

그런 마물도 있었나 하며 야스퍼가 고개를 갸우뚱거리는 동안 블레이드는 소환 마법진을 유심히 관찰했다. 그때 분한 얼굴을 한 리코가 다가왔다.

"어디로 갔는지 알 수 있겠습니까? 꼭 잡아야 합니다."

리코의 질문에 블레이드가 고개를 끄덕이며 손상된 마법진을 손질했다.

"대략 짐작할 만합니다. 다행히 영구 소환진을 변화시켜 이동 마법진으로 바꾸었군요. 자! 다 됐습니다. 이리로 올라오세요."

리코와 야스퍼가 얼른 마법진 안으로 들어섰다. 블레이드가 마력을 부여하자 마법진에서 흰 빛이 솟아오르며 세 사람이 사라졌다.

앞서 마법진을 통해 사라졌던 호즈펠트는 눈앞에 너른 호수가 보이는 호변에 나타났다. 호수와 50미터가량 층을 이룬 전망 좋은 절벽을 형성하는 곳이었다. 바로 로랜드의 코나코리 호수였다. 호즈펠트가 거주하던 동굴과 거의 이틀 이상의 거리가 있는 장소다. 사실 호즈펠트는 도주하는 의도 외에 이곳으로 온 또 하나의 목적이 있었다. 바로 누군가 자신을 부르는 소리를 들었던 것이다.

호변의 절벽 위에는 네 사람이 서 있는 모습이 보인다. 긴 백의를 입은 남자 한 사람이 뒷짐을 진 채 호수를 바라보고 있다. 그리고 나머지 세 사람은 공간 이동해 온 호즈펠트를 예의 주시하고 있다. 그중 두 사람은 허리에 바스터드 소드를 찬 경장 갑옷 차림의 기사였고, 한 사람은 냉혹해 보이는 얼굴에 긴 콧수염을 한 노인이었다.

기사들이 흘리는 기운도 예사롭지 않았지만, 호즈펠트는 노인만을 주시했다. 전신엔 값비싸 보이는 보석을 가득 박은 벨벳을 입고 있었는데, 오른손에는 2미터가량의 길이로 두 마리 뱀이 전신을 서로 꼬고 있는 형상의 창을 들고 있다. 얼핏 보기에도 결코 평범하지 않은 창이었다.

"호오! 이런 곳에 리치가 있을 줄은 몰랐군. 내 기운에 반응해 올 정도면 살아생전에는 꽤 실력있는 마법사였겠군."

호즈펠트는 노인의 전신에 뭉클거리며 피어오르는 마기를 느끼고 넙죽 땅바닥에 엎드리며 고개를 박았다.

"마계의 주인을 뵙습니다. 저는 인간으로 살 적에는 호즈펠트라는 이름을 가진 흑마법사였습니다."

노인이 창을 내밀어 들어 올리는 시늉을 했다. 그러자 호즈펠트의 몸이 절로 일어나지 않을 수 없었다. 알 수 없는 힘이 밀려와 호즈펠트를 들어 올렸던 것이다.

"내 이름은 네비로스다. 물론 예전엔 마계의 공작을 지낸 적은 있지. 하지만 결코 마계의 주인은 아니다. 그러니 함부로 말하지 마라."

네비로스의 음성은 얼굴만큼이나 차가웠다. 네비로스와 호즈펠트가 대거리를 하는 동안 호변에 흰 빛이 솟아오르며 세 사람이 더 나타났다. 바로 뒤쫓아온 야스퍼와 리코, 블레이드였다. 세 사람은 나타나자마자 네비로스를 발견하고는 안색이 변했다. 세 사람 다 경지를 이룬 검사와 마법사였으니 네비로스의 전신에 흐르는 광대한 마기를 느끼고는 흠칫했다. 그리고 엉거주춤 서 있는 호즈펠트를 발견했다. 블레이드는 지체할 수 없다는 심정으로 손을 활짝 폈다.

"포박!"

호즈펠트가 블레이드의 마법에 걸려 그대로 둥실 떠올라 끌려갔다. 그 와중에 호즈펠트는 도움을 바라는 눈으로 네비로스를 바라보았다.

"크크크! 감히 내 앞에서 난동을 부리는 것이냐?"

분개한 네비로스가 뱀 모양의 창을 들었다. 그때 뒤돌아서 있던 인물이 돌아서며 제지했다.

"네비로스, 놔두어라. 리치라니… 저런 존재에게는 별로 정이 들지 않아. 저들이 어찌 처리할지 지켜보게."

돌아선 인물은 약 30대가량으로 보이는 인물로 금발에 청색과 보라색이 섞인 특이한 눈동자를 한 미남이었다. 이마가 시원하게 넓고 눈은 별처럼 반짝였으며, 콧날이 오뚝해 매우 오만해 보였다. 네비로스는 약간의 불만을 느꼈으나 감히 반항하지 못했다.

"주인의 뜻대로 하시길……."

네비로스는 고개를 숙여 복종의 자세를 취한 후 호즈펠트를 지켜볼 수밖에 없었다.

끌려간 호즈펠트의 심장에는 어느새 은색의 대거가 꽂혀 있었다. 검강으로도 뚫지 못한 호즈펠트의 심장이 평범해 보이는 검의 침입을 허용한 점은 매우 뜻밖이었다. 블레이드가 자신의 창고에서 은으로 만든 대거를 소환한 것이다. 리코와 야스퍼도 리치를 손쉽게 제압하는 9써클의 대마도사를 경외의 눈으로 바라보았다.

"은으로 만든 검에는 마기를 잠재우는 효과가 있지. 어리석은 존재여, 영원을 꿈꾸다 완전한 소멸을 당하니 너의 죄가를 달게 받아라."

이렇게 중얼거린 블레이드는 은색의 대거에 마나를 불어넣었다. 곧 호즈펠트의 내부에서부터 불길이 치솟아오르더니 훨훨 타오르기 시작했다. 그리고 잠시 후 완전히 재로 변하며 소멸돼 버리고 말았다.

"흠! 헬파이어인가? 광대한 마나에 멋진 소환술이군. 그룬디아에도 인재가 있었군."

블레이드가 지옥의 불길을 소환해 호즈펠트의 내부를 태워 버렸던 것이다. 이로써 불로불사의 몸으로 그룬디아 대륙의 정복을 꿈꾸던 호즈펠트는 허무하게 소멸되고 말았다. 또한 라모도 모르는 사이에 또 하나의 신탁이 완수되는 순간이기도 했다.

30대의 미남은 블레이드를 보며 칭찬하다가 다시 그 곁에 서 있는 두 사람을 보고는 흠칫했다. 두 사람의 기운 또한 결코 평범하지 않았던 것이다. 그 즈음에는 리코와 야스퍼도 네비로스와 그의 주인, 그리고 두 명의 기사를 바라보고 있었다.

"당신은 누구요?"

야스퍼가 앞으로 나서며 예사롭지 않은 상대편을 노려보았다.

30대의 미남이 슬쩍 미소를 지었다.

"나 말인가? 내 이름은 엑소센이라고 하네. 들어본 적이 있는가?"

엑소센의 말에 야스퍼는 머리를 굴려 자신의 알고 있는 사람의 명단을 훑었으나 결코 알지 못하는 사람이었다. 그래서 혹시나 하는 생각에 리코와 블레이드를 바라보니 그들도 어깨를 치켜 올리며 알지 못한다는 몸짓을 한다. 야스퍼는 기분이 몹시 상했다. 나이도 어려 보이는 녀석이 첫 대면에서부터 반말을 한다. 세상에서 자신에게 말을 놓을 수 있는 사람은 오직 라모 하레스, 한 사람뿐이다. 황제라 하여도 함부로 자신을 대할 수 없었다.

"너는 어디 출신이냐? 수하들로 보아 보통의 인물은 아닌데…… 정체를 밝혀라."

역시 야스퍼도 대뜸 반말로 질문을 던졌다. 엑소센의 안색이 약간 변했고, 옆에 시립한 두 명의 기사로 보이는 인물이 검을 빼 들었다. 동작이 지극히 날렵하다. 그리고 빼 든 검에 은은히 검기가 어리는 걸 보니 역시 보통의 기사는 아니다.

"이런 무례한 놈! 이분이 뉘신데 감히……. 주둥아리를 짓뭉게 놓을 테다!"

오는 말이 고와야 가는 말이 고운 법이다. 야스퍼는 즉시 비아냥거렸다.

"그가 누구란 말이냐? 설마 마왕이라도 된단 말이냐?"

야스퍼의 말에 엑소센의 이마가 찌푸려졌고, 한 명의 기사가 즉시 야스퍼에게 달려들었다. 기사의 검에 검기가 어리더니 야스퍼를 그대로 깔아뭉갤 기세로 덮쳐 왔다.

"성급한 녀석이군."

야스퍼가 달려드는 기사를 향해 검을 내밀었고, 검끝에서 검강이 쭉 뻗어 나왔다.

"앗!"

달려들던 기사가 검으로 바닥을 찌르며 그 반동으로 옆으로 피해 나갔다. 가까스로 피하기는 했으나 급한 서슬에 데굴데굴 몇 바퀴를 굴러서야 일어설 수 있었다. 야스퍼는 고개를 끄덕이며 상대 기사를 인정했다.

"제법이구나. 그런 상황에서도 임기응변으로 벗어나는 걸 보니 그래 듀에이트의 수준은 넘어섰구나."

상대 기사 또한 야스퍼의 검강을 보고서야 수준을 짐작했다. 그리곤 상대를 경시한 자신이 부끄러워 잠시 얼굴을 붉히더니 검강을 불러일으켰다. 거의 1미터에 이르는 검강이 솟아난다. 기사는 침착한 얼굴로 다시 야스퍼에게 달려들었다. 그런데 그 순간 야스퍼의 검에서도 2미터가 넘는 검강이 솟아나며 기사를 향해 짓쳐들어 갔다.

기사의 동작은 인간 가운데서는 빼어나게 빨랐으나 야스퍼의 신법에는 도저히 미치지 못했다. 야스퍼의 검이 기사의 전신을 일방적으로 두드리기 시작했다. 검강이나 속도에서 야스퍼의 상대가 아니었다. 기사는 정신없이 사면을 검으로 봉쇄하며 방어했으나 어느 순간 검이 날아가고 목에 시퍼런 검이 와 닿았다. 자신이 소드 마스터가 된 이후 처음 당하는 치욕이었다. 기사의 안색이 시커멓게 죽었다.

그 모습을 지켜보던 또 한 명의 기사가 역시 야스퍼를 노리고 달려들었다. 그 순간 눈앞이 번쩍 하더니 수십 개의 검날이 날아오는 것이 아닌가?

"너의 상대는 나다."

순간 이동으로 앞을 가로막은 리코가 쾌검을 질러댄 것이다. 상대 기사 역시 검강을 발하고 있었으나 순식간에 리코의 쾌검에 의해 검이 날아가 버렸다. 기가 막힌 기사는 분노하지도 못하고 못 박히듯 서버리고 말았다.

"쓸모없는 놈들!"

지켜보던 네비로스가 창을 들어 두 번 내질렀다. 검은 기운이 야스퍼와 리코를 향해 쭉 뻗어 나갔다. 간격이 무려 5미터는 되었는데도 불구하고 검은 기운이 두 사람을 습격해 갔다. 두 사람이 습격을 눈치 채고 기사들을 내버려 두고 뒤로 물러났는데도 불구하고 검은 기운은 계속해서 쫓아왔다.

"아이언 월!"

블레이드가 나서며 야스퍼와 리코의 전면에 강철 방어막을 설치했다. 그런데 방어막에 부딪친 검은 기운은 곧 스멀거리며 퍼지더니 방어벽을 타고 기어올라 계속 전진하려 하는 것이 아닌가!

"스프레이드!"

블레이드가 재차 손을 휘젓자 방어벽을 넘어오던 검은 기운이 산산이 찢겨 나갔다. 블레이드가 공간의 마나를 이용해 하늘과 땅으로 반사시켜 버렸던 것이다. 네비로스의 눈이 이채의 빛을 띠었다.

"9써클의 마스터인가? 대단하군. 이런 곳에서 대마도사를 만나다니……."

네비로스의 자세가 조금 신중해졌다. 창을 앞으로 내밀며 손을 치켜들었다. 아무리 네비로스라 하더라도 궁극의 마법사는 쉬운 상대가 아닌 것이다.

"그만!"

그때 엑소센이 손을 들어 네비로스를 막았다. 네비로스는 하는 수 없이 창을 거두며 자세를 풀었다. 엑소센은 오만한 눈으로 세 사람을 둘러보았다.

"점점 재미있어지는군. 이런 곳에서 너희들과 승부를 내고 싶지는 않다. 앞으로 전장에서 만나게 되겠지. 잘 들어라. 내 이름은 엑소센 마그리다 아우칸이다. 들어본 적이 없다면 너희가 스스로 알아보아라. 앞으로는 잊을 수 없는 이름이 될 테니……. 내가 너희에게 약속하건대 앞으로 열흘의 시간을 주겠다. 백만 대군을 동원했으니 막아보거라. 제대로 준비한다면 멋진 승부가 되겠지. 부디 나를 실망시키지 않기를 바란다."

엑소센은 말을 마치자마자 네비로스를 바라보았다.

"돌아가자."

낭패를 당한 기사와 엑소센을 한자리에 모은 네비로스가 성난 눈으로 야스퍼와 리코, 블레이드를 한번 노려본 후 순식간에 공간으로 사라져 버렸다. 세 사람은 너무나 엄청난 말을 들었던지라 잠시 말을 잊고서 있었다.

"백만 대군이라고……? 도대체 저자가 누구이길래…….

야스퍼는 아직까지 도저히 상대의 정체를 짐작할 수 없었다. 보다 침착한 리코가 어렴풋이 기억을 더듬어냈다.

"아우칸이라면… 아조레스 대륙의 패권을 차지한 스발바르 황가의 성인데……. 그럼, 맙소사! 스발바르가 그룬디아 대륙을 침략한다는 소리가 아닙니까?"

리코의 말에 야스퍼와 블레이드가 깜짝 놀랐다. 대형 범선으로 세 달을 항해해야 닿을 수 있는 머나먼 아조레스 대륙에서 군사를 동원해 쳐들어온단 말인가? 이건 누가 생각해도 미친 짓이었다. 한번 오면 아무리 무적의 군대라 하더라도 퇴로가 절로 봉쇄돼 버린다. 전멸을 각오하지 않고서야 시도할 수 없는 무리수였다. 스발바르 황제는 미친 자란 말인가? 반면 다시 생각해 보면 그만한 자신이 있다는 소리와도 통한다. 블레이드는 특히 네비로스라는 늙은 노인의 형상을 한 자에게 관심이 갔다. 네비로스는 분명 인간이 아니었다. 그의 기운으로 보아 마족이 분명했다. 마족의 도움을 받는다면 엑소센이 그룬디아 정복의 가능성을 확신하고 있는지도 몰랐다.

세 사람은 서로를 돌아보며 동시에 한 사람의 얼굴을 떠올렸다.

라모 하레스.

그라면 누가 온다 하더라도 별반 두려울 것이 없다. 세 사람은 불안한 가슴을 쓸어 내리며 잠시 토의를 한 후 각자의 나라로 공간 이동해 갔다. 야스퍼는 현 상황에서 비무 운운하는 건 비웃음을 당하기 딱 알맞다는 걸 알고 운도 떼어보지 못했다. 드디어 대륙의 사활을 건 대회전의 서막이 오르고 있었다.

*　　　*　　　*

　그녀를 만났을 때 엑소센의 나이는 18살이었다. 그는 그녀를 처음 본 순간 홀딱 반해 버리고 말았다. 소녀라 하기에는 성숙해 보였고, 여인이라 부르기엔 아직 너무 청순했다. 웨이브진 청발에 푸른 눈을 한 귀엽고도 아름다운 여자였다. 당시 그녀의 나이는 15살이었다. 그는 곧바로 그녀의 앞길을 막아섰다. 그는 오만한 남자였다. 보통의 남자들이 구애하며 종종 저지르는 실수 따위는 전혀 하지 않았다. 떨리는 가슴에 말을 더듬지도 않았고, 이성에 대한 부끄러움으로 얼굴을 붉히지도 않았다. 자신이 좋아하면 당연 상대도 자신을 좋아해야 한다고 믿었다.
　"네 이름이 뭐냐? 정말 예쁘구나."
　그는 대뜸 그녀의 볼을 쓰다듬으며 수작이 아닌 당연한 권리를 행사했다. 당시는 그렇게 믿었다. 그리고 그녀의 매끄러운 살결에 손바닥이 황홀한 느낌을 전하자 아예 양손으로 그녀의 얼굴을 감싸 쥐었다. 그녀가 느닷없는 상황에 어쩔 줄 몰라 하고 있는 사이에 그는 그녀의 작은 입술을 발견했다. 그리고 자신도 모르는 사이에 그녀의 입술에 키스했다. 그 순간만큼은 그도 그녀도 아찔한 전율이 전신으로 흘렸다.

그러나 다음 순간 그는 그녀를 뒤따라오던 호위 기사에게 밀려났다. 호위 기사가 끼어들며 그의 가슴을 손으로 밀어냈다.

"칠황자 전하! 이러시면 안 됩니다. 아무리 황자 전하라 하시더라도 귀족의 영애에게 욕을 보일 수는 없습니다."

호위 기사의 말은 정중했고, 밀어내는 손에도 부드러움이 가득했으나 눈만큼은 적개심이 번뜩이는 듯했다. 훗날 생각해 보면 그건 단호함이었지 적개심이 아니었다. 당연 그는 대노했다.

"이런 죽일 놈이 있나! 감히 이 나라 황자의 몸에 손을 대?"

그는 허리에 차고 있던 검을 빼 들어 단숨에 기사의 오른팔을 날려버렸다. 그는 당시에 이미 그래듀에이트의 경지에 올라 있었다. 그러니 방심하고 있던 기사는 자신의 팔이 잘려 땅에 떨어지는 모습을 지켜보아야 했다.

단순한 분김에 저지른 일치고는 파장이 너무나 컸다. 당시 황궁 내에서는 황제가 주관하는 대연회가 열리고 있었다. 엑소센은 연회에 참석했다가 너무 따분해 잠시 산책을 나왔다가 소녀를 만났다. 그리고 검을 휘둘렀다. 소녀의 부모인 백작 부부가 달려왔고, 황궁 근위 기사들이 몰려들었다. 백작은 얼굴이 벌겋게 달아오른 채 소녀의 호위 기사를 부축해 일으키며 칠황자인 그를 쳐다보려고도 하지 않았다. 근위 기사들은 그를 향해 질책의 눈빛을 던졌다.

그는 무시하는 듯한 백작의 행동에 말문이 막혔고, 평소 검술을 배우며 친하게 지내던 근위 기사들이 감히 자신에게 질책의 눈빛을 던지는 태도를 견딜 수가 없었다. 그는 또 부황인 황제에게 불려가 함부로 처신한다며 난생처음 꾸지람을 들어야 했다. 어릴 때부터 엑소센은 황자 가운데 가장 뛰어난 인재라고 주변으로부터 수없이 칭찬을 들으며 자랐다. 역사, 철학, 경제, 문학 등 한 번 보면 잊지 않는 타고난 머리로 줄줄 외웠고, 수학과 같은 난이도가 높은 문제도 엑소센이 집중하기 시작하면 풀리지 않는 것이 없었다. 검술도 배운 지 얼마 되지 않아 기초를 떼고 체력 훈련을 병행하며 황자로서는 보기 드물게 높은 수준으로 올라섰다. 마법 또한 재능이 있어 엑소센은 어렵지 않게 파이어 볼을 생성시킬 수 있었다.

엑소센의 평가는 수재에서 천재로 바뀌어갔고, 덩달아 자만심도 커져 갔다. 엑소센의 신분 또한 대단하니 아무도 거역할 수 없었다. 또 사실 나이가 어리니 엑소센이 요구하는 것이라야 그다지 어려운 것도 없었다. 기분만 잘 맞추어주면 엑소센만큼 다정한 황자도 없었다. 엑소센은 오만하긴 했으되 천지 분간을 못하는 패륜아는 아니었다. 아니, 오히려 학문과 무예, 그리고 다른 사람을 배려하는 인성까지 균형을 갖춘 보기 드문 제왕의 자질을 가지고 있었다.

다만 그날은 제정신이 아니었다. 그녀 앞에 섰을 때 엑소센은 자신이 남자임을 자각했다. 그녀의 매력에 흠뻑 빠져 황홀경을 헤매었다. 엑소센의 행동은 평소의 오만함에다 이성에 대한 갈증이 덧보태어져 전혀 자신을 제어하지 못했다. 그때 기사가 막아섰고 엑소센은 수컷의 갈기를 세웠다. 평소의 엑소센이라면 이후 미칠 파장을 고려해 뺨을 때렸을지언정 검을 휘두르지는 않았을 것이다.

스스로 자숙의 시간을 보내며 엑소센은 깊이 반성했다. 반성의 내용은 죄없는 기사의 팔을 잘랐다는 것이 아니라, 인간의 팔을 자를 정도로 이성을 상실했다는 점에 두었다. 엑소센은 여전히 오만한 황자였다.

그런데 시간이 흐르고 나자 소녀가 너무 보고 싶어졌다. 짧은 순간 엑소센은 그녀로부터 사랑의 화살을 맞았던 것이다. 엑소센은 몰래 황성을 빠져나와 그녀가 살고 있는 저택으로 찾아갔다. 엑소센도 자신의 잘못을 알아 공공연히 신분을 밝히고 백작가로 들어가는 짓은 하지 못했다. 근처에 숨어 지켜보다가 그녀가 호위 기사 한 명, 그리고 시녀를 대동하고 나오는 걸 보았다. 엑소센은 즉시 그녀를 막아섰다.

"나중에야 그대의 이름이 미즈 가브라스라는 걸 알았소. 미즈! 지난번의 무례를 용서하시오. 지금 난 황자로서가 아닌 한 남자로서 그대의 앞에 섰소. 처음 본 순간 당신에게 빠져 버리고 말았소. 내 사랑을 받아주시오."

엑소센은 말을 하고 나서도 스스로 놀랐다. 강한 성격의 자신이 이런 닭살 돋는 대사를 내뱉다니……. 그렇다고 철회할 마음은 조금도 없었다. 솔직하게 자신의 감정을 표현했을 뿐이다.

황자가 무릎까지 꿇고 사랑의 말을 속삭이자 미즈의 눈이 잠시 기쁨으로 반짝였다. 미즈는 사실 그날 놀라기는 했으나 엑소센을 조금도 미워하지 않았다. 황궁에서 천재로 소문난 황자이며 빼어난 외모로 뭇 귀족 영애들의 가슴을 설레게 하던 인물이 아닌가. 더군다나 마검사로, 황자 중 가장 출중한 재능을 소유한 인물로 평가되는 엑소센이었다. 그가 자신에게 매료돼 황자의 체면까지 벗어던지는 실수를 저질렀다. 미즈는 오히려 엑소센이 그 일로 크게 낙망한 나머지 자신을 포기하지는 않을까 두려워했다.

"칠황자 전하! 이러시면 안 됩니다. 저는 스발바르 황가를 지키는 백작가의 여식에 불과합니다. 어찌 황자께서 무릎을 꿇으십니까?"

미즈는 얼른 엑소센에게 달려가 팔을 잡아 일으켰다. 미즈는 아직

한창 자라고 있는 소녀에 불과했고, 엑소센은 거의 1미터 80센티가량의 신장에 검술로 단련된 근육을 가진 건장한 청년이었다. 억지로 일으켜 세우려고 하다 보니 균형을 잡기 위해 미즈는 절로 엑소센의 품으로 안기는 형상이 되었다. 두 사람은 서로의 심장이 격렬하게 뛰는 소리를 들었다.

그로부터 두 사람은 틈만 나면 몰래 만나 산책하고 귀족가의 연회에 참석하기도 하며 사랑을 나누었다. 스발바르 전체에 두 사람의 사랑 이야기가 회자될 정도였다.

일 년이 지난 어느 날 엑소센은 시종으로부터 놀라운 보고를 들었다. 자신의 형님이자 삼황자인 엑사포가 가브라스 가에 청혼장을 보냈다는 것이다. 스발바르 제국의 황족을 지칭하는 아우칸이라는 성 외에 황족의 남자들은 모두 이름의 첫머리에 '엑'이라는 접두사를 사용했다. 이는 위대한 인물이라는 뜻의 아조레스 대륙 고대어였다. 그래서 이름이 모두 비슷비슷 했다. 어쨌든 미즈는 가브라스 가의 무남독녀이니 다른 사람을 지칭했을 리는 없었다. 놀란 엑소센은 즉시 가브라스 백작을 찾아갔다. 미즈와의 관계를 완전히 못 박아두기 위해서였다.

"나와 미즈는 서로 사랑하는 사이오. 가브라스 백작, 따님을 제게 주십시오. 반드시 행복하게 해주겠습니다."

황자인 자신이 직접 간청하니 비록 기사의 팔을 자른 일로 한때 소원했지만 가브라스는 반드시 허락할 것을 믿어 의심치 않았다. 하지만 가브라스 백작의 대답은 엑소센의 믿음을 배반했다.

"곤란하신 요청이로군요, 칠황자 전하. 삼황자 전하께 이미 허락의 답신을 보냈습니다. 지금쯤 심부름꾼이 삼황자 전하의 처소에 당도할 시간입니다. 조금 일찍 오셔서 말씀하시지요. 이제는 번복할 수 없습니다."

엑소센은 크게 낙담했다. 하지만 미즈를 포기할 수는 없었다. 이제 엑소센에게 있어 미즈 없는 삶은 상상할 수 없을 정도였다. 그녀의 부드러운 숨결과 황홀한 목소리를 듣지 못한다면 생에 무슨 의미가 있단 말인가? 엑소센은 끈질기게 가브라스 백작에게 조르기도 하고 황자의 권위를 이용해 위협하기도 하며 설득하고자 애를 썼다.

"좋습니다, 칠황자 전하! 만약 전하께서 삼황자 전하의 포기 각서와 황태자 전하의 허락을 받아 오신다면 두말하지 않고 미즈를 칠황자 전하의 아내로 인정하겠습니다. 어떻습니까?"

가브라스 백작의 말에 엑소센은 선택의 여지가 없었다. 엑소센의 명석한 머리는 가브라스 백작의 말에 이번 일에는 황태자도 관여되어 있음을 알 수 있었다.

엑소센은 먼저 황태자 엑사고를 찾아갔다. 저간의 사정을 먼저 알고자 해서다.

"형님! 저와 미즈의 관계를 잘 알고 계시리라 믿습니다. 그런데 왜 저희 사이에 끼어들어 훼방을 놓으시는 겁니까?"

엑소센은 엑사고에게 눈을 부라리며 항의했다. 평소 거의 왕래가 없었고 무려 10살이나 나이 차가 나 어렵기도 한 형이었다. 더군다나 배다른 형제인지라 더욱 소원한 사이였다. 하지만 이런 상황에서는 눈치를 볼 여유가 없었다. 엑사고의 얼굴이 찌푸려졌다.

"엑소센! 내가 가브라스 백작에게 다리를 놓은 것은 사실이다. 그것이 어쨌단 말이냐? 엑사포는 장차 제국의 발전을 같이 도모해 갈 내 오른팔이다. 그의 소원이라 하여 내가 가브라스 백작에게 요청했다. 엑사포가 원한다면 미즈라는 여인뿐 아니라 더한 것도 내어줄 수 있다.

네가 조금 재능이 있다고 하늘 높은 줄 모르는 모양인데, 더 이상 날뛰지 말고 쥐 죽은 듯 지내라. 네 녀석을 어찌해야 할지 고민 중이다."

엑소센은 최근 황태자와 이황자 엑수리아의 갈등을 생각해 냈다. 바로 장차 스발바르 대권을 누가 거머쥘 것인가 하는 권력 암투였다. 이 때문에 귀족들도 두 무리로 나뉘어져 치열한 정쟁을 벌이고 있는 중이었다. 가브라스 백작은 바로 황태자 파였던 것이다. 그리고 얼마 전 삼황자 엑사포가 황태자 지지를 선언하고 나선 것도 상기되었다. 황태자의 태도가 너무나 단호해 엑소센은 더 이상 설득할 여지가 없음을 알았다. 더군다나 황태자는 엑소센을 자신이 황제의 권좌로 가는 길의 걸림돌로 생각하는 눈치였다. 그의 눈에서 엑소센의 재능에 대한 질투의 빛이 번쩍였다.

하릴없이 황태자궁을 나선 엑소센은 삼황자 엑사포를 찾아갔다.

"형님! 저를 위해 미즈를 포기해 주십시오. 저는 정말 미즈를 사랑합니다. 형님께서 미즈를 포기하신다면 저도 황태자 형님의 지지를 선언하고 전폭적으로 지원하겠습니다. 그러니 미즈를 제게 주십시오."

엑소센은 낯설어 보이는 엑사포를 보며 그동안 자신이 형제들과 얼마나 거리감을 두고 살았는지 실감할 수 있었다. 전부 배다른 형제들인지라 절로 왕래가 드물었다. 오만한 성격의 엑소센에게 있어 이런 간청은 전에도 한 적이 없었고 이후에도 없을 것이다. 엑소센은 평생 해야 할 간청을 오늘 하루에 다 하고 있는 셈이었다. 하지만 엑소센의 말에 엑사포는 콧방귀를 뀌었다.

"건방진 놈! 아비가 누군지도 모르는 사생아 주제에 바라는 것도 많다. 너는 그동안 너무 오랫동안 분에 넘치는 영화를 누려왔다. 부황께서는 네 어미에게 홀려 널 황자로 인정하고 길러주었겠지만 황태자 형님과 난 아니다. 부황께서 돌아가시는 날이 바로 네가 죽는 날이다. 그동안이라도 목숨을 부지하고 싶으면 얌전히 지내라. 당장 꺼져라!'

삼황자궁에서 강제 축출당한 엑소센은 하늘에 먹구름이 가득한 듯 눈앞이 어두워졌다. 사생아라니……. 자신이 황제의 소생이 아니란 말인가? 이런 청천벽력의 사태에 엑소센은 잠시 황궁 안에서 갈 길을 잃을 정도였다. 정신을 차린 엑소센은 곧바로 자신의 어머니 루실다에게 달려갔다.

루실다는 바로 현 황제의 네 번째 후비였다. 루실다는 엑소센이 어찌 된 일이냐고 따지자 눈물을 흘렸다.

"엑소센, 미안하구나. 그래, 황제는 너의 아버지가 아니다. 네 아버지는 따로 있어. 하지만 나도 그가 누군지, 어디로 갔는지 알 수 없구나. 그와는 우연히 만나 다만 석 달을 같이 지냈을 뿐이다. 그는 내가 임신했다는 걸 알자 떠나 버렸단다. 그는 네가 장성하면 '땅 끝으로 가서 하늘이 가리키는 문을 열어라. 그럼 세상을 지배할 힘을 주겠다' 라는 말을 들려주라고 하더구나. 나는 그가 떠나고 난 후 망연자실해 있었고, 그때 제국 시찰에 나섰던 지금의 황제를 만났단다. 그리고 후비가 되어 황궁에 들어와 6개월 만에 너를 낳았단다."

엑소센은 비감한 기분에 사로잡혀 어머니를 원망했다. 그리고 자신이 실상은 황자가 아니라 이름없는 백성들 가운데 한 명의 아들이라는 데 절망했다. 그동안 어머니를 사랑한 황제의 은총에 힘입어 황자로 살아올 수 있었다. 엑소센은 그제야 황제가 자신을 잘 만나주지 않던 일과 형제들이 자신을 따돌리는 이유를 알 수 있었다.

그날 밤 엑소센은 암살자들의 방문을 받았다. 다행히 칠황자궁을 지키던 기사들이 먼저 발견해 치열한 전투가 벌어졌다. 기사들이 죽어

나가고 복면을 쓴 침입자들은 엑소센이 자고 있는 침실까지 쳐들어왔다. 갑옷도 차려입을 사이가 없었던 엑소센은 잠옷을 입은 채 필생의 실력을 발휘해 암살자들과 드잡이질을 벌였다. 칠황자궁은 불길에 휩싸였고 엑소센이 침입자들을 모조리 죽여 버릴 때까지 아무도 달려오는 이가 없었다. 분개한 엑소센은 죽어가는 복면침입자의 멱살을 잡았다.

"누가 보냈느냐?"

엑소센은 삼황자 엑사포의 짓이라고 추측했다. 그러나 복면인의 말은 뜻밖이었다.

"호호호! 칠황자! 그대는 오늘 낮 삼황자궁에서 황태자를 지지하겠다고 발언하지 않았소. 이황자 전하께서는 크게 분노하시어 우리를 보내셨소. 그대는 실수했소. 물론 그것이 그대의 진정한 뜻은 아니라는 걸 아오. 하지만 이황자 전하께서는 걸림돌이 될 소지가 다분한 그대를 미리 제거하시겠다고 말하셨소. 앞으로 그대는 한시도 편할 날이 없을 것이오."

암살자는 저주에 가까운 말을 남기고 절명했다. 엑수리아가 자신을 오해하고 있음을 알았다. 그러나 해명할 길이 없다. 엑소센은 황궁 안에 자신의 편이 한 사람도 없다는 걸 절감했다. 엑소센은 그날 밤으로 불타는 칠황자궁을 뒤로한 채 황궁을 빠져나왔다. 그리고 가브라스 백작의 저택으로 몰래 숨어 들어갔다. 저택 2층 침실에서 자고 있는 미즈를 깨울 수 있었다. 소스라치게 놀라 잠에서 깬 미즈에게 엑소센은 사정을 설명했다.

"미즈! 나와 함께 갑시다. 어디로 가든 당신을 행복하게 해줄 자신이 있소."

엑소셴은 사랑 하나로 모든 것이 해결될 것이라 믿을 만큼 순진했다. 하지만 미즈는 정신을 차리고 나자 앞날을 예측해 보고는 고개를 흔들었다.

"엑소셴! 나도 당신을 사랑해요. 하지만 난 당신을 따라갈 수 없어요. 작년만 해도 저 또한 사랑이 전부인 줄 알았어요. 하지만 난 이 풍요로운 생활을 저버릴 용기가 없어요. 나는 황제의 아내가 되고 싶어요. 그도 안 된다면 최소한 이 나라 권력자의 아내가 되겠어요."

엑소셴은 조급증이 들어 서둘러 입을 열었다.

"좋소. 그대가 원한다면 언젠가는 나도 황제가 되겠소. 그렇게 노력하겠소. 그러니 지금 비록 형세가 불리하더라도 날 따라와 주시오."

엑소셴이 애원했지만 미즈는 약간 주저하면서도 결국 할 말은 해야겠다는 결심이 서린 얼굴로 입을 열었다.

"엑소셴! 지금까지 당신을 사랑했고, 앞으로도 당신만큼 진정으로 사랑하는 사람은 없을 거예요. 하지만 난 사랑만으로 인생을 포기하고 싶지 않아요. 당신은 이미 틀렸어요. 권력이 없는 칠황자는 영지조차 하사받지 못할 거예요. 더군다나 이런 큰일이 벌어졌으니……. 당신은 목숨을 유지하기에도 벅찰 거예요."

오만한 엑소셴은 단 한 번의 애원으로도 너무 지나쳤다고 생각하던 중이다. 더군다나 거절당했다. 엑소셴의 얼굴이 서리가 내린 듯 창백해졌다. 엑소셴은 이를 악물었다.

"언젠가는… 황제가 되어 돌아오겠소. 그때 내 앞에서 그대가 무슨 말을 하는지 듣겠소."

엑소셴은 절망 가득한 마음으로 가브라스 백작의 저택을 나섰다. 그리고 그 길로 스발바르 황성이 있는 수도 꽈야킬을 벗어났다.

다음날부터 엑소셴은 자신을 죽이라는 명령을 받고 쫓아온 삼황자와 이황자의 병사들을 번갈아 만나야 했다. 당시 엑소셴은 이미 그래듀에이트 상급의 실력을 갖추었고, 마법은 6써클의 마스터였다. 마검사인 엑소셴의 위력은 대단해 추적해 온 기사들과 병사들은 대부분 이름없는 산야에다 뼈를 묻어야 했다. 드디어 엑소셴의 목에 막대한 현상금이 걸리고 스발바르 전체에 검거령이 내려졌다.

엑소셴은 자신을 잡으려고 손을 잡은 이황자와 삼황자의 작태를 겪으며 비로소 형들인 다른 황자들이 자신을 경계하고 미워했다는 걸 깨달았다. 그동안 황제가 어머니 때문에 자신을 보호해 주었으나 이미 노쇠해 권력의 중심이 다음 대권을 노리는 황자들에게 넘어가고 말았다. 황태자는 삼황자를 통해 기어코 자신을 죽이려 했다. 엑소셴은 죽을 뻔한 고비를 숫하게 넘기며 도망치고 또 도망쳤다. 엑소셴은 몸과 마음이 지칠 대로 지쳐 그만 포기하고 싶었다.

만약 당시 평소 친분을 쌓아두었던 열두 명의 근위 기사가 쫓아와 보호해 주지 않았다면 분명 엑소셴 또한 자의 반 타의 반으로 목이 잘리고 말았을 것이다. 검을 배우며 엑소셴은 허심탄회하게 근위 기사들을 대했다. 술잔을 나누며 서로의 의기를 뽐내었고 기사들은 엑소셴을 진심으로 좋아하게 되었다. 그중 특히 엑소셴의 기사대란 호칭이 붙을 만큼 친했던 열두 명의 근위 기사들이 모든 명예와 권력을 팽개치고 따라와 주었던 것이다.

"고맙다. 내 목표는 스발바르의 황제가 되는 것이다. 그때까지 살아남는다면 기필코 그대들에게 보답을 하겠다."

엑소셴은 근위 기사들이 너무 고마워 철이 들고 난 이후 처음으로 눈물을 흘렸다. 그러나 아직도 엑소셴의 갈 길은 멀었다.

"땅 끝으로 가서 하늘이 가리키는 문을 열어라. 그럼 세상을 지배할 힘을 주겠다."

엑소셴은 어머니가 말해 준 친아버지의 당부를 기억해 냈다. 그러나 땅 끝이 어디를 지칭하는지 알 수 없었다. 동서남북 어디의 땅 끝인지 가늠하지 못했다. 아조레스 대륙은 넓었다. 이는 마치 모래사장에서 밀알을 찾기만큼이나 막연했다. 하지만 그것만이 엑소셴의 희망이었다.

엑소셴은 강을 건너고 사막을 가로지르며 걷고 또 걸었다. 이름없는 산맥을 넘다가 몬스터를 만나 고전하기도 했고, 포기하지 않고 쫓아온 추적대와는 생사를 가르는 전투를 벌여야 했다. 엑소셴을 믿고 따라와 준 근위 기사들도 한 명 두 명 죽어가기 시작했다.

서쪽 끝의 땅으로 갔다가 다시 대륙을 횡단해 동쪽으로 찾아갔고, 거기서도 하늘이 가리키는 문을 찾을 수 없자 다시 북쪽의 땅 끝으로 이동했다. 북쪽 땅 끝에 이르렀을 때 근위 기사들은 결국 대부분 죽고 단 한 명만이 엑소셴을 따르고 있었다. 그동안 세월은 흐르고 흘러 8년여를 넘기고 있었다. 엑소셴의 나이 26살이 되었다. 황태자 엑사고가 결국 이황자 엑수리아를 격파하고 황제가 되었다는 소문도 들었다. 그즈음에는 추적대도 뜸해져 있었다.

북쪽의 땅 끝은 사람도 살지 않는 바닷가였다. 태고의 엄청난 화산 폭발에 의해서인지 북쪽 끝의 해안은 크고 작은 암석으로 가득했다. 더군다나 북쪽 해변은 너무 거친 땅이었다. 조금 바람이 심하게 불고 파도가 높이 치면 물보라인지 돌 조각인지 구분할 수 없을 만큼 굉렬하게 부서진다. 바로 세상이 부서지는 듯했다. 그런 해변에 두 명의 거지가 서 있었다.

"칠황자 전하! 저기를 보십시오."

예전엔 훤칠한 근위 기사로 당당해 보이던 캠블이 손가락을 들어 해변의 오른쪽을 가리켰다. 이제는 전혀 당당하지 않다. 옷은 누더기가 된 지 오래였고 얼굴은 씻지 않아 더럽고 까칠했다. 엑소센 또한 캠블과 별반 다르지 않았다. 엑소센은 손가락을 따라 시선을 돌렸다.

해변 오른쪽인 꽤 먼 거리에 암석으로 이루어진 산이 보였다. 그리고 그 산 위에는 중천에 뜬 햇빛을 반사하는 무언가가 있었다. 그 빛은 해변을 떠나 내륙 쪽으로 비추어지고 있었다. 그 순간 엑소센은 감당할 수 없는 희열이 온몸을 휘감는 걸 느꼈다. 바로 친아버지가 남겼다는 '하늘이 가리키는 곳'을 찾은 것이다.

엑소센과 캠블은 즉시 빛이 비추는 곳으로 달려갔다. 그러나 가는 동안 빛이 사라지고 어둠이 찾아왔다. 생각보다 거리가 상당해 시간이 많이 걸렸던 탓이다. 결국 엑소센과 캠블은 다시 암석산으로 되돌아와 그 밑에서 노숙했다.

다음날 암석산으로 올랐다. 산 정상까지 오르는 데는 한 시간으로 충분했다. 잠시 휴식을 취하며 기다리자 다시 해가 중천에 떴다. 그리고 역시 한줄기 빛이 산 정상에서부터 지상으로 뻗어 나갔다. 엑소센은 도대체 무엇인지 궁금해 반사체를 찾아보았다. 정상에서부터 비스듬히 기울어진 절벽 면에 그것이 박혀 있었다. 머리통보다 더 큰 흰색의 보석으로 보였다.

보석은 6각형인지 7각형인지 사면이 깎여 있었는데 용하게도 한곳으로 빛을 모아 길고 긴 선을 만들고 있다. 궁금증을 푼 엑소센은 그

빛이 다다르는 곳을 지켜보았다. 빛의 선은 멀리 검은 암반 지대를 가리키고 있었다. 유독 그 지역만 검은색이어서 흰 얼굴에 점이 박힌 듯 뚜렷했다.

엑소센과 캠블은 암석산을 내려와 검은색 암반 지대로 달려갔다. 역시 가는 동안 해가 지고 말았다. 하지만 이번에는 주변을 샅샅이 탐색해 놓은 만큼 길 잃을 염려는 없었다.

대충 잠자리를 보아 하룻밤을 지내고 다음날 다시 달려가기 시작했다. 해가 중천에 뜰 무렵 엑소센과 캠블은 검은 암석 지대에 도달할 수 있었다. 정말 검은 물을 들인 듯 온통 어두운 지대였다. 그러나 정확히 빛이 가리키는 부분에 당도했을 때 엑소센은 또 하나의 난관에 봉착했다. 빛이 비추는 곳에는 다시 작고 푸른 보석이 박혀 있었는데, 그것이 해변가의 암석산에서 비추는 빛을 흡수하고 있다. 그러니 발견하기는 쉬웠다. 대신 보석이 박힌 부분은 인간의 힘으로는 어쩔 수 없는 집채만한 바위였다.

"이게 문이란 말인가?"

엑소센은 암담했다. 이걸 어찌 연단 말인가? 엑소센이 이런 고민에 빠져 있을 때 캠블이 바위 밑에 쓰여진 글귀를 발견했다.

네가 정녕 나의 아들이라면 봉인석에 손을 얹고 내 이름을 불러라. 내 이름은 헤가수스이니라.

엑소센은 헤가수스가 자신의 아버지라는 걸 알았다. 그리고 푸른 보석이 무언가를 봉인해 놓은 매개체임도 알았다. 엑소센은 기대에 찬 가슴으로 봉인석을 감싸 쥐었다.

"내 아버지 헤가수스여! 당신의 아들이 드디어 이곳에 당도했습니다. 제게 길을 열어주십시오."

엑소센이 떨리는 목소리로 이렇게 입을 열자 봉인석에서 강렬한 빛이 터져 나오며 바닥이 쩍 갈라지고 거대한 암석이 가라앉아 버렸다. 그리고 눈앞에는 어두워 보이는 동굴의 입구가 드러났다. 동굴로부터 섬뜩한 느낌의 기운이 흘러나왔다.

엑소센은 힐 라이팅 마법으로 발광체를 띄워 동굴 안으로 걸어 들어갔다. 동굴의 내부는 그다지 넓지 않았다. 동굴 안에는 제단이 마련돼 있었다. 엑소센은 바라보는 순간 몸을 떨었다. 제단 위에는 사람의 목이 달랑 놓여 있었던 것이다.

흰 얼굴에 대단한 미인이었는데 칠흑같이 검은 머리카락이 제단 아래까지 늘어져 있다. 또 눈 안쪽으로 피가 흘러 콧등을 따라 방울방울 바닥으로 떨어지고 있다. 더 괴기로운 건 여인이 두 눈을 치켜뜨고 동굴로 들어서는 엑소센을 지켜보고 있다는 사실이었다. 엑소센의 발걸음에 따라 눈동자가 흔들리는 것으로 보아 분명 살아 있었다.

"너는 누구냐? 이곳에 올 분은 오직 우리의 주인뿐이시다. 그런데 넌 인간이 아닌가? 인간이 어떻게 이곳에 들어왔지?"

엑소센은 여인의 크고 뚜렷한 눈, 쭉 곧은 코와 선이 뚜렷한 입술 등 완벽한 조화를 보았지만 조금의 아름다움도 느낄 수 없었다. 왜냐하면 그 영롱한 눈에서는 피를 흘리고 있었으며, 곧게 뻗은 콧등 위를 피가 덮고 있을 뿐 아니라 매력적인 입술로는 혀를 내밀어 피를 핥고 있었기 때문이다.

"나는 내 아버지 헤가수스의 부름을 받고 이곳으로 왔다. 아버지께서 안배한 힘이 널 지칭하는 건가?"

엑소센은 여인의 괴기스런 모습에 공포를 느꼈지만 도망가기에는 자존심이 허락치 않았다. 그리고 지금까지 겪어온 숱한 역경은 차라리 죽을지언정 현실을 도피하지 못하게 했다.

여인이 눈을 크게 치떴다. 그녀의 눈이 환희로 젖어들어 갔다. 얼마나 오랫동안 이렇듯 봉인되어 있었단 말인가.

"당신의 말이 사실이라면 다가와서 내 머리에 손을 얹고 헤가수스님의 힘을 보여주십시오. 저를 이 오랜 유배로부터 해방시켜 주세요."

엑소센은 멈칫거리다가 결심을 굳힌 얼굴로 곧 다가가 그녀의 머리에 손을 얹었다. 불길한 여인이었다. 아니, 여인은 인간이 아님이 확실했다. 그러나 다시 황궁으로 돌아가고자 하는 열망이 불안감을 눌렀다. 엑소센의 손에서 검은 빛이 솟아나와 여인의 머리 속으로 흘러들어 갔다. 그러자 그녀의 머리 아래로 급작스럽게 신체가 생겨났다. 상체는 여인 그대로이나 하체는 바로 인어였다. 하체의 비늘은 에메랄드로 이루어져 있어 지극히 찬란해 보였다.

여인은 자신의 금제되었던 육신이 생겨나자 제단 위에 가로누운 채로 고개를 숙였다. 여인의 머리카락이 허공으로 치솟아오르더니 앞으로 급작스레 떨어지며 뻗어 나갔다. 그것은 머리카락까지 경배를 드리는 형상이다.

"오오! 드디어 기다리던 주인이 오셨군요. 파도와 폭풍의 백작 세에라가 주인을 뵙습니다."

세에라의 머리카락이 두 번을 더 솟구쳐 올랐다가 떨어지기를 되풀이했다. 엑소센과 캠블은 세에라의 기묘한 동작에 어안이 벙벙할 뿐이다.

세에라는 곧 완전한 여인으로 변신했다. 눈에서 흐르던 피가 멈추고 비늘이 사라졌다. 그저 지극히 아름다운 여인만이 눈앞에 서 있었다.

세에라는 곧 제단 위에 마법진을 그렸다. 그리고 주문을 외자 검은 빛이 솟아오르더니 다른 존재 하나가 나타났다. 인간보다 훨씬 큰 덩치를 한 존재는 수소의 머리에 사자의 몸을 하고 있다. 과연 예상대로 이들은 인간이 아니었다. 수소 머리가 네 발을 땅에 대며 머리를 숙였다.

"죽음과 살육의 백작 파이본이 주인을 뵙습니다."

파이본도 곧 변신을 시도했다. 파이본은 눈이 피처럼 붉고 시체처럼 썩은 냄새를 풍기며 쉰 목소리를 내뱉는 혐오스러운 인간으로 바뀌었다. 그러나 2미터를 넘는 키에 우람한 근육을 자랑하는 거한으로 변했으며, 허리에는 묵빛의 검을 차고 있었다.

엑소센은 두 존재를 바라보며 마음의 갈등을 느꼈다. 그러는 사이 세에라가 다시 입을 열었다.

"혜가수스님께서는 저와 파이본의 몸 안에 마계 공작 네비로스님을 봉인시켰습니다."

세에라와 파이본이 손을 들어 자신의 배를 갈랐다. 그리고 몸속에서 길쭉한 물체를 하나씩 꺼내놓았다. 분명 인간을 반으로 갈라놓은 형상이다. 엑소센은 세 존재를 서로 교묘하게 봉인시킨 혜가수스의 재치에 감탄하지 않을 수 없었다. 네비로스는 갈라진 몸이 절로 붙었으나 깨어나지 않았다.

"역시 주인께서 이마에 손을 얹어주시면 깨어날 것입니다."

엑소센은 이들이 바로 말로만 듣던 마족이라는 사실을 깨달았다. 그러자 마음이 무거워졌다. 자신의 아버지는 마계의 어떤 존재란 말인가? 그리고 자신은 인간인가, 마족인가? 혼란이 오지 않을 수 없었다.

그러나 이미 활은 시위를 떠났다. 세에라의 조언에 따라 엑소센은 다시 손을 들어 네비로스의 이마를 짚었다. 다시 검은 기운이 흘러나와 네비로스의 이마로 사라졌다. 갈라진 흔적이 남아 있던 네비로스의 몸이 완전히 합체되며 눈을 번쩍 떴다. 노인은 얼굴에 긴 콧수염을 달고 있는데, 인간과 조금도 다름없었다.

엑소센은 형상이 인간에 가까울수록 고위 마족이라는 소리를 들은 적이 있었다. 그렇다면 네비로스가 이들 가운데 가장 강할 것으로 보였다. 네비로스는 깨어나자마자 엑소센을 보고 바로 상황을 알아차렸다. 즉시 무릎을 꿇었다. 그러나 세에라나 파이본처럼 완전히 복명하는 자세가 아니라 엑소센을 탐색하는 눈빛으로 유심히 바라본다.

"마계 공작 네비로스가 주인을 뵙습니다."

네비로스가 고개를 갸우뚱거렸다. 복종을 하기는 했으나 의아한 점이 있는 모양이다. 엑소센은 불안한 가운데에서도 세 마족의 전신에 흐르는 강대한 기운을 느끼고 마음이 설레었다. 이제 드디어 과야킬로 돌아가게 되었다. 황제가 되어 돌아가는 것이다. 그런 생각이 들자 흥분을 감출 수 없었던 것이다.

이후 엑소센은 세 명의 마족들로부터 그들이 봉인된 사정을 들었다. 이들은 헤가수스의 충실한 수족들로 또 다른 수하인 루인스트로와 권력을 다투었다. 마족은 힘있는 자가 서열의 우위를 정한다. 네비로스는 자신의 수하들을 이끌고 치열하게 싸웠으나 결국 루인스트로에게 패해 소멸될 위기에 처하고 말았다. 그때 헤가수스가 나서 이들을 봉인해 버렸다. 훗날 봉인에서 풀어줄 이가 찾아갈 테니 그를 주인으로 삼아 세상을 정복하라는 명을 받았다는 것이다.

"그런데 주인께서는 어찌 각성하지 않는 겁니까? 지금 주인의 몸에는 헤가수스님의 기운이 자리를 잡지 못하고 방황하고 있군요. 이상한 일입니다."

노인 네비로스는 과연 셋 중의 우두머리요, 마계 공작답게 엑소센의 상태를 정확하게 지적해 낸다. 엑소센은 적이 당황했다. 이곳에 들어오고 나서야 자신도 마족이란 사실을 알았다. 그러나 엑소센은 마음속으로 그런 사실을 강하게 거부했다. 엑소센은 거의 변한 바가 없다.

엑소센은 인간들 가운데 아직까지 잊지 못하는 여인이 있고 자신을 위해 목숨을 바친 열한 명 근위 기사들의 의기가 명백히 정신에 새겨져 있다. 인간의 감정과 의식이 엑소센과 함께하는 한 자신은 결코 마족이 될 수 없다는 사실도 동시에 깨달았다. 엑소센이 마족이라는 사실에 인간인 캠블도 당황해 얼굴이 창백해져 있다. 엑소센은 캠블이 무엇을 걱정하는지 잘 알았다.

"캠블, 염려할 것 없다. 난 마족이 아니라 인간이다. 전에도 인간이었고 앞으로도 인간으로 살 것이며 죽을 때도 인간일 것이다."

캠블이 엑소센의 정직한 얼굴과 다정한 미소를 직시했다. 과연 엑소센은 자신이 어릴 적부터 보아온 칠황자가 확실했다. 정열이 담긴 눈과 감정이 담긴 얼굴은 분명 인간만이 가질 수 있다.

"칠황자 전하, 그대를 믿겠습니다. 부디 마족들과는 한계를 그어주시길……."

캠블이 새삼스레 무릎을 꿇으며 말을 잇자 세 마족이 일제히 살기 어린 눈빛을 던졌다. 그러나 감히 엑소센 앞에서는 발광할 수 없었다.

지극히 총명한 엑소센은 마신 헤가수스의 의도를 어느 정도 짐작할 만했다. 바로 자신을 이용한 인간계의 장악이었다. 엑소센은 그럴 수 없다고 생각하며 네비로스를 바라보았다.

"네비로스, 나는 죽을 때까지 마족이기를 거부한다. 만약 내 의사를 따르기 싫다면 지금 떠나도 좋다."

엑소센은 어렵게 잡은 기회였지만 인간이기를 포기하고 싶지는 않았다. 네비로스와 파이본, 세에라가 이상하다는 눈으로 엑소센을 주시했다.

"주인이시여, 헤가수스님께서 주인께 주신 건 저희를 창조하신 힘입니다. 저희는 그분의 창조물입니다. 주인께서 저희를 봉인에서 풀어주셨듯, 의지만으로 다시 저희를 소멸시킬 수 있습니다. 그러니 저희가 어찌 주인의 곁을 떠나겠습니까? 이제는 설사 주인께서 헤가수스님을 향해 창을 들라고 하셔도 그리할 수밖에 없습니다."

말인즉슨 엑소센이 이 세 마족에 대해서만큼은 창조주의 권능을 가지고 있다는 소리였다. 마계에 반하는 행위를 한다 하더라도 이들은 엑소센을 거역할 수도 벗어날 수도 없다는 말이 아닌가. 엑소센은 비로소 안도감이 드는 한편 희망이 불타올랐다. 마족이 아닌 인간으로 되돌아갈 수 있게 되었다. 엑소센은 드디어 힘을 얻은 것이다.

엑소센은 캠블과 세 명의 마족을 이끌고 다시 스발바르 제국으로 향했다. 스발바르 북쪽을 경계하는 용맹한 부대라는 '발로 군단'이 최초로 엑소센을 가로막았다. 거의 8만에 달하는 대부대였다. 이들은 물론 엑소센 일행을 잡기 위한 부대가 아니라 북쪽 변방의 야만족들을 경계하고 침입을 방어하기 위한 부대였다. 엑소센은 이들을 발판으로 삼고자 했다.

정체를 숨기고 접근한 엑소센과 마족들에 의해 마침 회의 중이던 발로 군단 지휘 기사들이 한꺼번에 처리돼 버렸다. 엑소센은 간단하게 발로 군단을 접수해 버렸다. 투항자는 받아들이고 끝까지 버티는 자는 목을 잘라 버렸다. 이후 엑소센은 발로 군단을 남진시켰다. 그리고 사방으로 병사들을 풀어 자신의 의지를 전국에 알리게 했다.

"스발바르의 국민들이여! 나 엑소센이 돌아왔다. 너희들의 고통을 난 누구보다도 잘 알고 있다. 굶주린 자는 빵을 줄 것이며, 목마른 자에게는 물을 주겠다. 내가 너희의 희망이 되어주겠다!"

당시 스발바르는 겉으로는 평온한 듯 보였으나 내부적으로는 크게 혼란스러운 상태였다. 황권을 놓고 황태자와 이황자가 다투는 사이 지방 영주들은 자신들의 잇속을 챙기는 데 급급했다. 황태자가 결국 황제에 등극하기는 했으나 이미 수습할 수 없는 지경에 이르러 있었다. 영주들은 영지민들을 착취하고 황궁으로 올라가야 할 세금을 포탈했으며 영주 직속의 강력한 기사대를 양성하였다. 중앙의 지시가 전혀 먹혀들지 않았다.

황제 엑사고는 이런 불합리를 타파해 보고자 지방 감독관을 수시로 파견해 영주들을 견제했다. 하지만 전혀 소득이 없었다. 오히려 감독관들이 실종되고 또 일부는 영주와 야합해 거짓 보고를 올리기 일쑤였다. 엎친 데 덮친 격으로 스발바르 전체에 한발(가뭄)이 찾아와 2년간이나 흉년을 맞았고 국민들은 전국에서 비명을 질렀다. 유리걸식하는 국민들이 스발바르 전체에 차고 넘쳤다. 엑사고는 어찌할 바를 몰랐다. 그는 이런 사태를 수습할 능력이 없었다.

바로 그 틈을 이용해 엑소센은 발로 군단을 이끌고 스발바르 제국의 수도 과야킬을 향해 전진해 나갔다. 가는 동안 발로 군단은 여덟 번의 전투를 치러야 했다. 발로 군단의 선두에는 파이본이 마계에서 불러들인 창백한 말을 타고 묵빛의 갑옷에 묵빛 검을 들고 전투가 치열한 곳마다 선두에 서서 전쟁을 승리로 이끌었다.

파이본은 인간이 막을 수 없는 강대한 힘에 검은색 오러를 검에서 줄기줄기 뿜어냈다.

세에라는 파도와 폭풍의 백작이라는 닉네임답게 육상에서는 별반 힘을 쓰지 못했다. 그녀의 주 무대는 바로 바다였던 것이다. 세에라는 다만 밤마다 적의 진지로 날아가 적들의 꿈속에 공포를 심어주는 능력이 있었다.

네비로스는 항상 창을 들고 엑소센의 옆에 서서 호위를 자처했다. 네비로스는 또 절묘한 계략이 많아 엑소센이 이끄는 발로 군단은 연전연승해 나갔다.

또 엑소센의 선전 선동이 효과를 발휘해 서쪽 변방을 지키는 방패부대라 일컬어지는 스터본 군단이 지지를 선언하고 나섰다. 스터본 군단의 가세는 일파만파의 파장을 불러왔다. 비록 변방을 경계하느라 직접 달려올 수는 없었지만 승부의 추가 엑소센에게로 넘어가는 결정적인 역할을 했다. 발로 군단이 진격하는 노상의 영주들이 다투어 투항해 왔다. 엑소센은 투항하는 귀족들 가운데 능력을 인정한 일부를 제외하고는 받아들이지 않았다. 오히려 진격노선의 영주들을 폐하고 창고를 열어 식량과 재물을 영주민에게 나누어 주는 한편 농토를 국민들에게 돌려주었다.

이러한 엑소센의 방침은 귀족들에게 공포를 안겨주었고, 일반 국민들에게는 열렬한 환영을 받았다. 전국 각지에서 동시다발적으로 영주에 항거하는 폭동이 일어났다. 또한 수많은 장정들이 과야킬로 진격해 가는 발로 군단에 합류해 왔다.

엑소센과 40만으로 불어난 발로 군단은 과야킬을 목전에 둔 고르덴 평야에서 엑사고가 이끄는 15만의 정예병들과 최후의 일전을 벌였다.

발로 군단은 수적으로 훨씬 우세했으나 장비가 취약했고, 훈련이 제대로 안 된 오합지졸이었다. 처음엔 황제군에게 일방적으로 밀렸다. 하지만 엑소센에게는 세 명의 마족이 있었다.

파이본이 묵빛 검을 앞세워 종횡무진 황제군을 주살하는 동안 네비로스가 황제군의 중군에 나타나 뱀 모양의 창으로 황제 엑사고의 심장을 터뜨려 버렸다. 이어 창에 엑사고를 꿴 채 허공에 번쩍 들어 올린 네비로스는 고르덴 평야가 울릴 정도로 크게 외쳤다.

"엑사고는 죽었다! 모두 항복하라! 이제 새로운 시대가 열렸다! 엑소센 황제 만세!"

황제군은 더 싸울 여력이 남았지만 엑사고가 죽고 나자 맥이 풀리고 말았다. 특히 국민들의 어려움을 보살피는 엑소센을 향해 은근히 동조를 보내고 있던 병사들부터 앞 다투어 투항해 오기 시작했다. 결국 최후의 전투도 엑소센의 일방적인 승리로 마무리되었다.

엑소센이 황궁에 입성했을 때 내성 안에 서 있는 미즈를 발견했다. 그 뒤로 세에라가 웃으며 서 있다. 사실 엑소센은 고르덴 전투가 벌어지기 전 미리 별동대를 구성해 세에라를 부대장으로 임명한 후 무엇보다 먼저 황궁을 장악하고 미즈를 확보해 놓으라고 명령을 내렸다.

미즈는 삼황자의 아내가 되어 황궁 밖에서 살고 있다가 세에라에게 잡혀왔다. 미즈는 예전보다 조금 키가 커졌고 살이 올라 더욱 빼어난 미인이 돼 있었다. 벌써 한 아이의 어머니가 되어 있었다. 8년의 세월은 미즈를 더욱 완숙한 미를 뽐내는 매력적인 여인으로 만들어주었다. 엑소센은 누구보다도 미즈에게 자신의 모습을 보여주고 싶었다. 엑소센은 증오와 분노와 애정이 교차된 불타는 눈으로 미즈를 노려보았다.

"미즈! 약속대로 나 엑소센은 돌아왔소. 엑사고는 죽었고, 엑사포는 생포되어 죽을 날을 기다리고 있소. 이젠 내가 황제요. 그대에게 드디어 약속을 지키게 되었구려."

엑소센의 말에 미즈가 쓸쓸하게 웃었다. 엑소센이 진군해 온다는 소문을 들었을 때 미즈의 가슴은 풍랑을 만난 배처럼 격렬하게 뛰놀았다. 어찌할 바를 모르고 입술을 깨물며 자신의 머리를 쥐어박았다. 엑소센이 돌아오면 자신은 어떻게 될까? 불안과 공포로 잠시도 제자리에 앉아 있을 수 없을 정도였다. 그런데 막상 최후의 전장인 고르덴 평야의 전투에서 황제군이 패했다는 소문을 듣고 나자 이상하게 가슴이 잔잔해졌다. 오래전 잊고 있었던 자신의 다정한 연인이 생각났다. 만나면 단칼에 죽을 수도 있다는 사실이 별로 두렵지 않았다. 마침내 그녀는 자신을 만나기 위해 멀고 험한 길을 돌아온 연인을 보자 법적 남편인 엑사포는 전혀 생각도 나지 않았다.

"이제 오셨습니까? 조금 늦으셨군요. 저도 당신이 약속을 지켜주어 고맙고 감사해요. 이 미즈는 염치없는 여자였고, 뒤늦게 후회하는 여인이 되었어요. 하지만 당신을 보니 너무 반가워요. 이제 당신 손에 기쁘게 죽겠어요."

미즈는 초연한 자세로 엑소센 앞에 약간 고개를 숙였다. 엑소센에게는 8년 전의 청초한 미즈가 되살아난다. 엑소센은 허리에 찬 검에 손을 올렸지만 차마 뺄 수가 없었다. 그제야 엑소센은 자신이 아직 미즈를 사랑하고 있다는 사실을 알았다. 남녀 간의 관계는 이성과 세상의 잣대로는 절대 잴 수 없는 신비한 치수를 가졌다. 그건 순전히 감정적이고 본능적이고 원초적이다. 미즈의 부드러운 숨결과 달콤한 입술이 아직 엑소센의 가슴에 새겨져 있다. 그녀의 아름다운 미소가 머리 속에 남아 있는 이상 결코 죽일 수 없었다.

"미즈, 난 네게서 모든 것을 빼앗겠다. 네 남편과 네 자식, 그리고 네 가족까지……. 앞으로는 그들을 볼 생각을 하지 마라. 너로부터 먼 곳으로 떼어놓겠다. 네가 항상 쳐다볼 사람은 오직 나뿐이다. 그것이 너에 대한 나의 징계다. 곧 황제가 되어 널 황후로 맞겠다. 그걸로 만족해라."

미즈는 엑소센의 말을 듣는 순간 희열에 들떴다. 엑소센이 아직 자신을 사랑하고 있으며 자신 또한 여전히 그를 사랑하고 있었던 때문이다. 그러나 며칠 후 미즈는 하늘이 무너지는 소리를 들었다. 가브라스 백작가의 집사가 미즈를 찾아왔다.

"가브라스 백작님을 비롯해 일가족이 모두 몰살당했습니다. 엑사포 전하께서는 공개 처형되었고, 아드님이신 엑소몰님께서도 같이 처형되었습니다."

집사가 울면서 보고하는 소리를 들으며 미즈는 한동안 소리를 내어 말하지도 못했다. 눈앞이 깜깜해졌다. 가족을 다시는 만날 수 없을 것이라는 엑소센의 말을 너무 희망적으로 들었다는 회한에 눈물만을 흘렸다. 미즈는 엑소센이 다만 가족들을 먼 지방으로 좌천시켜 보낼 것으로 예상했었다. 자신을 사랑하는 엑소센이 가족들까지 죽일 것이라고는 꿈에도 생각하지 못했다. 별반 사랑하지도 않는 엑사포 정도는 죽을 수도 있다는 생각을 하긴 했지만… 그 정도는 감수할 생각이었다. 그런데 이제 7살 난 아들 엑소몰까지 처형시켰다니……. 미즈는 비로소 엑소센의 한과 분노가 상상 이상으로 컸음을 깨달았다. 엑소센의 징계가 이토록 뼈저린 것인 줄은 진정 몰랐다.

절망한 미즈는 그날 밤 천장에 침대보를 찢어 만든 밧줄을 걸고 목을 매달았으나 시녀에게 발각돼 죽지도 못했다. 엑소센이 단걸음에 쫓아왔다.

"미즈! 겨우 그까짓 일로 죽으려고 했느냐? 넌 죽을 수 없다. 넌 언제나 내 곁에서 내 분노 어린 사랑을 받아야 한다. 역경과 치욕으로 점철된 지나간 세월에 대한 내 아픔을 네가 보듬어주어야 해!"

미즈는 냉혹한 엑소센의 말에 더욱 절망했다.

이후 엑소센은 황제로 등극했고, 약속대로 미즈를 황후로 간택했다. 스발바르의 혼란은 극에 달해 있었다. 영주들은 '국민이 우선이다' 라는 새 황제의 방침으로 인해 불안에 떨며 엑소센에게 대항했다. 엑소센은 3년 만에 혼란을 잠재웠다. 마족을 앞세워 대항하는 귀족은 철저히 짓밟았고 정복된 영지는 모조리 국민들에게 되돌려주었다.

혼란이 극복되자 스발바르는 급격하게 국력이 신장되기 시작했다. 절대 황권이 성립되며 황제의 명이 제국 곳곳까지 정확하게 전달되었다. 영명한 군주라는 칭호와 칭송이 국민들로부터 환호성이 되어 터져 나왔다. 아울러 엑소센은 군대를 네 방향으로 돌려 그간 변경을 위협하던 주변국들을 정복해 가기 시작했다.

대륙의 심장부에 위치한 스발바르가 손발과 같은 사지를 갖추며 땅끝까지 영토를 확장해 나갔다. 확보된 영토에는 새롭게 황권이 전달되며 이전에 부귀영화를 누리던 자들은 멸하고 핍박받던 백성들은 새로운 세상을 맞이했다. 아조레스 대륙 전체로 엑소센 황제의 명성과 권위가 두루 전파되었다. 아조레스 대륙은 진정한 의미의 황제를 가지게 되었다.

정복전쟁도 끝나갈 무렵 황궁에 유폐돼 있다시피 하였던 미즈 황후가 돌연 사라져 버렸다.

정복전쟁으로 나가 있던 엑소센이 급히 황궁으로 돌아왔다. 그의 손에는 미즈 황후가 남긴 서찰이 들려졌다.

당신을 원망하지 않겠어요. 이 모든 것의 원인을 제공한 사람은 저이니 스스로 감당하고 물러나겠어요. 대신 저를 찾지 마세요. 저는 당신의 사랑을 감당할 자신이 없어요. 부디 당신이 원하는 세계를 만들어가세요. 그리고 저를 잊어주세요.

분노한 엑소센은 미즈의 서찰을 단숨에 찢어버린 후 제국 전역에 미즈 황후를 수배했다. 엑소센은 결코 미즈를 놓치고 싶지 않았다. 엑소센의 사랑은 집착으로 변질되고 있었다. 이것이 바로 헤가수스가 원하는 방향으로 세상을 바꾸어가는 것임을 엑소센은 미처 눈치 채지 못했다.

그로부터 몇 달이 흘러서야 엑소센은 미즈 황후의 종적을 발견했다.

"황후께서는 그룬디아 대륙으로 가는 범선을 타셨답니다. 황후마마의 초상화를 보여주니 목격자가 한둘이 아니었습니다. 거의 틀림없습니다."

지방에서 올라온 기사의 보고를 받고 엑소센은 하늘을 보며 웃었다.

"미즈! 네가 나를 떠나 그룬디아 대륙으로 갔단 말이지? 하지만 넌 내게서 도망갈 수 없어. 세상 어디로 가든 결코 넌 내 손아귀를 벗어날 없어. 그룬디아란 말이지? 그렇다면 그룬디아 대륙도 내가 정복해 주마. 그래서 널 다시 내 옆에 앉히겠다. 그룬디아를 정복한 후야말 대륙으로 도망가면 그곳도 마찬가지로 모조리 파멸시켜 버리겠다."

엑소셴은 스스로 거부하던 헤가수스의 힘을 불러일으켰다. 파멸의 마신 헤가수스의 힘이 그룬디아 대륙 쪽을 주시했다. 엑소셴은 전군에 명을 내려 그룬디아 대륙 정복을 하달했다.

15장
그룬디아와 아조레스의 격돌

그룬디아와 아조레스의 격돌

엑소센이 열흘의 말미를 주고 사라진 다음 야스퍼와 리코는 즉시 자국으로 돌아가 황제와 국왕에게 보고를 올리는 한편 그룬디아 대륙에 존재하는 모든 국가에 마법 통신으로 스발바르의 침공 사실을 알렸다. 이에 그룬디아 전체가 발칵 뒤집어지고 말았다. 이는 그룬디아 전체의 운명을 가르는 초유의 사태였다.

다음날 바로 그룬디아 대륙 전역의 황제와 국왕이 참석하는 대회의가 도란 제국 황성에서 열렸고, 연합군 결성을 만장일치로 의결했다. 이 회의에는 물론 야스퍼와 리코, 그리고 블레이드와 빅투아르도 참석해 있었다. 그리고 각국의 내로라하는 기사와 마법사들이 소속 국왕의 뒤에 시립해 있었다. 황제와 국왕들은 스발바르의 침공에 모두 가소로운 표정들이었다. 백만 대군이라 하나 그룬디아 대륙 전체의 군대를 동원하면 2백만은 가볍게 규합할 수 있다. 거기에 조금 무리를 하면 3백만까지도 가능하다. 그러니 퇴로가 없는 스발바르는 오는 순간 그룬디아에 뼈를 묻어야 할 것이다.

그러나 혼프라도 국이나 포트루이스 항구를 가지고 있는 헬미라국, 그리고 그에 인접한 프리토리아 국이나 로랜드 국의 국왕들은 조금 불안한 얼굴을 하고 있다. 왜냐하면 이들은 바다에 인접한 나라들로서 스발바르가 침공해 온다면 제일 먼저 전쟁의 참화를 당해야 할 나라들이기 때문이다. 승리하든 패전하든 자국이 전쟁터가 될 것은 불을 보듯 훤하므로 편치 않은 심기를 감추지 않았다.

"스발바르 제국이 침공해 온다면 그 상륙 장소는 어디가 될 것 같소?"

도란 제국 루벤트 황제가 심각한 어조로 대형 원탁에 앉은 각국 국왕들을 둘러보았다. 일백만에 이르는 대병을 동원했다면 이동은 당연 대형 함선을 이용할 것이다. 그러니 그 이동 경로를 정확히 예측할 수 있어야만 피해를 최소화할 수 있을 것이다.

"이동 경로는 일단 두 군데로 잡아야 합니다. 아조레스 대륙과의 무역이 활발한 헬미라국의 포트루이스 항과 혼프라도 국의 라비우 항구가 그곳입니다. 또한 이곳 외에는 대형 함선이 닻을 내릴 만한 접안 시설이 없습니다."

자코 왕국 아르센 국왕의 판단에 참석자들은 모두 고개를 끄덕였다. 물론 다른 항구로 상륙을 시도할 수도 있다. 하지만 마땅한 접안 시설이 없어 먼 바다로부터 보트를 이용해 상륙을 시도해야 한다. 그러자면 너무나 번거롭고 시간이 많이 걸린다. 스발바르에서도 이 같은 사실은 알고 있을 것이다.

"그럼 우리 연합군도 군대를 두 군데로 나누어야 하겠군요. 포트루이스 항은 인접한 도란 제국에서 방어하고, 라비우 항은 자코 왕국에서 경계하는 게 좋을 듯합니다. 우리 호른 제국은 포트루이스 방향으로는 유능한 기사를, 라비우는 병사를 파견해 양쪽 모두를 지원하도록 하겠습니다."

호른 제국 보저 황제가 대안을 제시했다. 이 제안에도 모든 참석자들은 고개를 끄덕였다. 현 상황에서는 그것이 가장 합당한 계획이다. 호른 제국은 자타가 공인하는 그룬디아의 최강국이다. 그 사실을 지난 자코 왕국과의 전쟁에서 여실히 증명하였다. 외면적인 영토와 국민의 수, 가지고 있는 국부를 비교하면 도란 제국이 호른 제국을 압도한다. 하지만 군사 하나만 떼어놓고 보면 도란 제국도 호른 제국의 적수가 아니었다. 바로 라모 하레스가 있었으며, 야스퍼 핸슨을 비롯한 열 명의 소드 마스터가 버티고 있기 때문이다. 호른 제국은 스발바르 침공을 대비한 그룬디아 대륙 최후이며 최고의 방패임을 누구나 인정하고 있었다. 덕분에 호른 제국은 은연중 연합군 가운데서도 맹주로 인정되고 있었다.

"그럼 호른 제국의 기사 중 누가 라비우 항으로 가는 겁니까?"

루벤트 황제 뒤에 서 있던 빅투아르가 물었다. 도란 제국의 군사를 실질적으로 이끌어야 할 자신과 호흡을 맞출 기사를 알아야 했다. 그러자 보저 황제 뒤에 서 있던 야스퍼가 입을 열었다.

"혼프라도 국 방면을 지키는 데에는 리코 후작이 계시니 내가 헬미라국으로 가겠소. 물론 우리 호른 제국의 소드 마스터 다섯 명을 동반하겠소."

야스퍼의 대답에 도란 제국의 루벤트 황제와 이제 공작이 된 빅투아르가 크게 안도하는 표정을 했다. 야스퍼라면 든든하기 그지없었다.

아울러 헬미라국의 국왕과 프리토리아 국 등 인근 국가의 국왕들도 크게 기뻐하는 눈치였다. 빅투와 야스퍼를 합쳐 소드 마스터가 무려 일곱 명이나 배치된다니 안심이 되지 않을 수 없다. 그때 아르센 국왕이 보저 황제에게 질문을 던졌다.

"그런데 어찌 라모 하레스 경이 보이지 않는 겁니까? 대륙의 운명을 건 이런 중대한 회의에 그가 참석하지 않다니… 연합군 총사령관은 당연히 그의 몫입니다. 그가 아니면 누가 이런 막중한 자리를 감당할 수 있겠습니까?"

아르센 국왕의 말에 루벤트 황제와 다른 국왕들도 모두 고개를 끄덕였다. 실질적으로 그룬디아 대륙을 쥐락 펴락 하는 라모였다. 라모 하레스의 이름은 자코 왕국과의 전쟁 및 스펠타크의 노예 해방 사건으로 황제로부터 대륙의 촌부까지 모르는 사람이 없었다. 이곳의 참석자들이 가장 믿고 기대를 하는 사람이 바로 라모 하레스였던 것이다. 그런데 그런 중요한 인물이 불참했으니 의아했고 한편으로는 불안했다.

보저 황제의 얼굴이 곤혹스러워졌다. 그도 라모 하레스의 종적을 알수 없었던 것이다. 대신 뒤에 시립해 있던 블레이드가 사정을 설명했다.

"라모 공작께서는 지금 호른 제국 내에 계시지 않습니다. 잠시 여행을 다녀온다며 떠나셨는데 연락이 되질 않고 있습니다. 저희 호른 제국에서 지금 백방으로 찾고 있는 중입니다. 마지막 로랜드의 코나코리 호수로 가신 것까지는 알아냈지만 그 이후로는 오리무중입니다. 하지만 그다지 염려할 것은 없습니다. 라모 공작께서는 비할 바 없는 무력을 가졌고, 대륙의 위험을 좌시할 분은 아닙니다. 때가 되면 돌아오실 겁니다. 그러니 당장은 이곳에 모인 인원으로 사태를 해결해 나갈 수밖에 없습니다."

참석자들은 라모의 행방을 알 수 없다는 데에 조금 실망했다. 그리고 이어 전혀 알려지지 않은 후드를 입은 블레이드를 주목했다. 이곳에 참석한 이들은 하나같이 한 나라의 수장이거나 대륙에 명성을 떨치는 인물들뿐이다. 그런데 블레이드는 전혀 보지도 듣지도 못한 인물이 아닌가? 물론 보저 황제의 뒤에 시립해 있는 모양으로 보아 대단한 마법사라는 것을 짐작하긴 했다.

참석자들 중 특히 블레이드를 눈여겨보는 자가 있었다. 프리토리아국의 국왕 뒤에 서 있던 헤스타 트로이얀이었다. 헤스타야말로 오래전에 세상으로부터 9써클의 마스터로 인정을 받았으며, 프리토리아를 마도왕국이라 불릴 정도로 활성화시킨 인물이다. 이미 마법사 길드의 길드장이자 프리토리아의 공작이라는 신분을 가지고 있다. 키는 평범했으며 머리카락과 긴 턱수염이 온통 백발이었다. 눈에는 강한 안광이 흘러나와 비범한 인물임을 나타낸다.

블레이드는 자신을 바라보는 강한 시선을 느끼고 고개를 돌리다가 헤스타를 발견하고는 가볍게 고개를 숙였다. 블레이드 역시 마법사 길드의 회원이니 당연 헤스타를 잘 알고 있었다.

반면 헤스타는 블레이드를 알아보지 못했다. 안면이 익기는 했으나 도무지 어디에서 보았는지 생각이 나지 않았다. 그것은 블레이드가 7써클의 마스터에 올랐을 때 잠시 마법사 길드 본부를 찾아가 인증을 받으며 딱 한 번 헤스타를 만난 적이 있었기 때문이다. 단 한 번의 접촉으로, 그것도 거의 10년도 훨씬 전에 만난 블레이드를 헤스타가 기억할 리 만무했다. 그 이후 블레이드는 자신의 업무와 마법의 성장에 빠져 전혀 마법사 길드를 방문한 적이 없었다. 그러니 대륙에 또 한 명의 대마도사가 탄생했음을 헤스타는 전혀 모르고 있었던 것이다.

지금 헤스타는 비로소 블레이드를 발견하고 놀라움과 두려움을 동시에 느꼈다. 블레이드의 신체를 휘돌고 있는 광대한 마나의 흐름은 그가 자신에 못지않은 대마도사임을 알려주고 있었다. 그런데 마나 가운데 흑마법사의 기운이 강하게 풍겨 나오는 것이 아닌가. 헤스타는 절로 이마를 찌푸렸다. 흑마법사 따위가 어찌 이런 장소에 참석할 수 있단 말인가. 호른 제국은 혹시 딴생각을 품고 있는 것은 아닌가 의심스러워졌다. 헤스타는 즉시 회의의 흐름을 끊었다.

"호른 제국 보저 황제 폐하께서는 어찌 흑마법사를 이런 중대한 회의에 동반하셨습니까? 저자는 대륙에 해악을 끼칠 해충과 같은 자입니다. 저는 그룬디아 대륙 마법사 길드의 길드장으로서 저자를 용납할 수 없습니다. 당장 저자를 잡아 단죄해야 합니다."

헤스타가 블레이드를 지적하며 단호하게 말을 하자 보저 황제는 두 눈이 휘둥그레져 블레이드를 돌아보았다. 보저 황제는 야스퍼로부터 들은 블레이드가 하레스의 수석 마법사이며 장차 스발바르와의 전쟁에서 가장 큰 공헌을 세울 마법사라는 말만 믿고 데려왔다. 그런데 흑마법사라니……. 이에 야스퍼가 해명을 하려는 찰나 아르센 국왕 뒤에 시립해 있던 리코 후작이 먼저 노해 부르짖었다.

"닥치시오! 당신이 무엇이길래 감히 블레이드 경을 모함하는 것이오! 마법을 쓰는 주체의 심성이 문제이지 마법의 흑백이 도대체 무슨 상관이오? 블레이드 경은 스발바르와의 전쟁에서 당신보다 더 유능한 마법사로 자리매김될 것이오. 당신이 없어도 우리는 이번 전쟁에서 이길 수 있소. 하지만 블레이드 경이 없다면 몇 배 더 힘든 전쟁을 치러야 할 거요. 당신의 시기심으로 그룬디아 대륙의 운명을 흔들지 마시오!"

헤스타는 리코 후작의 준엄한 질책에 잠시 침묵했다. 그러나 곧 더욱 이마를 찌푸렸다. 블레이드를 자신의 위에 올려놓다니……. 어이가 없을 지경이었다.

"리코 후작! 그대의 스승이 흑마법사 페렛 에인슈라는 정보를 들은 적이 있소. 그때는 무심코 넘어갔지만 이렇게 되면 그냥 좌시할 수 없게 되었구려. 당신이 흑마법사를 두둔하는 이유가 당신의 스승을 생각해서요? 흑마법사는 마법계의 이단아요. 저자와 같은 능력은 이번 전쟁보다 더욱 심각한 사태를 불러올 수도 있소. 당신은 마계의 존재를 소환하는 흑마법사의 능력을 모르지는 않겠지요?"

헤스타의 주장대로 회의의 안건이 급작스레 흑마법사의 단죄 여부로 옮겨갔다. 블레이드는 그저 곤혹스러운 얼굴로 서 있을 따름이었다. 자신이 흑마법사라는 오명을 뒤집어쓸 줄은 꿈에도 몰랐다. 그리고 페렛의 영향을 받아 그간 자신의 신체에 흑마법사의 기운이 강하게 배어든 사실도 처음 알았다.

곧 회의장이 시끄러워졌다. 보저 황제는 야스퍼를 불러 귓속말을 나누었다.

"야스퍼 경! 이게 어찌 된 일이오? 흑마법사라니… 그렇다면 이건 헤스타 경의 의견을 무시할 수 없는 것 아니오?"

보저 황제가 근심스러운 얼굴로 물었다. 대저 흑마법사들은 출현 이래 인간을 이롭게 한 적이 한 번도 없으니 당연한 편견일는지도 몰랐다.

"황제 폐하! 블레이드 경은 라모 공작 전하의 오랜 수하입니다. 블레이드 경의 동선은 오직 라모 공작 전하의 의도와 일치할 뿐입니다.

만약 폐하께서 라모 공작 전하를 믿는다면 당연 블레이드 경도 믿어주셔야 합니다."

야스퍼의 대답에 보저 황제는 비로소 고개를 끄덕였다. 라모가 신임하는 인물이라면 의심할 여지가 없다. 그만큼 보저 황제는 라모 하레스를 전적으로 믿었다. 보저 황제는 시끄럽게 갑론을박하는 좌중을 조용히 시킨 후 한마디를 던졌다.

"블레이드 경의 신분에 대해서는 전적으로 우리 호른 제국에서 보증하겠소이다. 또한 블레이드 경으로 인해 만약 피해를 보았다는 사람이나 국가가 있다면 그 또한 호른 제국에서 충분히 보상할 것을 약속하겠소. 더 이상 블레이드 경을 의심하고 핍박한다면 우리 호른 제국은 이번 전쟁에서 발을 빼겠소."

보저 황제의 선언에 좌중이 조용해졌다. 이어 아르센 국왕이 말을 덧붙였다.

"우리 자코 왕국도 블레이드 경을 전적으로 신임하고 있소. 기껏 이런 일로 분란을 일으킬 정도라면 우리 자코 왕국도 한발 뒤로 물러날 수밖에 없소."

아르센 국왕은 이미 블레이드를 만났고, 그의 활약상을 목격했다. 아르센이 처음 블레이드를 만났을 때 결코 그는 흑마법사가 아니었다. 또 설령 흑마법사라 하더라도 아르센 또한 라모와 리코를 믿었다. 이렇게 되자 참석자들은 더 이상 말을 이어갈 수 없었다. 그룬디아의 두 강대국인 호른 제국과 자코 왕국이 빠지면 이번 전쟁의 패배는 불을 보듯 뻔하다. 빈대 한 마리를 잡자고 가옥을 불태우는 우를 범할 수는 없었다.

"허허! 잠시 헤스타 경이 착각을 한 모양이오. 다들 진정하시고 이

일은 더 이상 거론하지 맙시다. 지금 시급한 것은 어떻게 스발바르의 침공을 저지할 것인가 하는 것이오. 그러니 그 일에만 신경을 씁시다."

연장자답게 루벤트 황제가 노련하게 좌중을 안정시켰다. 졸지에 실없는 헛소리를 한 셈이 된 헤스타는 얼굴이 벌겋게 달아올랐다. 하지만 그도 더 이상 자신의 주장을 개진할 수 없었다. 강대국 사이에서 기껏 변방의 공작 따위가 우격다짐으로 주장을 관철해 나갈 능력은 없었다. 헤스타는 이를 갈며 후일을 기약하고는 참을 수밖에 없었다.

그때 마법사 한 사람이 대회의실 문을 열고 허겁지겁 달려들어 왔다. 그가 다가가 보고를 올린 사람은 황제도 국왕도 아닌 헤스타 트로이얀이었다.

"길드장님! 드디어 스발바르 제국 병력의 종적을 찾았습니다."

마법사는 그러면서 품속에서 수정구 하나를 내놓았다. 수정구에는 다른 마법사 한 명의 얼굴이 떠올라 있다. 수정구 안의 마법사가 헤스타를 보더니 고개를 숙여 예를 표했다.

─길드장님! 이곳에서 범선으로 열흘가량 걸리는 거리에 무투 섬이라는 곳이 있는데 그곳에 스발바르 제국 병력들이 운집해 있는 걸 발견했습니다. 이것이 그 모습입니다.

수정구의 인물이 사라지며 물결치는 파도와 그 파도 위에 홀로 놓여있는 섬 하나가 대신 들어섰다. 섬 주위에는 대형 함선이 줄지어 정박해 있는데 거의 일천 척가량 되었다. 바다가 온통 함선으로 도배돼 있는 모습이었다. 수정구의 시선이 점차 섬 쪽으로 날아가더니 허공에서 섬을 비추었다. 섬 내에는 온갖 무장을 한 병사들이 운집해 있는 모습이 보였다. 셀 수 없이 많은 병사들이 빼곡하게 서 있는 모습이다. 과연 엑소센이 장담한 대로 백만 명은 너끈히 될 만큼 섬은 붐비고 있었다. 그러다 갑자기 지상으로부터 수정구의 시선을 향해 화살 하나가 날아오는 모습이 보였다. 활촉이 확대되더니 곧 수정구의 화면이 사라져 버렸다.

"이런! 당했구나."

헤스타가 안타까운 목소리로 외쳤다. 참석자들은 영문을 몰라 다들 헤스타를 바라보기만 했다. 헤스타는 그제야 마법사를 내보내고 주변을 둘러보며 입을 떼었다.

"스발바르 제국의 침공 사실을 듣고 난 직후 제가 대륙 마법사들을 동원해 바다를 뒤지게 했습니다. 물론 마법사들이 직접 나간 건 아니고 보셨다시피 갈매기를 패밀리어로 사용했습니다. 즉 갈매기가 먼 바다까지 날아가 스발바르의 흔적을 찾아낸 것입니다. 여기에 동원된 마법사만 거의 2백 명에 이릅니다. 적은 바로 무투 섬에 집결해 있습니다. 이제 적을 발견했으니 우린 그에 합당한 방책만 마련하면 될 겁니다."

헤스타가 이렇게 보고하자 그제야 사정을 안 참석자들이 일제히 박수를 치기 시작했다. 헤스타의 실추된 권위는 단번에 회복되었다.

"헤스타 경! 과연 마법사 길드장답소이다. 이렇게 발 빠르게 대처하여 적의 종적을 찾아내다니. 정말 감탄했소이다."

혼프라도의 하트란 국왕은 감탄사를 연발하며 헤스타를 칭송했다. 과연 적들은 그룬디아 대륙의 코밑에까지 미리 진출해 있었던 것이다. 참석자들은 스발바르가 섬을 징검다리 삼아 오래전에 이미 차근차근 전진해 왔음을 알 수 있었다. 헤스타의 발 빠른 대처에는 블레이드조차도 한 수 접어줄 수밖에 없었다. 9써클의 대마도사는 과연 머리가 비상한 인재였던 것이다.

헤스타의 조치 덕분으로 그룬디아 대륙 연합군의 병력 편성은 탄력을 얻었다. 곧 여러 방안이 다투어 제기되며 회의장은 시장통처럼 시끄러워지기 시작했다.

그 시각 라모는 야말 대륙을 헤매고 있었다.

눈과 얼음의 대륙으로 점철된 야말 대륙은 인간이 살 수 없는 혹한의 빙하 지대였다. 야말 대륙에 도착했어도 땅으로 올라갈 수 없었다. 자연이 만든 얼음의 절벽이 온통 야말 대륙을 둘러싸고 있다. 라모 일행이 탄 뗏목을 얼음 절벽 밑면에 고정시킨 후 라모는 검강을 발해 길을 내기 시작했다.

쩡— 쩌정—

라모의 검강에 갈라진 얼음들이 비명을 질렀다. 그리고 사방으로 금이 가기 시작했다. 덕분에 쪼개내기는 쉬웠다. 라모는 밑에서부터 시작해 거의 30미터에 이르는 지상까지 비스듬히 계단 통로를 만들었다. 바위도 아닌 얼음이어서 순식간에 통로가 개척됐다. 라모는 먼저 통로 밖으로 올라섰다. 끝없이 이어진 은색의 평야가 눈앞에 펼쳐져 있다. 온통 얼음과 눈뿐이었다.

라모의 뒤를 이어 페넬과 용병들이 줄줄이 올라오기 시작했다. 호칸과 상인들도 지상으로 올라왔다. 그들은 비록 라모 덕분에 추위와 기아를 면하기는 했으나 며칠을 표류하느라 매우 피곤한 상태였다. 라모 그 모습을 보고 혀를 찼다. 그대로 놔두면 눈 바닥에라도 들어누어 자 버릴 태세다.

라모는 곧 가로세로 5미터가량으로 얼음을 조각조각 떼어내기 시작했다. 그리고 손바닥을 활짝 펴자 얼음덩이 하나가 둥실 허공으로 떠올라 벽을 만든다. 사면을 그런 식으로 에워싼 후 마무리로 얼음덩이 하나를 천장 삼아 올려놓으니 간단하게 얼음집 하나가 만들어졌다. 라모는 모두 5개의 얼음집을 세웠다. 얼음집 하나에 50명은 너끈히 들어간다. 입구는 조그맣게 앉아 들어갈 수 있게 문을 만들고 월러스의 가죽을 늘어뜨려 놓으니 찬바람도 거의 들어오지 않는다. 또 내부에는 뗏목을 해체하여 땔감으로 사용하여 불을 피우니 금방 훈훈해졌다. 이젠 웃통을 벗고 있어도 춥지 않았다. 사람들은 오랜 여행으로 곧 지쳐 쓰러지듯 잠속으로 빠져들고 말았다.

오직 라모만이 전혀 피로하지 않은 얼굴로 얼음집 밖으로 나와 상념에 잠겼다. 라모는 며칠 전 스발바르 제국의 정탐꾼들을 취조해 밝혀낸 엑소센의 비화가 생각났다. 정탐꾼들에게서 밝혀낸 정보가 확실하다면 지금 그룬디아 대륙이 처한 상황은 매우 심각했다.

"이거 큰일이군. 그룬디아 대륙이 위험에 처했는데 지금 여기서 오도 가도 못하게 생겼으니……. 이곳 좌표를 알 수 없어 통신도 할 수 없으니 더 문제군. 야스퍼와 블레이드 경이 대처를 잘해야 할 텐데……."

라모는 씁쓸한 입맛을 다셨다. 지금 라모가 올라선 얼음도 엄밀히 말해 야말 대륙이 아니었다. 야말 대륙에 붙은 거대한 얼음덩이에 불과했다. 라모는 올라오는 즉시 페넬을 통해 그룬디아 대륙과의 마법 통신을 시도했다. 그러나 이곳의 좌표가 조금씩이나마 흔들리며 도저히 위치가 고정이 되지 않아 통신에 실패하고 말았다.

라모는 곧 신법을 발해 야말 대륙 쪽을 향해 맹렬히 달려나가기 시작했다. 마치 긴 선 하나가 흘러가듯 빛살 같은 속도로 한 시간가량을 내쳐 달렸다. 그리고 정지해 진기를 이용해 얼음 밑바닥을 조사해 보았다. 얼음 아래에서 철썩이는 파도가 느껴졌다.

"젠장! 여기도 바다였군. 도대체 이 얼음은 어디까지 연결된 거야? 혹시 야말 대륙은 흙이 없이 얼음으로만 이루어진 곳인가?"

라모는 앞으로 더 나가고 싶었지만 일행이 걱정돼 되돌아올 수밖에 없었다. 이곳에도 특이하면서도 인간에게 치명적인 상해를 주는 몬스터가 대량으로 살고 있었기 때문이다. 표류하면서 그런 몬스터를 몇 만난 적이 있다. 호칸을 생각하면 라모로서도 무리할 수가 없었다. 라모는 다시 얼음집으로 돌아가 하루를 명상으로 지샌 후 다음날 본격적으로 야말 대륙을 벗어날 궁리를 했다.

"영주님! 이곳으로부터 3킬로미터 떨어진 좌변의 얼음 해안에서 정체 불명의 두 무리가 전투를 벌이고 있답니다."

깨어난 용병들은 식량을 구하러 사방으로 흩어졌고, 그중에 한 명이 격전을 벌이는 무리를 발견하고 뒤돌아 달려왔다. 이것을 페넬이 받아 라모에게 전달한 것이다. 라모는 크게 반색했다. 싸우는 인간이 있다면 분명 이곳을 벗어날 방도를 알 수 있을 것이라 믿었다. 라모는 페넬을 대동하고 즉시 전투가 벌어지고 있다는 지역으로 달려갔다.

전투가 벌어진 지역은 얼음 해변인데 그곳엔 지상까지 마차 두 대는 오갈 정도로 넓은 길이 비스듬히 뚫려 있었다. 인공이 가미된 기색이 역력하다. 전투는 얼음 절벽 바로 밑의 해안에서 벌어지고 있었다. 그중의 한 무리는 라모도 잘 아는 자들이었다. 바로 바다의 해적 블랙하푼이었다. 라모는 속으로 실소하지 않을 수 없었다. 블랙하푼도 의도한 바대로 항해하지 못하고 해류를 따라 이곳으로 흘러온 듯했다. 급조한 뗏목 여러 대와 구명보트 두 척에 올라탄 블랙하푼은 지금 상황이 매우 어려워 보였다.

상대는 두 척의 배였는데 배 양쪽으로 5개씩 10개의 노가 달린 소형급이다. 길이는 10미터가량 되었고 배의 선두와 선미는 드래곤의 머리를 형상화해 놓았다. 배에 탄 인물들은 모두 흰곰의 가죽을 걸치고 있었고, 강력해 보이는 롱 보우를 사용하고 있었다. 배에 탄 숫자는 모두 50명 남짓 되었다. 두 무리 사이에는 배 한 척이 드래곤의 머리만 남은 채 거의 침몰돼 있는 모습이 보였다. 라모는 그것을 보고 상황을 짐작했다. 블랙하푼은 버릇을 버리지 못하고 배를 보자 해적질을 시도했고 뒤늦게 쫓아온 다른 배들에 의해 반격을 받고 있었던 것이다.

전세는 일방적으로 블랙하푼이 밀리고 있었다. 그 이유는 추위 때문이었다. 블랙하푼 해적들은 두터운 옷을 겹겹이 껴입고 있었지만 이런 혹한을 견디기에는 무리였다. 완전한 방한이 되는 월러스 가죽과는 큰 차이가 난다. 더욱이 손은 그대로 노출돼 있고 발에는 방한과는 거리가 먼 딱딱한 나무 신을 신고 있으니 동작이 굼뜨기 그지없다.

반면 상대는 온몸에 풍성한 털이 달린 가죽 옷을 입고 손에도 착 달라붙는 이름 모를 동물의 가죽을 이용해 장갑을 끼고 있었다. 머리는 귀까지 덮는 방한모를 착용하고 있었다. 그러니 그들은 여유있게 해적들을 상대할 수 있는 것이다. 대신 그들의 숫자는 기껏 30명가량밖에 돼 보이지 않았다. 하지만 그들만으로도 해적들은 지리멸렬되고 있다.

"쏴라, 이 멍청한 놈들아! 빨리 활을 시위에 걸어!"

해적들 가운데는 오직 한 사람 대장 야르니만이 검은 작살을 한 손에 들고서 길길이 날뛰고 있다. 해적들은 추위에 곱은 손을 문질러 가며 억지로 시위를 당겼지만 얼어붙은 활은 '부드득' 소리를 지르며 부러져 나가기만 할 뿐 제대로 휘지도 않았다. 더욱이 상대는 거리를 유지하며 좀체로 접근하지 않았다. 꽤 오랫동안 접전이 이루어졌던지

300명에 이르던 해적들 가운데 지금 싸우는 자는 150명가량만 돼 보였다. 나머지도 거리를 유지하며 활을 날리는 상대에게 당해 속수무책으로 쓰러지고 있다. 야르니는 검은 작살을 들고 포효하며 분통을 터뜨렸다. 그렇다고 바다로 뛰어들 수도 없는 노릇이다. 체온을 빼앗기면 끝장이다. 야말 대륙은 야르니가 누비고 다니던 그룬디아의 근해와는 천지 차이다. 야르니는 도저히 더 이상 견딜 수 없다는 걸 알고 후퇴의 호각을 불었다.

"모두 뗏목을 버리고 빙하 위로 올라가라! 후퇴하라!"

해적들은 야르니의 명령이 떨어지자마자 다투어 빙하에 난 길로 뗏목을 저었다. 그리고 추위로 굳은 몸을 추스르며 억지로 기어올라 오기 시작했다. 두 척의 배는 일정한 거리를 유지한 채 추적하며 계속 화살을 날렸다. 자신들의 배 한 척이 침몰되어 억울했던지 악착같이 달라붙는다. 해적들이 완전히 빙하로 올라오고 나자 인원은 다시 1백 명으로 줄어들었다.

지켜보던 라모는 이제 자신이 나설 차례임을 알았다. 라모는 쇼룬무에게 용병들을 동원해 해적을 포위하라고 지시했다. 그리고는 해적들을 향해 슬슬 걸어가기 시작했다. 해적들은 이제야 화살의 사정거리를 벗어나 빙하 위에 옹기종기 모여 있다. 화살은 피했지만 그에 못지않은 적이 나타났다. 해적들은 얼음의 야말 대륙에서 불어오는 차디찬 바람을 쐬자 옷깃을 여미고 몸을 움츠렸다. 그러나 그것으로는 뼈를 에는 듯한 추위를 피할 수 없다. 그런 그들 사이로 라모가 걸어갔다. 해적들은 라모를 보고도 검을 빼는 자는 한 명도 없었다. 그들은 추위에 정신이 없는 듯 보였다. 오직 해적 대장 야르니만이 검은 작살을 치켜들며 라모를 노려보았다.

"네놈은 누구냐?"

야르니의 검은 작살에 은은히 맺히는 검기를 보고 라모는 야르니가 적어도 그래듀에이트에 이르는 무력을 지녔음을 알았다. 야르니가 라모에게 질문을 던지는 순간 '와' 하는 함성이 들리며 쇼룬무를 중심으로 한 용병들이 뛰어나와 해적들을 포위했다. 이제는 오히려 용병들의 숫자가 해적보다 많았다. 더욱이 추위에 검조차 빼지 못하는 해적들은 상대가 되지 않았다. 금방 용병들에게 둘러싸이며 포로가 되고 말았다. 피 한 방울 흘리지 않았다. 야르니가 검은 작살을 용병들에게 돌리며 대항하려고 했지만 라모에게서 뻗어 나오는 살기를 감지하고 감히 몸을 돌리지 못했다.

"야르니라고 했나? 실력이 제법이군. 이런 강추위에서도 신체를 무난히 움직이는 것을 보니 마나를 다루는 능력이 있었구나. 하지만 너희들은 너무 지쳤어. 살고 싶으면 항복해라."

라모의 말에 야르니의 안광이 짙어졌다. 그리고 대뜸 검은 작살을 앞세우며 라모에게 달려들었다.

"어림없는 소리!"

검은 작살이 라모의 가슴을 노리고 찔러왔다. 라모는 손을 저어 작살을 쳐냈다. 작살의 날카로운 날도 라모의 손에서는 오히려 찌그러져 버렸고, 야르니가 돌격하는 기세를 이용해 슬쩍 다리를 들어 올렸다. 야르니는 자기 힘을 이기지 못하고 허공을 날아 얼음 바닥에 쾅당 하는 소리와 함께 나동그라졌다. 충격이 꽤나 컸는지 야르니는 한참 동안 일어나지 못했다.

빙하 아래의 바다를 순회하고 있던 배들이 다가왔다. 그리고 배 위에서 세 사람이 내려 라모에게 다가왔다. 앞선 사람은 이제 20대 중반으로 보이는 젊은이였는데 키가 크고 매우 덩치가 좋았다. 그는 프란시스카(손도끼) 2개를 허리 양쪽으로 매달고 있다. 그리고 풀 엑스도 하나 등 뒤로 메고 있다.

"나는 그룬디아 대륙 티탄 족의 감비우라고 하오. 당신들은 누구요? 보아하니 이 해적들과는 상관없는 사람들인 모양인데……."

젊은이가 라모에게 물었다. 라모는 감비우의 말에 귀가 번쩍 뜨였다. 티탄 족이라면 그룬디아 대륙 북쪽 끝에 놓인 황폐한 땅에 살고 있는 부족을 말한다. 주로 사냥을 하면서 생활을 영위하지만 가끔 배로 해적질을 한다고 들었다.

"티탄 족이라고 했소? 나는 호른 제국 사람 베르헤나스라고 하오. 풍랑을 만나 표류를 하다가 여기까지 왔소이다. 당신은 그룬디아 대륙에서 여기까지 왔단 말이오? 그렇다면 여길 빠져나갈 방법도 알고 있겠구려."

감비우는 기뻐하는 표정의 라모를 보며 고개를 끄덕였다.

"티탄에서 이곳으로 왔으니 당연 가는 길도 알고 있소. 그런데 당신들 재주도 좋구려. 어떻게 월러스 가죽을 모두 입고 있는 거요? 그놈들은 한 놈 한 놈 유인해 사냥을 해야 하오. 떼로 달려들면 아무리 훌륭한 사냥꾼이라 하더라도 살아남기 힘들지요."

감비우는 말을 하며 라모와 용병들이 입고 있는 월러스 가죽을 바라보았다. 감비우의 눈에 감탄의 표정이 떠오른다. 월러스는 그만큼 흉포한 존재였고 쉽사리 잡을 수 없는 맹수였던 것이다.

라모는 생각보다 쉽사리 그룬디아로 돌아갈 수 있을 것 같아 몹시 반가웠다.

"우리를 그룬디아로 데려다주면 우리가 입고 있는 월러스 가죽을 모조리 벗어 당신들에게 주겠소. 모두 모으면 적어도 2백 벌은 족히 될 거요. 그러니 우리에게 길을 안내해 주시오."

감비우의 눈이 반짝였다. 월러스 가죽은 매우 고가의 물품이었다. 엉성하게 지어놓은 월러스 가죽 옷이었지만 다시 잘 다듬으면 훌륭한 상품이 될 것이다.

"정말이오? 사실 우리 목적이 월러스를 사냥해 가죽을 얻는 것이었소. 그렇다면 이거 고생하지 않고도 손쉽게 목적을 달성하게 됐군요. 좋습니다. 우리가 안내하죠."

두 무리의 합의가 쉽사리 이루어졌다.

"그런데 어떻게 빠져나가는 거요? 우리가 가진 배라고는 구명보트 두 척이 전부고 뗏목이 있을 뿐이오. 그러니 한꺼번에 빠져나가기는 힘들겠구려."

라모의 말에 감비우가 득의의 미소를 지었다.

"그건 걱정하지 마십시오. 야말 대륙에는 신비한 해류가 수백 줄기 흐르고 있습니다. 그중 어떤 해류의 유속은 돌고래가 전력으로 헤엄치는 것보다도 빠른 곳이 있습니다. 우리는 그런 해류가 흐르는 곳을 알고 있지요. 그 해류를 타면 열흘 만에 그룬디아에 도착할 수 있습니다. 물론 뗏목이라도 상관없습니다. 보아하니 저 포로들도 처리해야겠고 식량도 마련해야 할 테니 여기서 한 사나흘 쉰 후 출발하도록 하지요."

감비우의 말에 라모가 머리를 흔들며 반대했다.

"식량이라면 이미 우리가 가진 것으로 충분하오. 오늘 바로 출발하도록 합시다. 모르긴 해도 아조레스 대륙의 스발바르 제국이 그룬디아를 침공하려는 조짐이 있소이다. 여기서 허송세월할 시간이 없소."

라모는 간략하게 그간의 사정을 설명하고 양해를 구했다. 그제야 감비우도 고개를 끄덕였다.

"뗏목은 어디에 있습니까? 이곳으로 가져오시지요. 바로 출발하도록 하겠습니다."

라모는 쇼룬무를 불러 뗏목을 가져오라 일렀다. 그동안 야르니를 비롯한 해적들은 전부 포박돼 있었다. 극심한 추위에 따로 포박하지 않더라도 절로 몸이 굳어 있다. 하지만 단 한 사람 야르니만 단추를 가슴까지 풀어헤치고 추위를 아랑곳하지 않았다. 그는 용병들의 감시 속에서도 라모와 감비우의 대화를 들었던 모양이다.

"베르헤나스 씨! 이 야르니도 할 말이 있소이다. 쇼룬무가 말하길 당신이 스발바르 제국의 정탐꾼들을 모조리 포박했다고 들었소. 그리고 곧 침략이 있으리란 사실도 들었소. 내게 기회를 주시오. 비록 해적이지만 나도 그룬디아 대륙 사람이오. 나도 이번 전쟁에 한팔 거들 수 있도록 선처를 베풀어주시오."

그렇게 말하는 야르니의 눈이 더욱 불타올랐다. 라모는 타심통을 통해 야르니의 진실한 마음을 읽었다.

"좋아! 야르니 대장, 당신을 믿겠다."

라모는 두말하지 않고 야르니의 포박을 풀어주었다. 아울러 용병들에게 해적들의 포박을 풀어주고 남아 있는 월러스 가죽을 건네주라고 지시했다.

"이놈들은 다짜고짜 달려들어 우리 동족을 죽인 놈들이오. 절대 살려 보낼 수 없소이다."

감비우가 프란시스카를 빼 들며 반발하고 나섰다. 하지만 라모는 근해를 자신의 집처럼 돌아다니는 야르니가 자신에게 많은 도움이 되리라 짐작했다. 더욱이 야르니는 초라한 삶보다는 대륙을 위해 죽고 싶은 마음이 강하다는 걸 알았다. 포악한 해적이었지만 그도 그룬디아의 대륙민이었던 것이다. 라모가 이런 사정을 설명하고 죽은 티탄 족의 숫자만큼 충분한 보상을 해주겠다고 약속하고서야 감비우도 뒤로 물러섰다.

곧 상인과 가족들을 포함해 스발바르 정탐꾼을 태운 뗏목이 구명보트 두 척의 인도를 받아 라모가 있는 얼음 빙하의 바다로 힘겹게 노를 저어왔다. 뗏목은 일부만 해체해 불쏘시개로 사용했는지라 운항에는 별 무리가 없다.

페넬과 호칸도 그중에 끼어 있었다. 호칸은 골드래빗 두 마리를 쓰고 나서는 요즘 말이 없었다. 간혹 라모를 쳐다볼 뿐 자신만의 감상에 빠져 숙고를 거듭한다. 호칸을 비롯한 아이들이 입은 옷은 다른 사람들의 가죽보다 더욱 촘촘하게 바느질이 돼 있었다. 라모가 직접 진기를 운기해 바느질해 준 것이다.

"호칸, 춥지 않니?"

라모가 호칸의 머리를 쓰다듬으며 말을 걸자 고개를 끄덕인다. 이젠 예전처럼 발작적으로 라모를 거부하는 일은 없어졌다. 라모는 호칸의 등을 한번 두드려 주고는 페넬더러 호칸을 단단히 보호하라고 당부했다. 그리고 사람들을 진두지휘해 떠날 준비를 서둘렀다. 호칸은 그런 라모를 복잡한 시선으로 내내 지켜보았다.

사람들이 모두 집결하자 티탄 족의 배가 앞장서고 그 뒤를 용병과 해적들이 탄 갖가지 뗏목이 따랐다. 라모는 멀어져 가는 야말 대륙을 바라보며 뗏목 위에 서 있었다. 온 지 하루 만에 다시 떠나게 됐다. 라모는 새삼 떠난다고 생각하자 조금 아쉬운 생각이 들었다. 야말 대륙은 그런대로 매력이 있는 장소였다. 눈과 얼음이 빚어내는 태고의 신비가 대륙에 잠들어 있는 듯하다. 라모는 언젠가 한가한 때가 생기면 반드시 다시 방문해 여행하겠다고 결심했다.

티탄 족의 배와 뗏목이 한나절가량을 나아가자 눈으로도 바다에 선을 이루고 있는 세찬 해류가 보였다. 그것은 바다에 생긴 또 하나의 강이었다. 배의 선두가 해류에 발을 들이밀자마자 쑥 끌려들어 간다. 그리고 쏜살같이 내달린다. 속력이 얼마나 빠른던지 다음 배가 들어서기도 전에 앞선 배는 거의 아득해질 정도로 멀어져 간다.

다음 배도, 또 다음의 구명보트, 그리고 뗏목도 해류에 일부를 밀어넣자마자 그 거센 흐름에 휘말려 쏜살같이 앞으로 내닫기 시작했다. 마치 말을 타고 전력으로 달리는 기분이 들 정도였다. 일행의 배와 뗏목은 열흘 내내 해류를 타고 흐르고 또 흘렀다. 3일이 지나자 극심한 추위가 가셨고, 5일이 흐르자 훈훈한 바람이 불어왔다. 그리고 열흘이 지나자 일행은 먼 곳에 푸르른 숲으로 울창한 대륙의 일부가 보이는 걸 느꼈다. 그리고 거기서 해류는 일행의 배와 뗏목을 잡고 있던 무지막지한 힘을 풀어버렸다. 해안으로부터 거의 30킬로미터는 남은 지역이었다. 거기에서부터는 노를 저어가야 했다.

하지만 사람들은 모두 환성을 질렀다. 태풍을 만나 야말 대륙으로 흘러가면서 꼼짝없이 죽었다고 생각했는데 이렇게 살아 돌아오자 감회가 무량했던 것이다. 일행의 배가 해안으로 나아가는 도중 작은 배 한 척이 근해로 나오다 일행을 보고는 다시 쏜살같이 해안으로 돌아갔다. 그리고 일행이 드디어 육지에 상륙할 즈음 먼 곳으로부터 요란한 종소리가 울려 퍼지더니 창과 검을 든 티탄 족들이 달려와 해안에 포진했다. 거의 5백 명에 가까웠다.

"하하! 걱정 마십시오. 우리 티탄 족은 전부 거친 바다의 사나이들이라 외인을 그리 반기지 않지만 여러분들은 예외입니다."

감비우가 호탕하게 웃었다. 그리고 육지에 도착해서야 반기는 사람들의 말을 듣고 그가 족장의 아들이란 사실을 알았다. 용병들은 육지에 올라서자 둘러선 티탄 족들을 아랑곳하지 않고 신선한 풀 포기와 향기로운 흙에 코를 박고 신께 감사를 드렸다.

라모 또한 새로운 감회에 젖기는 마찬가지였다. 하지만 그보다 급한 일이 있었다.

"페넬! 빨리 황궁으로 갈 마법진을 그리게."

라모의 지시에 페넬이 바닥에 마법진을 그리기 시작했다. 라모는 일단 황궁으로 가 스발바르의 침공에 대비할 생각이었다. 페넬이 마법진을 다 그리자 라모는 페넬에게 당부했다.

"자네가 이곳의 일을 마무리 짓게. 일단 상인들과 그의 가족들은 이곳에서 휴식을 취하게 하게. 내가 돌아가서 마법사를 더 보내겠네. 호칸도 자네가 데리고 있게."

라모는 마법진 위로 올라서며 호칸을 바라보았다. 이제 날씨가 온화해지자 월러스 가죽 옷을 벗은 호칸의 눈이 라모와 부딪쳤다.

"호칸! 너는 페넬 경과 천천히 오거라. 나는 급한 일이 있어 먼저 가마."

라모는 그렇게 말하며 마나를 마법진에 주입하려고 했다.

"영주님!"

호칸이 급히 라모에게 달려왔다. 호칸은 거의 울 듯한 표정이었다. 라모는 호칸이 직접 자신을 부르기는 처음이라 깜짝 놀랐다. 라모는 불러일으켰던 마나를 끊고 호칸에게 다가갔다.

"호칸, 무슨 마음에 걸리는 일이라도 있느냐?"

라모의 질문에 호칸은 머리를 숙였다. 호칸의 목덜미가 빨개져 있다. 호칸은 곧 품속에서 마지막 남은 골드래빗을 꺼냈다.

"저, 저를 돌보아주신다고 어머니께 약속하셨죠? 저는 거기에 더해 이 골드래빗을 내놓겠어요. 저를 제자로 받아주세요."

호칸은 기어코 눈물을 한 방울씩 떨구었다. 라모는 호칸의 마음을 잘 알았다. 이제 호칸은 라모가 자신을 버리지 않을까 두려워하는 것이다. 라모는 호칸의 머리를 쓰다듬었다. 의지할 곳 없는 호칸의 마음이 결국 풀려 라모에게 향하고 있다. 라모는 기꺼운 마음으로 마지막 골드래빗을 회수했다.

"호칸! 두려워할 것 없다. 이제 너와 나는 끊을 수 없는 인연을 맺게 되었구나. 너는 내 아들이요, 제자다. 호칸! 나도 네게 잘 부탁한다는 말을 하고 싶구나. 우리 앞으로 잘해보자꾸나."

호칸이 라모의 진정을 느끼고 비로소 웃음을 지었다. 라모는 호칸의 등을 한 번 더 두드려 주고는 곧 마법진을 통해 사라졌다.

라모가 나타난 곳은 호른 제국 황성이었다.

라모가 호른 제국 황성에 도착하는 순간 바다에서는 도란 제국과 혼프라도 국, 헬미라국의 연합 함대와 파도와 폭풍의 백작 세에라가 주축이 된 스발바르 제국 함대의 해상전이 벌어지고 있었다. 그룬디아 대륙 연합 함대는 대형 함선 6백 척을 동원했고, 스발바르 제국은 1천 척의 대형 함대 가운데 어찌 된 일인지 5백 척만 항진하고 있었다. 마법사들이 갈매기를 패밀리어로 이 같은 스발바르의 움직임을 탐지했다. 연합군 지휘부는 해상전을 결심했다. 적이 분산되었으니 타격을 가할 절호의 기회였다. 스발바르 제국 함대가 그룬디아 대륙의 근해로 들어서는 순간 연합 함대가 가로막았다. 그리고 수없는 유황탄을 발사하며 치열한 접전에 들어갔다.

처음에는 막상막하의 접전을 벌이는 듯했다. 그러나 스발바르 함선 한 척이 그룬디아 연합 함대 사이로 파고들면서 양상이 바뀌었다.

"호호호! 그룬디아 녀석들이 내 유인책에 걸려들었구나. 그럼 이제부터 실력 발휘를 해볼까?"

스발바르 제국 함대 사령관 세에라는 상갑판에 서서 고개를 들고 웃었다. 그리고 이어 두 팔을 활짝 펼쳤다. 그러자 갑자기 바다 곳곳에서 소용돌이가 생겨났다.

"으악! 소용돌이다! 피해!"

그룬디아 연합 함대에서 비명성이 터져 나왔다. 바다 속으로부터 거대한 소용돌이가 여러 개 생겨나 연합 함대의 함선을 끌어당겼다. 연합 함대는 대번 진형이 허물어지며 혼란스러워졌다. 그사이에 세에라가 탄 함선이 항진해 나갔다.

"물의 창이여! 일어나라."

세에라가 다시 바다를 향해 손을 휘젓자 거대한 물기둥이 일어나더니 점차 날카로운 창의 형상을 만들어갔다. 물의 창은 곧 연합 함대의 함선 한 척을 향해 날아갔다. 그리고 함선의 옆머리에 부딪쳤다.

콰직!

물의 창이 함선을 완전히 관통해 사라졌다. 반대 편까지 구멍을 낸 물의 창은 그제야 힘을 잃고 바닷물이 돼 흘러내렸다. 옆구리에 큰 구멍이 생긴 함선은 바닷물이 밀려들며 곧 침수되기 시작했다.

이런 식으로 세에라가 누비고 다니자 연합 함대는 패색이 짙어졌다. 소용돌이에 통째로 끌려들어 가는 함선이 있는가 하면, 물의 창에 옆구리를 관통당하고 서서히 침몰해 가는 배가 속출했다. 그리고 그런 연합 함대를 향해 일렬로 늘어선 스발바르 제국의 함선들이 일제히 유황탄을 발사했다. 연합 함대의 배 50척에 유황탄이 작렬하며 다투어 불길이 치솟아올랐다.

마법사들의 패밀리어를 통해 전투 장면을 지켜보던 그룬디아 연합군 지휘관들은 모두 가슴이 서늘해졌다. 연합 함대를 실질적으로 책임진 혼프라도 국의 카프란 국왕은 이를 갈며 수정구를 향해 악을 썼다.

"후퇴해! 전속력으로 돌아와라!"

뒤늦게 살아남은 연합 함대가 기수를 돌려 도망가기 시작했다. 그러자 스발바르 제국의 함대가 일제히 쫓아오며 연신 유황탄을 날렸다. 연합 함대는 반격을 생각하지 못하고 도망치기에 급급했다. 다시 1백 척에 이르는 함선에 불이 붙으며 침몰해 갔다. 심지어 서두르다 같은 우군의 배끼리 부딪쳐 침몰되는 배까지 속출했다. 완전한 연합 함대의 패배였다. 겨우 도망친 함선은 절반에 불과했다. 바다 위에는 불타오르는 함선으로 가득했다. 바다 속으로 뛰어든 그룬디아 대륙 연합군의 비명이 지켜보는 지휘부의 귀에까지 생생하게 전달된다. 초전에서의 패배가 지휘부의 가슴속에 불길한 그림자를 드리웠다.

"헬미라국 포트루이스 항을 벗어난 내륙 50킬로미터 지점에서 스발바르 제국군이 목격되었습니다."

마법사의 보고에 도란 제국 황성에 집결해 전투 추이를 지켜보던 황제와 국왕들은 모두 깜짝 놀랐다. 그리고 이어 패밀리어를 통해 거대한 마법진이 그려져 있는 살미스 지방의 평야가 비춰졌다. 마법진을 통해 스발바르 제국의 병사들이 연이어 나오고 있었다. 보저 황제가 당황한 어조로 입을 열었다.

"놈들이 무투 섬에서 대륙까지 대형 마법진을 통해 기습을 시도하려는 모양입니다. 아군은 지금 어디에 있지요?"

뒤에 시립해 있던 블레이드가 즉시 대답했다.

"아직 도란 제국 영내에 있습니다. 야스퍼 후작과 빅투아르 공작이 군사 50만을 이끌고 있으니 그리 걱정하지 마십시오. 단번에 적을 격파할 수 있을 겁니다."

블레이드의 보고에 지휘부는 조금 안심된다는 표정을 지었다. 그 두 사람이라면 최소한 지지는 않을 것이다. 그만큼 두 사람은 그룬디아를 대표하는 기사들인 것이다. 거기에 다섯 명의 호른 제국 소드 마스터도 합류해 있다. 작은 안도감이 회의실에 흘렀다. 그런데 계속해 마법진을 지켜보던 지휘부의 눈길을 끄는 물체 하나가 있었다.

"저게 뭐지요?"

아르센 국왕이 질문을 던지는 순간 다른 사람들도 모두 그 물체를 주목했다. 마법진 위에 줄무늬가 현란한 전마 크기의 괴수 하나가 나타난 것이다. 머리는 사자의 형상을 하고 있었고 몸은 늘씬한 표범 같았다. 벌린 입 안에는 날카로운 송곳니가 두 개 솟아 있다. 그리고 사람 손바닥 2개를 합쳐 놓은 듯한 큰 발에는 대거 같은 발톱이 여러 개 삐죽 드러나 있다. 그리고 등 위로 커다란 뿔 6개가 일 열로 늘어서 있다. 괴수 등 위에 안장이 놓여 있고 스케일 아머(금속판을 비늘처럼 붙여서 만든 갑옷)를 입은 기사가 타고 있다. 안장은 뿔과 뿔 사이에 놓여 있어 매우 안정감이 있어 보였다.

"저건…… 아조레스 대륙에만 사는 휘폰이라는 괴수입니다. 가죽이 단단해 창칼이 통하지 않습니다. 싸움에서 기사는 그저 방향만 알려주는 보조적인 역할을 할 뿐 전적으로 휘폰이 싸웁니다. 발톱으로 그으면 금속 갑옷도 찢겨져 나갈 정도입니다. 날래기는 마치 바람 같아 그래듀에이트 열 명이 달려들어도 제지하지 못할 겁니다. 휘폰은 눈도 뜨지 못하는 어릴 때부터 길들여야 합니다. 이미 눈을 뜨고 나면 결코 사람을 따르지 않습니다. 당연히 어미가 지키는 새끼 때 잡아야 하는데 그게 쉽지 않지요. 저도 젊었을 때 3년간 아조레스 대륙에 살며 길들여진 괴수는 단 한 번 보았을 뿐입니다. 매우 귀한 괴수입니다. 그런데 저런 길들여지지 않는 괴수를… 어떻게……."

마침 아조레스에 다녀온 경험이 있는 헤스타가 괴수의 정체를 알고 있었다. 설명하는 동안 휘폰이 줄줄이 나오기 시작했다. 한두 마리가 아니었다. 모두 일천 마리가량이나 되었다. 저런 무시무시한 괴물이 연합군에 난입해 길길이 날뛴다면 안 봐도 결과가 충분히 예측되었다. 지켜보던 지휘부의 안색이 모두 핼쑥해졌다. 드디어 본격적인 전쟁에 불이 붙었다.

이때 헬미라국과 프리토리아는 병력 25만을 동원하여 해안을 방어하고 있었다. 해안에 철통같은 방어막을 형성하여 함대를 이용한 적의 상륙을 저지한다는 계획이었다. 수만 개의 투척기가 해안에 즐비하게 설치돼 있다. 크기도 함선에서 사용하는 것보다는 몇 배나 크다. 만약 적이 상륙을 시도한다면 막대한 피해를 입을 수밖에 없었다. 그러나 초장부터 계획이 빗나갔다. 스발바르는 1천 기의 괴수 휘폰을 마법진으로 옮겨 오히려 포트루이스 항을 지키는 연합군을 배후에서 기습하려고 한다.

원래의 계획이라면 사태의 추이를 지켜보며 병력의 증원을 결정할 생각이었다. 그러다 허를 찔린 셈이다. 아직 도란 제국 영내에 남아 있던 야스퍼와 빅투는 급히 의견을 조율했다. 50만 병력이 도란 제국 영내를 떠나 포트루이스 항을 향해 전진하고 있었지만 무려 5백 킬로미터나 되는 거리 밖에 있으니 전혀 도움이 되지 않는다.

"내가 포트루이스 항으로 가서 적들을 막겠소. 빅투 경, 그대는 이곳의 병력을 계속 전진 배치시키시오."

야스퍼는 빅투에게 당부한 후 바로 포트루이스로 공간 이동해 갔다.

야스퍼의 옆에는 전속 마법사 오코롱이 바짝 붙어 다녔다. 야스퍼는 도착 즉시 지휘권을 이양받아 전투진을 해안 방어에서 내륙 방어로 급히 전환시켰다. 다행히 휘폰이 달려오는 시간이 있어 아직까지 포트루이스 항은 조용했다. 곧 이어 블레이드가 마법진으로 이동해 왔다. 야스퍼는 블레이드를 보자 마음이 든든해졌다. 9써클의 마법사가 보조를 맞추어주면 1천 기의 휘폰이라도 문제없을 듯 보였다.

"나와라, 키메라 나이트!"

과연 블레이드는 회심의 역작 키메라 나이트를 공간에서 꺼내 전면에 포진시켰다. 키메라 나이트라면 휘폰의 좋은 적수가 될 것이다. 이어 마법사들의 통신 마법이 전해져 왔다.

─휘폰이 전방 10킬로미터까지 접근해 왔습니다. 곧 육안으로도 보일 것입니다.

연합군 25만과 야스퍼, 블레이드는 바다를 등지고 내륙 쪽을 긴장된 눈으로 지켜보았다. 그러나 뜻밖에도 기습은 바다 쪽에서 먼저 시작했다.

"가고일이다!"

해안을 바라보던 병사 한 명이 소리쳤다. 야스퍼도 그 소리를 듣고 해안 쪽을 바라보았다. 먹구름이 몰려오듯 수천 기의 마법 생물 가고일이 날아오고 있었다. 족히 5천 기는 더 되어 보였다. 가고일은 박쥐형 날개를 펄럭이며 순식간에 가까워졌다. 가고일 위에는 스발바르 제국군이 한 명씩 탑승해 있었다.

"이런, 빌어먹을!"

야스퍼는 절로 욕설을 뱉지 않을 수 없었다. 이번 전쟁을 위해 스발바르 제국이 얼마나 노력을 경주했는지 여실히 알 수 있었다. 휘폰만이라면 야스퍼도 방어할 여력이 있었다. 그러나 지금과 같이 공중에서 협공을 받는다면 양상이 달라진다. 스발바르 제국의 전략을 전혀 짐작하지 못한 그룬디아 연합군의 통한이었다. 가고일이 해안으로 접근해 오며 허공으로부터 롱 보우를 발사했다. 수천 발의 화살이 연합군을 덮쳤다.

"으악!"

"피해!"

연합군들이 비명을 지르며 크게 혼란스러워졌다. 가고일과 스발바르 군은 해안에 이르자 더 이상 지나치지 않고 해안선을 따라 날며 연신 화살을 날렸다. 해안선에 형성된 연합군의 진형에서 연신 비명이 터져 나오며 병사들은 숨기에 급급했다. 연합군 측에서 발사한 화살은 가고일의 몸에 맞아도 도리어 튕겨 나왔다. 가고일의 등에 숨은 스발바르 군은 화살을 날릴 때만 살짝 고개를 내밀고 발사한다. 그러니 일방적으로 당하는 쪽은 연합군이었다.

그렇게 한쪽 끝까지 종주한 가고일 떼가 선회해 다시 날아오는 동안 내륙 쪽에서 힘차게 달려오는 얼룩 무늬 떼가 보였다. 휘폰이었다. 멀리에서 바람같이 달려온 휘폰은 순식간에 연합군 사이로 난입해 들어

왔다. 예측하지 못한 적의 공격에 연합군의 혼란은 극에 달했다. 야스퍼는 도무지 작전을 세울 방도가 없었다. 다만 블레이드를 비롯한 마법사들만 파이어 볼 같은 마법으로 가고일을 요격했다.

"화염의 방패!"

블레이드가 한 손을 휘젓자 허공에 훨훨 타오르는 불의 방패가 생겨나며 가고일의 진로를 막았다. 미처 피하지 못한 수십 마리의 가고일이 타오르는 불을 옴팍 뒤집어썼다.

"크아악!"

스발바르 제국군이 가고일과 함께 불덩이가 되어 지상으로 추락해 내렸다. 휘폰은 야스퍼의 몫이었다. 야스퍼는 송곳니를 드러내며 달려드는 휘폰을 주시했다. 늘씬한 체구가 기수와 함께 혼연일체가 되어 뛰어든다. 휘폰의 잔등에선 병사가 창을 내지르고 휘폰은 난입해 들어오자마자 검을 들고 있는 연합군 한 명의 상체를 덥석 물었다. 그리고 머리를 흔들어 집어 던지자 이미 상체에 2개의 큰 구멍이 난 병사는 시체가 되어 날려갔다. 물론 휘폰에게 물리기 전 병사는 검을 찔러 넣었다. 하지만 오히려 검이 부러지며 휘폰의 반격을 받았다.

이어 휘폰은 연합군 병사들이 몰려 있는 곳으로 달려가 앞발을 휘둘렀다. 정지 상태로 휘두르는 것이 아니라 인간은 상상할 수도 없는 빠르기로 달리며 머리를 내려치고 가슴을 발톱으로 긁었다. 앞발에 머리를 맞은 병사는 대번 머리가 부서져 뇌수를 뿌렸고, 가슴을 긁힌 병사는 몸이 쪼개져 내장이 비어져 나왔다. 병사가 쓰러지기도 전에 휘폰은 이미 다른 먹이의 목에 이빨을 박아 넣고 있다. 그야말로 무서운 괴수였다.

병사들이 일방적으로 학살당하자 야스퍼는 검강을 발한 검으로 휘폰 한 마리를 가로막았다. 휘폰의 등에 타고 있던 스발바르의 병사는 야스퍼의 검에 서린 검강을 보자 깜짝 놀라 휘폰의 목에 걸린 고삐를 낚아챘다. 휘폰이 명령을 알아듣고 야스퍼의 머리 위로 펄쩍 뛰었다. 놀라운 도약력으로 휘폰은 야스퍼의 머리를 뛰어넘었다. 하지만 호락호락 보낼 야스퍼가 아니었다. 야스퍼 또한 펄쩍 뛰어오르며 검강을 휘둘렀다. 휘폰의 배가 일직선으로 갈라지며 더운 내장을 쏟아냈다. 아무리 휘폰의 가죽이 단단해도 야스퍼의 신법과 검강을 당할 수는 없었던 것이다. 야스퍼가 눈부시게 빠른 신법으로 뛰어다니며 스치듯 지나쳐 가는 휘폰의 목을 자르고 다리를 베어버렸다. 목이 잘린 휘폰은 등에 탄 스발바르 병사를 땅에 패대기치며 쓰러졌고, 다리가 잘린 휘폰은 무서운 포효를 내지르며 버둥거렸다.

키메라 나이트도 제 몫을 충실히 수행하고 있었다. 사람 몸통만한 검을 휘두르며 휘폰을 가로막았다. 휘폰도 눈이 달렸는지라 범상치 않은 덩치의 키메라 나이트를 피하려고 했지만 달려오는 속력을 줄일 수 없어 부딪치지 않을 수 없었다. 부딪친 순간 휘폰은 키메라 나이트의 발을 물었고, 키메라 나이트는 검을 내려쳤다. 휘폰의 이빨은 풀 플레이트 메일에 걸려 더 이상 들어가지 않은 반면 키메라 나이트의 검은 단숨에 휘폰의 두개골을 쪼개 버렸다. 키메라 나이트는 덩치도 휘폰보다 커 전혀 밀리지 않았다.

그러나 키메라 나이트는 겨우 10구에 불과했고, 휘폰의 수는 1천 기에 달했다. 야스퍼와 함께 키메라 나이트들이 분전했지만 전황은 점점 불리해져 갔다. 지상을 거의 날듯 뛰어다니는 괴수 휘폰의 일방적인 학살이 도처에서 자행되고 있다. 야스퍼가 눈에 불을 켜며 더욱 화황한 검강을 발해 휘폰을 주살해 갔지만 이미 기운 전황은 회복될 수 없을 만큼 큰 피해를 안겨다 주었다. 하늘을 방어하고 있는 블레이드도 한계가 있었다. 가고일은 수백 마리가 마법의 불에 타 죽자 아예 힘이 미치지 못하는 고공으로 날아올라 가 여전히 화살을 날렸다. 하늘과 땅의 양면 협공에 걸린 연합군이 무수하게 죽어갔다. 야스퍼는 이어 해안을 향해 닻을 올리고 접근해 오는 대선단을 발견하고 형세가 글렀음을 알았다. 스발바르의 함대는 이미 진형이 어그러질 대로 어그러진 연합군으로부터 한 발의 유황탄세례도 받지 않고 여유만만하게 입항하고 있었다.

"후퇴하라! 내륙으로 후퇴하라!"

야스퍼는 할 수 없이 후퇴를 명할 수밖에 없었다. 함선으로부터 스발바르 제국군이 본격적으로 상륙한다면 전군이 몰살당할 수도 있었다. 후퇴하라는 야스퍼의 명을 받은 지휘 기사들이 연달아 후퇴를 명했고, 연합군은 해안을 등지고 무작정 내륙 쪽을 향해 도망쳤다. 그야말로 오합지졸이 따로 없었다. 병사들 개개인은 휘폰에 대한 공포로 전열을 가다듬어 순차적으로 후퇴해야 한다는 기본적인 사항조차도 외면한 것이다. 야스퍼와 블레이드가 최후방에 남아 후퇴하는 연합군의 퇴로를 확보하는 수밖에 없었다. 다행히 스발바르 제국의 목적은 안전한 상륙에 있었던지 더 이상 연합군을 추적해 오지 않았다. 야스퍼는 무려 1백 킬로미터나 후퇴해 병사들을 다시 규합했다. 전사한 병사와 도망친 탈영병이 속출하면서 재집결한 병력은 10만 명에도 미치지 못했다. 이로써 헬미라국은 사실상 스발바르 제국에 내줄 수밖에 없었다.

안전하게 포트루이스 항을 점거한 스발바르 제국군은 선단으로부터 병사들을 쏟아내기 시작했다. 그 수가 거의 80만에 육박했다. 그리고 그 가운데 스발바르 제국의 황제 엑소센이 끼어 있었다. 그 뒤에는 물론 마계 공작 네비로스가 특이하게 생긴 창을 들고 호위하고 있다. 엑소센은 항구에 첫발을 내디디며 그룬디아 대륙의 하늘을 바라보았다.

'미즈! 드디어 내가 왔소. 지금 어디에 있는 거요? 이 엑소센은 포기를 모르는 사람이오. 그룬디아 대륙을 완전히 뒤집어놓는 한이 있더라도 당신을 반드시 찾아내겠소.'

엑소센은 감회 어린 눈으로 그룬디아 대륙의 공기를 호흡하며 속으로 이렇게 다짐했다. 이어 엑소센은 둘러선 제장들을 격려했다.

"자, 이제부터다. 이곳 포트루이스 항을 기점으로 그룬디아 대륙을 정복해 나간다. 이곳에서부터 진격해 나가 도란 제국을 먼저 함락시킬 것이다. 이어 호른 제국을 접수하고 최후에 자코 왕국을 격파해 그룬디아 대륙의 정복을 마무리할 것이다. 제군들의 지혜와 용기만이 이 대업을 완수할 수 있을 것이다. 모두 최선을 다해주길 바란다."

엑소센은 이미 다양한 경로를 통해 그룬디아 대륙의 군사력에 정통해 있었다. 현재 그룬디아의 최강군으로 자코 왕국의 기병을 꼽았다. 그렇다면 처음부터 강군에 맞설 필요는 없다는 것이 엑소센의 복안이었다. 함대 사령관 세에라와 제2군단 사령관 캠블이 자코 왕국을 견제해 줄 것이다. 또 지리상으로 움직임이 불편한 호른 제국도 아울러 견제될 것으로 기대됐다. 그사이 자신과 스발바르 제국의 4개 군단은 도란 제국을 필두로 순차적인 정복을 감행한다는 전략을 세웠다. 이제 주사위는 던져졌다. 엑소센이 던진 도박의 패가 과연 승리를 가져다줄지는 신만이 아실 것이다. 엑소센은 결단을 내렸고 이제 최선을 다할 뿐이다.

절대황권을 수립한 엑소센의 한마디는 둘러선 지휘 기사들의 호기에 불을 당겼다.

"스발바르 제국 만세!"

"엑소센 황제 만세!"

기사들로부터 시작된 함성이 병사들에게 전염돼 나가며 포트루이스 항구 전체를 들썩였다.

이 함성 소리는 후퇴해 가는 야스퍼의 귀에까지 아스라하게 들려왔다. 야스퍼는 이를 갈았다.

"지금은 실컷 좋아해 두어라. 얼마 가지 않아 네놈들에게 그룬디아 대륙을 침략한 행위가 얼마나 잘못된 판단이었는지 뼈저리게 느끼게 해주마."

야스퍼가 후퇴하는 동안 미리 도란 제국 영내를 벗어난 두 무리의 대군이 있었다. 바로 호른 제국의 전임 천인장인 펠트로와 마린 자작이 이끄는, 도란 제국 병사를 주축으로 한 20만 연합군이었다. 따로 10만 명씩 병력을 책임진 두 사람은 부지런히 헬미라국을 향해 전진하고 있었다. 이들 뒤로 빅투가 30만의 대군을 이끌고 따르고 있다. 펠트로와 마린이 이끄는 양군의 간격은 30킬로미터였다. 또 이 양군과 빅투의 간격은 50킬로미터였다. 앞선 두 사람은 마법 통신을 통해 시시각각으로 전해오는 야스퍼의 패전 소식과 스발바르 제국 병력의 이동 상황을 보고받고 있었다.

"포트루이스 항에 집결해 있던 연합군이 궤멸되었습니다. 야스퍼 후작님을 비롯해 약 10만가량의 병력이 재집결 중입니다. 즉시 구원을 바랍니다. 아울러 적군의 총병력은 대략 80만으로 추정됩니다. 그리고 이미 30만 병력이 진형을 이뤄 진군 중입니다. 특히 휘폰이라는 괴수와 공중전을 벌이는 가고일은 막아내기 힘들다는 지휘부의 전언이니 대비하시기 바랍니다."

두 사람은 자세한 전황을 보고받고 상황이 급하다는 걸 알았다. 펠트로와 마린은 절대적인 무력을 지닌 야스퍼조차 제대로 힘을 쓰지 못하고 패했다는 걸 알고 몹시 놀랐다. 그리고 무엇보다도 한시바삐 야스퍼를 구원해야 한다는 사실을 깨달았다. 비록 후퇴했다지만 현재 야스퍼가 이끄는 10만 병력은 고립돼 있는 것이나 다름없었다. 휘폰이나 가고일 부대가 덮친다면 한나절도 안 돼 다시 어려움을 겪을 공산이 컸다.

두 사람은 전진하는 동안 마법사 부대를 따로 불러 환영 마법진을 설치하는 방법을 전수하게 했다. 물론 하레스 출신 마법사를 전속 마법사로 데리고 있는 두 사람이었던지라 수월하게 가르칠 수 있었다. 환영 마법진이라면 휘폰이나 가고일이라도 쉽사리 당하지는 않을 것이라는 자신감이 두 사람에게는 있었다. 야스퍼가 패한 경우는 워낙 창졸간에 당하여 대비책을 세울 여가가 없었던 이유가 컸다.

펠트로와 마린이 이렇게 앞서거니 뒤서거니 하며 20만 명의 병력을 인솔해 전진해 나가는 동안 라모는 뒤늦게 연합군 지휘부가 결성된 도란 제국 황성에 도착할 수 있었다. 호른 제국 황성에서 상황을 파악하느라 또 한참 시간을 허비한 라모였다.

"오오! 라모 공작! 어서 오시오. 그동안 어디에 계셨습니까? 정말 기다리느라 눈이 빠질 뻔했습니다."

누구보다도 호른 제국 보저 황제가 라모의 출현에 기뻐했다. 라모 하레스는 호른 제국의 자랑이자 그룬디아 대륙의 자랑이 아니던가.

"황송하옵니다, 황제 폐하! 심려를 끼쳐 드려서 죄송합니다."

라모는 잠시 한쪽 무릎을 꿇고 고개를 숙여 황제에 대해 예의를 표했다.

"라모 공작! 반갑소이다. 그렇지 않아도 기다리던 참이오."

"라모 공작! 경을 뵈니 정말 반가운 마음 이루 헤아릴 수 없군요. 이제야 마음이 놓입니다."

도란 제국 루벤트 황제와 자코 왕국 아르센 국왕이 다투어 라모를 환대했다. 라모는 두 사람에게는 깊숙이 고개를 숙여 예를 표했다. 나머지 중소 국가의 국왕들은 한 번도 보지 못했던 라모 하레스라는 인물이 너무 젊다는 데 모두 놀랐다. 차림새를 보아하니 여행복을 입고 검조차 차지 않은 모습이다. 겉모습만으로 보면 비싼 장신구 덕에 그저 돈 많고 잘생긴 평민으로 보였다.

지휘부 가운데 특히 헤스타 트로이얀은 못마땅한 기색으로 라모를 바라보았다. 자신이 흑마법사라 지정한 블레이드 하퍼가 바로 저 라모 하레스의 수하라는 점에 주목했다.

그동안 라모는 도란 제국 황궁 마법사로부터 전황을 보고받고 있었다.

"스발바르 제국군은 백만 가운데 80만을 도란 제국으로 진격하는 방향에 배치했습니다. 그리고 나머지 20만 병력만을 자코 왕국과 혼프라도가 지키는 지역으로 진출시켰습니다. 포트루이스 항은 이미 함락되었고, 혼프라도의 라비우 항 또한 적에게 점거당했습니다. 현재는 빅투 공작이 이끄는 50만 연합군이 전진 중이며, 자코 왕국도 기병 20만을 동원하여 혼프라도 쪽으로 접근 중입니다."

마법사는 이어 포트루이스 항에서의 휘폰과 가고일의 출현도 보고

했다. 라모는 다만 야스퍼가 무사한지 한번 질문을 던졌을 뿐 연이은 패전에 대해서는 담담하게 듣고 있을 뿐이다.

"전형적인 전력의 집중이군. 자코 왕국을 피하겠다는 작전이야. 자코 왕국 뒤에는 다시 호른 제국이 버티고 있으니 먼저 도란 제국을 치겠다는 속셈인가? 문제는 휘폰과 가고일이군."

혼잣말로 중얼거리는 라모의 태도에 헤스타는 속이 뒤집히는 기분이었다. 자기가 무엇이길래 그룬디아를 책임진 영웅이나 된 듯 행동한단 말인가. 다른 황제와 국왕들은 이미 라모를 연합군 총사령관으로 대우하는 분위기였지만 헤스타는 인정하고 싶지 않았다. 헤스타는 블레이드에 이어 라모에게도 비위가 상해 있었다.

"지금 누가 적정 탐색과 정보를 담당하고 있습니까?"

라모가 주변을 둘러보며 물었을 때 헤스타는 인상을 찌푸리며 나섰다.

"내가 마법사 길드원들을 동원해 정보를 취합하고 있소."

라모가 헤스타를 바라보았다. 그러자 보저 황제가 얼른 소개했다.

"그는 마법사 길드의 길드장인 헤스타 트로이얀 경이오."

라모는 눈에 이채를 잠깐 발한 후 가벼운 목례로 인사를 했다. 블레이드에게 헤스타의 행적을 수차례 전해 들은 적이 있다.

"그동안 명성은 많이 들었지만 뵙기는 처음이군요. 나는 호른 제국의 라모 하레스요. 우선 내가 마법사 길드원을 잠시 운용했으면 하오만……"

간신히 참고 있던 헤스타의 울화통이 터졌다.

"무슨 헛소리를 하는 거요! 길드원을 운용하겠다니… 수장은 엄연히 나요. 내가 특별히 잘못했다면 수장을 바꿀 수도 있겠지만 지금까지는 문제가 없었소. 그러니 그대는 계속 뒤에서 지켜보기나 하시오."

라모는 예상외로 강한 반발을 보이는 헤스타를 보며 의아한 표정을 지었다. 이자가 왜 이리 과민 반응을 보이는 거지 하는 기색이다. 라모의 음성은 조금 더 강압적이 되었다.

"지금 소속을 따질 계제가 아니오. 내가 요긴하게 쓰일 부분이 있어 요청하는 것이니 양해 바라오."

헤스타는 겉으로 보면 흰머리와 흰 수염을 제외하고는 아직 60대 정도로 보였다. 하지만 진면목은 이미 150살을 넘긴 최고 연장자였다. 100살을 넘기며 9써클의 마스터로 대륙에 명성을 날렸고, 이후 50년간 그룬디아 대륙 최고의 마법사로 막대한 권력도 향유해 왔다. 그런데 이제 20대 중반쯤밖에 되어 보이지 않는 라모가 자신과 동등한 입장에서 인사해 오자 벨이 꼬였다. 아니, 나아가 길드원의 지휘권까지 요구하는 라모에게 적대감까지 느꼈다. 그러니 더욱더 용납할 수가 없었다.

"안 되오. 길드원들은 맡길 수 없소. 뒷수습은 내가 할 테니 소드 마스터답게 그대는 전장으로 달려가 적을 베기나 하시오."

라모는 고집불통을 만나자 골치가 아파왔다. 적이 목전에 닥쳤는데 입씨름만 하고 있을 틈이 없었다. 라모가 순간적으로 사라졌다가 헤스타의 전면에 나타났다. 헤스타 또한 9써클의 마스터로 반응이 빨랐다.

"실드!"

라모가 손을 뻗는 순간 푸른빛의 실드가 헤스타의 몸을 방어했다. 그러나 라모의 손에서 황금 빛이 솟으며 실드를 그대로 파고들어 가서는 검지로 헤스타의 명치를 꾹 찔렀다. 헤스타는 온몸이 마비되며 움직일 수가 없었다. 9써클의 마스터가 펼치는 실드는 일반 마법사의 것과는 강도가 달랐다. 검과 창에 직격당해도 엄밀함을 유지한다. 그런데 라모는 종이장을 찢어버리듯 실드를 뚫어버리고 헤스타를 제압했다. 헤스타는 그제야 대륙에 울리는 라모의 명성이 그저 풍문만은 아니라는 걸 절감했다. 라모는 헤스타의 마비를 곧 풀어주었다.

"자, 이만하면 납득하겠소? 대화로도 충분한 사안을 두고 얼굴을 붉히는 짓은 하지 맙시다."

라모는 황제와 국왕들이 지켜보는 자리인지라 되도록 온화하게 넘어가고 싶었다. 그러나 모욕을 당한 헤스타는 전연 그럴 생각이 없었다.

"스파이드 넷!"

헤스타는 풀려나자마자 라모를 향해 두 손을 들었다. 그러자 끈끈한 거미줄 같은 마나가 라모의 몸을 옥죄어왔다. 헤스타가 계속해 반항하자 라모도 화가 났다. 일반인이라면 꼼짝달싹할 수 없을 만큼의 조임이었지만 라모에게는 어림도 없는 짓이었다. 라모는 몸을 죄어오는 마나를 오히려 몸으로 더욱 끌어들였다가 한순간 진기를 폭발시켜 튕겨냈다. 마나가 역류하며 공간을 흔들었고 그 반탄력에 충격을 받은 헤스타가 입으로 피를 내뿜으며 뒤로 날려갔다. 뒤에 서 있던 다른 마법사가 얼른 잡아주지 않았더라면 회의장 벽면에 내동댕이쳐질 뻔했다. 헤스타는 일순간 온몸의 마나가 뒤틀려 입을 열 수도 없을 지경이었다.

"지금 당장 전 마법사에게 전하시오. 현 상황을 유지하되 도란 제국 쪽에는 적어도 백 명, 자코 왕국 방향으로는 열 명가량 적진으로 침투해 정확한 적의 전략과 장비, 휘폰과 같은 특수 부대가 더 있는지 알아보도록 하시오. 투명 마법을 쓰든 부유 마법을 쓰든 어떻게든 적진에 잠입해 반드시 3일 안으로 보고하도록 조치하시오."

라모는 마법사 길드원으로 보이는, 헤스타를 부축하고 있는 마법사와 그 뒤에 서 있는 다른 마법사에게 지시했다. 마법사들은 약간 곤혹스러운 얼굴로 헤스타를 바라보았다. 헤스타가 간신히 몸을 추스르고 일어나 앉으며 입을 열었다.

"그의 지시대로 해라. 그동안 나는 세상 넓은지 너무 몰랐구나."

헤스타의 얼굴은 침울해 있었다. 단 한 번의 접전으로 헤스타는 라모에게서 넘을 수 없는 벽을 느꼈다. 자신이 발한 마나의 그물을 그토록 쉽사리 제거하는 인물은 처음 보았다. 더욱이 마나를 반탄시켜 자신에게 부상을 입히는 라모의 실력은 자신으로서는 도저히 대적 불가능한 경지였다. 그러니 순응하지 않을 수 없었다. 라모는 그런 헤스타를 한번 일별한 후 황제와 국왕들을 둘러보며 입을 열었다.

"제가 이처럼 조치하는 까닭은 정보야말로 승패를 가르는 요소이기 때문입니다. 설사 마법사 몇을 잃더라도 적의 약점을 쥘 수 있다면 우리의 승리는 따놓은 당상입니다. 적정(敵情)을 아는 방법은 신력으로 되는 것이 아닙니다. 미루어 짐작하는 것도 아니고, 일정한 법칙이 있지도 않습니다. 때문에 우리가 정확한 적정을 아는 방법은 곧 그 적으로부터 얻는 수밖에 없습니다. 정보는 쉽사리 얻어지는 것 외에 보다 공격적으로 취합해야 할 이유가 여기에 있습니다."

라모는 이어 헤스타를 바라보았다.

"물론 동원된 마법사들에겐 가장 큰 보답을 약속해야 합니다. 왜냐하면 그들이 우리에게 승리의 열쇠를 가져다 줄 것이기 때문입니다."

라모의 말을 듣던 헤스타는 어쩐지 자신이 부끄러워졌다. 헤스타는 비로소 황제와 국왕들이 라모를 인정하는 이유의 한 단면을 발견한 셈이다.

라모가 그렇게 새로운 방안을 내놓는 동안 다시 수정구에서 마법사의 보고가 전해져 왔다.

—지금 도란 제국을 떠난 펠트로 자작과 마린 자작이 이끄는 20만 연합군이 스발바르 제국 병력 10만과 접전에 들어갔습니다.

이어 수정구는 전투가 벌어지는 장면을 전송해 왔다. 연합군의 10만 병력이 적과 정면으로 격돌하는 사이 다른 10만군이 적의 측면을 가르고 들어가는 모습이 상세히 보여졌다. 연합군 지휘부는 완연히 승세를 장악한 연합군의 선전에 모두 환성을 질렀다. 그러나 라모는 꺼림칙했다. 30만 가운데 왜 10만 병력만 보이는 것인가. 나머지 20만은……. 그리고 휘폰과 가고일 부대는 어디에 있는 것인가. 라모는 수정구에 보이지 않는 암운을 어렴풋이 짐작했다.

혼프라도 국의 라비우 항에 상륙한 2군단 사령관 캠블은 20만 병력에다 휘폰 100기와 가고일 500마리를 배정받았다. 라비우 항에는 혼프라도 국과 로랜드 국의 연합군 20만이 해안을 방어하고 있었다. 그러나 이곳 또한 휘폰과 가고일의 선제공격에 의해 손쉽게 함락되고 말았다. 더구나 소드 마스터나 대마도사도 없어 더욱 쉽게 허물어졌다.

스발바르 제국의 제2군단을 책임진 캠블은 라비우 항에 입항하면서 이번 전쟁의 의미를 되새기고 의문을 품었다. 엑소센은 이번 전쟁을 명목상으로는 스발바르의 영원한 번영을 위해서라고 강조했다. 그러나 다른 사람은 몰라도 오랫동안 엑소센을 수행한 캠블은 진정한 목적을 알고 있었다. 엑소센은 자신이 인간임을 만천하에 알리고 싶은 것이다. 사랑 하나에 목숨을 걸고, 대륙의 운명조차 사랑을 찾는 데 이용하고 있다. 실상 캠블은 이 같은 상황이 매우 못마땅했지만 거역하고 싶은 생각은 들지 않았다. 엑소센은 스발바르 제국의 황제다. 자신에게 대적하는 자에겐 철퇴를 내리고, 복종하는 자에겐 충분한 재산과 직위로 보상했다. 엑소센은 공정한 황제다. 대륙전쟁의 공과도 역사가 평가할 것이다. 캠블 자신이 섣불리 정당성을 논할 수는 없다.

캠블의 운명은 언젠가 거지꼴로 수도에서 쫓겨나던 칠황자를 따르던 날 이미 결정된 것이나 다름없었다. 이제 엑소센의 영광이 자신의 영광이며, 엑소센의 몰락이 자신의 몰락과 직결된다는 사실을 캠블은 여실히 느끼고 있었다. 스발바르 제국과 아조레스 대륙을 단시일에 일통하며 엑소센은 거칠 것 없는 능력을 과시했고, 부국과 평등을 실현했다. 이 압도적인 힘과 정책은 대륙민의 존경과 사랑으로 온통 엑소센에게 반향돼 돌아왔다. 그리고 그 대열에는 캠블도 끼어 있었다. 엑소센은 누가 뭐라 해도 스발바르 제국의 존경받는 황제이다. 비록 지금 가는 길이 지옥으로 가는 험로라 하더라도 누구 한 사람 불평하는 자가 없을 것이다. 정복이냐, 아니면 전멸이냐 하는 결과만 남았다. 캠블은 이제 뒤를 돌아보아야 하등 쓸모없는 행위라는 걸 스스로 자각했다. 의문은 들되 가야만 할 길인 것이다.

오히려 캠블은 그룬디아 대륙 정복의 전위대로서의 사명을 일깨웠다. 절대 무리하지 말고 자코 왕국을 견제하는 데만 주력하라는 엑소센 황제의 명령이 상기된다. 정 불리하면 세에라가 지키는 바다로 후퇴해도 무방하다는 지시도 받았다. 하지만 캠블은 이왕 싸우기로 한 이상 맥없이 앉아서 다른 사람의 전공만 바라볼 수는 없다고 생각했다.

"토라도 자작! 그대에게 5만 병력을 맡길 테니 자코 왕국의 기병과 탐색전을 벌여보시오. 절대 무리하지 말고 적의 전력을 가늠하는 데 주력하시오."

캠블은 일단 그룬디아 대륙제일의 강군으로 소문난 자코 왕국의 기병을 시험해 보고자 했다. 만약 소문이 과장되었다고 생각되면 비록 20만이지만 자신도 밀고 올라갈 의향이 있었다. 토라도 자작이 캠블의 명령을 받고 병력을 동원해 떠나갔다.

토라도 자작이 이끄는 5만 병력은 접경 지역인 크레스포 지방에서 하룬 플라이드 백작이 이끄는 자코 왕국의 2만 기병과 맞부딪쳤다.

이슬비가 부슬부슬 내리는 정오 무렵이었다. 이슬비는 한쪽의 패배를 슬퍼하는 하늘의 눈물처럼 보였다.

하룬 또한 리코의 명에 의해 탐색을 목적으로 병력을 이끌던 중이다. 이런 평원에서 먹음직스런 먹잇감을 만났으니 그냥 놓아둘 하룬이 아니었다. 충만한 사기를 자랑하는 자코 왕국 기병이 함성을 내질렀다.

"와아아아아!"

이어 곧바로 하룬을 필두로 스발바르 제국 5만 병력을 향해 내달렸다. 2만에 불과한 병력이었지만 지지 않는 무적의 기병인 것이다.

지축을 흔드는 말발굽 소리가 스발바르 제국군의 가슴까지 흔들었다. 흔들림없이 맹렬하게 달려오는 이런 기병은 만난 적이 없는 스발바르 제국군이었다. 일제히 롱 보우를 발사했지만 상대는 방패를 들어 막으며 점점 속력을 높인다. 그리고 전면에서 두 갈래로 갈라지며 그대로 난입해 들어갔다.

챙! 채챙!

검과 검이 부딪치는 요란한 소리가 울려 퍼지더니 우르르 스발바르 군의 일각이 무너져 내렸다. 이어 스발바르 군 사이로 두 갈래 강이 생겼다. 스발바르 군의 숲처럼 무성한 창칼 사이로 도저히 인력으로는 막을 수 없는 강대한 두 개의 송곳이 길을 만들어간다. 그야말로 파죽지세였다. 토라도 자작은 작전이고 명령이고 내릴 사이도 없었다. 접전이 시작됐는가 싶더니 적은 어느새 중군으로 난입해 들어왔고, 병사들을 독려하려는 순간 사방으로 퍼져 나가며 일방적인 학살을 시작하는 것이 아닌가. 그룬디아 대륙 최강의 군대라는 소문은 들었지만 이렇듯 상대가 안 될 줄은 짐작도 못한 토라도였다. 그것도 두 배 이상의 병력을 가지고도 일패도지하고 있다.

토라도는 일반 말의 두 배는 됨 직한 크기의 전마에 탄 거구의 사내가 그레이트 소드를 휘두르며 자신에게 달려오는 모습을 보았다. 토라도가 상대를 향해 검을 들 무렵 자신을 호위하고 있던 기사들을 향해 쏟아져 오는 크로스 보우의 쿼렐을 목격했다. 바로 거구의 사내 뒤로 호위하듯 따라오는 병사들이 날리고 있다. 달리는 말에서 발사한 쿼렐은 거의 오차없이 스발바르 기사의 심장과 목에 꽂혔다. 소름 끼칠 정도의 정확도였다.

다행히 토라도에게는 쿼렐이 날아오지 않았다. 그러나 그것은 다행이 아니라 하룬의 몫이라는 걸 아는 자코 왕국 기병의 양보 때문이었다. 벼락같이 달려드는 하룬을 향해 토라도는 엉거주춤 검을 들어 휘둘렀다.

하룬도 마주쳐 오며 그레이트 소드를 힘차게 휘둘렀다. 하룬의 거구에서 뿜어져 나오는 엄청난 힘에 검이 부러지며 토라도의 목까지 한꺼번에 날아가 버렸다. 하룬은 지나쳤다가 되돌아오며 땅에 떨어진 토라도의 목을 그레이트 소드에 꽂아 번쩍 치켜들며 외쳤다.

"적장은 죽었다! 스발바르의 겁쟁이들을 완전히 짓밟아 버려라!"

하룬의 외침에 그렇지 않아도 일방적으로 내몰리던 스발바르 군은 완전히 전의를 상실했다. 반면 자코 왕국 기병은 일제히 함성을 내지르며 사방으로 퍼져 도망가는 스발바르 군을 추격했다. 크레스포 평원이 다시 한 번 피에 젖어갔다.

하룬은 여세를 몰아 혼프라도의 라비우 인근까지 진격해 갔다. 그런데 생전 처음 보는 괴수와 가고일이 반격해 오자 진격을 멈추어야 했다. 휘폰의 무시무시한 괴력도 자코 왕국 기병들은 추호도 흔들지 못했다. 당장 휘폰이 전우의 목을 덥석 물어도 당황하지 않고 연신 크로스 보우로 견제하며 침착하게 후퇴했다. 휘폰의 약점이 입속과 항문이라는 것을 안 자코 왕국 기병들이 집중적으로 그곳만을 노리자 휘폰도 10여 마리가 사살되었다.

하늘에서 자코 왕국병을 노리는 가고일도 별반 실적을 올리지 못했다. 자코 왕국 기병은 각자 소지한 방패로 하늘에서 날아 내리는 화살도 무난히 막아냈다. 오히려 지상 가까이 내려온 가고일은 자코 왕국 기병에 의해 쿼렐의 집중 사격을 받았다. 자코 왕국 기병이 왜 그룬디아 대륙 최강의 군대인지를 이 한 번의 전투로 여실히 증명했다.

캠블은 더 이상 욕심을 부리지 못하고 주둔지를 방어하는 데만 신경써야 했다. 하룬은 스발바르의 5만군을 거의 완벽하게 박살 낸 뒤에야 기병을 돌렸다. 휘폰과 가고일에 의해 적지 않은 피해가 났지만 기백 명에 불과했다. 스발바르의 피해와 비교해 매우 양호한 상태였다.

자코 왕국이 이렇듯 승전을 올리고 있는 가운데 도란 제국을 방어하는 연합군의 상황은 좋지 않았다. 펠트로와 마린이 이끄는 연합군이 10만의 스발바르 제국군을 제압해 가고 있을 무렵 마법사들의 통신이 잇달아 전해져 왔다.

"휘폰이 마법진을 통해 인근에 나타났습니다. 그리고 가고일도 하늘을 통해 접근 중입니다. 평원에 인접한 산맥의 동정 또한 심상치 않습니다. 아무래도 레인저 부대 같습니다."

다행히 야스퍼가 이끄는 10만 연합군은 전장에서 벗어나 전속 후퇴 중이었다. 펠트로와 마린이 추적해 온 스발바르 군 10만을 중간에서 급습한 형태였다. 그런데 산맥에서 전투가 벌어진 푸티에 평원으로 거의 10만 병력으로 추산되는 적들이 쏟아져 나왔다. 산맥 사이를 가볍게 뛰어다니는 모양이 전문적인 레인저 부대였다. 기름을 먹인 질긴 가죽으로 상체를 보호하고 있었으며, 등에는 롱 보우를 하나씩 메고 있다. 허리에는 일 미터 길이의 시미터를 차고 날렵하게 달린다. 일견 무질서해 보였지만 몸놀림이 예사롭지 않다. 그런 레인저 부대 10만이 산맥에서 속속 튀어나오며 급습해 들어가자 펠트로와 마린이 이끄는 연합군의 대열이 밀리기 시작했다. 사람이 닿기도 전에 롱 보우에서 날아간 화살이 새까맣게 연합군 진형을 덮었다. 설상가상으로 휘폰이 출현해 연합군 진형에 난입해 들어왔고, 가고일은 하늘을 덮으며 날아왔다.

도란 제국 황성 회의실에서 보고를 받은 라모는 발을 굴렀다. 스발바르 제국의 속셈이 이로써 명확해졌다. 정보전에서도 연합군 측이 한 발 늦었다. 적은 완벽하게 연합군의 약점을 찔러오고 있었다. 남쪽에 치우친 도란 제국만으로는 스발바르 제국을 제압하기는 무리였다. 일단 병력에서 밀렸다. 도란 제국에만 정규 병력 80만이 있었고 해안 방어에 동원한 병력 25만을 합하면 백만이 넘는다. 그런데 초전에서의 패배로 인해 이젠 오히려 스발바르 제국의 병력 수보다 적어졌다. 더군다나 광활한 도란 제국 전역에서 모든 병력을 동원하는 데는 한계가 있었다. 수도방위군이나 국경 근처의 병력까지는 미처 동원하지 못했다. 그래서 50만 명만 급거 집결시킨 상태였다. 라모가 처음부터 있었다면 이런 병력 배치를 할 턱이 없었지만, 나라 간의 체면과 우선권 때문에 효율적인 방어가 이루어지지 않았다.

만약 스발바르 제국이 대륙의 북쪽에 치우친 자코 왕국과 호른 제국 방면으로 왔다면 100만 전부라 하더라도 방어에 무리가 없었을 것이다. 그러나 도란 제국이 주 목표가 됨으로써 구멍이 뚫린 셈이다. 이제 적은 항상 병력의 우위를 가지고 싸우게 되었다.

실상 이는 마족 네비로스가 마계에서의 오랜 전투 경험으로 창안한 방식이었다. 네비로스가 엑소센에게 주청한 방식은 '유기적인 병략'이라고 부르는 전술이었다.

즉 목표한 지점을 향해 다양한 특성을 가진 군대를 투입하는 것이다. 전선을 크게 확대시켜 적을 혼란스럽게 하고 정작 접전이 벌어지면 흩어져 있던 부대들이 치명적인 촉수를 가지고 사방에서 조이는 전술이다. 적이 대응하고자 하면 절로 병력이 분산되고 만다. 그렇다고 방어만 하자니 급소를 노리는 다양한 비수를 견딜 수 없다. 뛰어난 기동력으로 흩어진 적군은 하나하나 격파하고, 결속한 군대는 그대로 밀어버리면 된다. 물론 이를 위해서는 기병이 주된 전력으로 움직여야 한다. 그러나 스발바르는 기병이 없었다. 병력을 함대에 실어 나르기도 벅찬 판에 말까지 끌고 올 여력이 없었다.

그래서 생각한 방안이 레인저 부대의 차출이었다. 아조레스 대륙의 레인저만을 몽땅 끌어 모아 부대를 구성했다. 그리고 이번 전쟁에서 항상 산맥을 점거하게 했다. 유리한 지형을 확보해 의외의 기습을 가할 수 있게 되었다. 여기에 휘폰과 가고일을 동원함으로써 완벽한 입체적 공격이 가능해졌다. 일단 특정 지역에서 전투가 벌어지면 휘폰은 마법진으로, 가고일은 허공으로, 레인저 부대는 산을 통해 적을 요격하게 된 것이다. 그러니 항상 절대 질 수 없는 병력의 우위를 가진다. 군대를 하나의 생명체와 같이 변환과 제어가 자유롭도록 조율했다.

이 같은 네비로스의 전략을 라모는 뒤늦게 알아챘다. 엑소센은 결코 큰소리만 치는 허풍쟁이는 아닌 것이다. 라모는 보다 치밀한 대응이 필요하다는 걸 느꼈다. 그러나 당장 발등에 떨어진 불이 문제였다.

"야스퍼, 펠트로와 마린이 위험하다! 자네도 지금 즉시 푸티에 평원으로 이동하게. 나도 곧 가겠네."

라모는 마법 통신을 통해 야스퍼에게 지원을 당부한 후 곧바로 푸티에 평원으로 공간 이동했다.

푸티에 평원의 전투는 완전히 양상이 바뀌어 있었다. 수정구로는 일방적으로 공격당하던 형세에서 펠트로와 마린은 그나마 수비 태세를 갖추어놓고 있다. 마법사들이 사방으로 환영 마법진을 그려 간신히 방어하고 있었다. 그것으로 인간은 방어가 가능했으나 휘폰과 가고일이 문제였다. 휘폰은 후각까지 발달해 환영 가운데서도 용하게 병사들을 찾아내 물어 죽이고 발톱으로 찢어 죽인다. 또한 가고일은 하늘에서 연신 연합군을 향해 화살을 발사하고 있다. 하늘은 환영 마법진의 영향을 받지 않으니 고스란히 드러날 수밖에 없다. 20만 병력이 어느새 절반으로 줄어들어 있다.

"형님! 도대체 그동안 어디 가 있었소? 사람 애간장을 타게 만들고 그러시우."

전장에서 라모를 본 야스퍼가 반가운 마음에 푸념을 늘어놓았다. 하지만 듣고 있을 시간이 없었다.

"야스퍼, 대화는 나중에 하고 자넨 우선 휘폰부터 막아. 하늘의 가고일은 내가 처리하겠네."

라모의 지시에 야스퍼는 아쉬운 마음을 일단 접곤 검에 검강을 발해 환영진 속으로 파고들었다. 라모는 플라이 마법을 사용해 하늘로 날아올랐다. 그리고 연합군 진영의 허공을 선회하는 가고일 떼를 가로막았다. 거의 1천 마리가량으로 추정됐다. 라모는 허공을 날아가며 백보신권을 연신 내질렀다. 백보신권에 얻어맞은 가고일의 머리가 터져 나갔다. 라모의 출현을 눈치 챈 가고일의 기수들이 땅을 노리던 롱 보우를 들어 화살을 발사했다. 라모는 날아오는 화살을 낚아채 오히려 기수들에게 집어 던졌다. 가고일의 등에 타고 있던 스발바르의 병사들은 배는 빠르게 되돌아온 자신들의 화살에 맞아 앞 다투어 추락했다.

라모는 쉬지 않고 가고일 떼 사이를 누볐다. 기수들이 화살로 효과를 보지 못하자 이번에는 가고일의 날카로운 발톱과 부리를 이용해 공격해 왔다. 가고일의 좍 편 발톱은 사람의 머리통 정도는 과일 따듯 비틀어 버릴 정도로 컸다. 4~5마리가 한꺼번에 달려드는 순간 라모는 오른손에 검강을 일으켜 휘둘렀다. 황금 빛이 허공에 원을 만들었고, 원에 걸려든 가고일의 목과 가슴이 대번에 동강나 떨어졌다. 이왕 검강을 불러일으킨 김에 라모는 연신 원을 그렸다. 합일된 원이 날아가 작렬하면 가고일의 목이 분쇄됐고, 정통으로 맞으면 완전히 재로 변해 소멸돼 버렸다.

짧은 시간에 거의 400마리의 가고일을 한꺼번에 몰살해 버리자 기수들은 그제야 인간 같지도 않은 라모에게 공포를 느끼고는 도망가기 시작했다. 라모는 틈을 놓치지 않고 계속 플라이 마법으로 쫓아가며 다시 200마리가량의 가고일을 추락시켰다.

라모가 하늘의 가고일을 완전히 평정하는 동안 야스퍼는 휘폰과 맞서고 있었다. 신법과 검강을 발해 전장을 눈부시게 뛰어다니며 휘폰을 주살했다. 아무리 빠른 휘폰이라 하더라도 검강에는 무리였다. 야스퍼에 의해 휘폰 25기가량의 목이 떨어졌다. 야스퍼는 지난번의 패배를 만회하기 위해 최선을 다해 움직였다. 검강을 발한 시간이 길어졌지만 야스퍼는 끊임없이 솟아오르는 진기 덕분에 지칠 줄 모르고 싸웠다. 더욱이 펠트로와 마린도 검강을 발해 분전하면서 형세는 점차 다시 만회되기 시작했다.

스발바르의 레인저 부대는 생전 처음 보는 환영 마법진에 속수무책이었다. 마법진 안으로 들어오는 순간 마물들이 튀어나오는지라 황급히 화살을 날렸지만 애꿎은 동료에게 날아간다. 그래서 머뭇거리다 보면 옆에서 튀어나온 검에 목이 날아갔다. 환영진 사이에 숨어 있던 연합군 병사가 날린 검이다. 이렇게 되자 스발바르 군도 함부로 마법진을 향해 전진해 들어갈 수 없었다.

야스퍼는 휘폰만을 골라 한참 주살하던 도중 자신을 향해 다가오는 어두운 기운을 느끼고 고개를 돌렸다. 환영에 아랑곳하지 않고 야스퍼를 향해 달려오는 한 구의 인마가 있었다. 비루를 먹은 듯한 창백한 말에 탄 거구의 존재였다. 입고 있는 갑옷도, 들고 있는 거대한 검도 모두 검었다. 몸 전체에서 일렁이는 어두운 기운이 여실히 느껴진다. 바로 죽음과 살육의 백작 파이본이었다.

파이본은 검에 검은 오러를 줄기줄기 뿜어내며 연합군을 주살했다. 그리고 야스퍼를 향해 똑바로 달려왔다. 가까이 접근하기도 전에 야스퍼는 시체가 썩는 듯한 냄새에 인상을 찌푸렸다.

"지저분한 놈! 목욕이라도 하고 다닐 것이지……."

야스퍼는 신법을 발해 파이본을 향해 마주 달려갔다. 그리고 펄쩍 뛰어오르며 마상의 파이본을 향해 푸른 검강을 휘둘렀다. 파이본 또한 일격에 잘라 버릴 듯 검은 오러로 야스퍼의 전신을 노리고 내려쳤다.

쾅—

폭음이 울리며 야스퍼는 훌훌 뒤로 날아가 땅에 착지했다. 지나쳤던 파이본이 다시 말을 돌려 돌아왔다. 이번에는 야스퍼를 깔아뭉갤 것처럼 창백한 말을 앞세워 돌진해 왔다.

"가소로운 놈!"

야스퍼는 냉소를 머금으며 창백한 말의 머리를 향해 검강을 휘둘렀다. 말이 얼른 고개를 숙여 야스퍼의 검강을 피했다. 이어 파이본이 검은 오러가 깃든 검으로 야스퍼의 목을 내려쳤다. 신법을 발휘해 옆으로 살짝 피한 야스퍼의 눈이 휘둥그레졌다. 그제야 파이본이 타고 있는 말도 예사 존재가 아니라는 걸 알았다. 검강을 피하는 말이라니…….

야스퍼는 환영보를 발휘해 미처 말머리를 돌리지 못한 파이본을 쫓았다. 파이본이 허리를 돌려 야스퍼를 향해 검을 휘둘렀다. 야스퍼는 사정거리 밖으로 순간적인 속도로 피했다가 다시 따라붙으며 창백한 말의 머리를 단숨에 내려쳤다.

아무리 영악한 말이었지만 야스퍼의 빠른 신법과 검강에는 당할 도리가 없었다. 파이본이 막아보려고 했지만 먼저 말의 머리가 땅에 떨어지자 파이본도 뛰어내리지 않을 수 없었다. 말의 목에서 검은 연기가 새어 나오는가 싶더니 순식간에 사라져 버렸다. 마계로 소환된 것이었다.

"이 괘씸한 놈! 감히 나의 애마에게 상처를 입혀? 감히 인간 따위가 나 파이본에게 대적하다니……. 네 영혼까지 소멸시켜 주마."

파이본의 말을 듣던 야스퍼는 귀가 괴로워졌다. 마치 철판 두 장을 마주 대고 긁는 듯 쉰 목소리가 매우 역겨웠다.

"네놈은 마족이냐? 마족 따위가 감히 인간계에 내려와 사람을 죽이다니…… 호른 제국의 휠츠리 영주인 나 야스퍼가 너를 단죄하겠다."

야스퍼도 지지 않고 파이본을 향해 일갈했다. 그러자 분노한 파이본의 검에서 검은 오러가 더욱 짙어졌다. 심상치 않음을 느낀 야스퍼의 검에서도 3미터가량의 검강이 솟구쳤다. 파이본과 야스퍼가 서로 순간적으로 접근하며 눈부시게 검을 찔러 넣고 휘둘렀다.

쾅— 콰쾅— 쾅—

파이본과 야스퍼 사이에서 연신 폭음이 터져 나왔다. 검은 오러와 푸른 검강이 두 존재를 완전히 감싸 형체가 보이지 않았다. 서로 필생의 실력을 발휘해 상대를 거꾸러뜨리기 위해 안간힘을 다했다. 파이본을 감싸고 있던 검은 기운이 더욱 기세를 발하며 주변을 감쌌다. 그러나 야스퍼도 생사현관이 타통된 뒤로 진기가 끊임없이 솟구쳐 오르며 싸우면 싸울수록 점점 흥이 났다. 파이본은 리코처럼 검이 빠르지는 않았지만 대신 검은 오러가 넓고 강력했다.

덩치조차도 커 대단한 위압감을 불러일으켰다. 야스퍼가 만약 생사현관을 타통시키지 못했더라면 상대할 수 없는 강대한 무력을 지닌 존재였다. 파이본과 야스퍼는 한 치도 물러서지 않고 팽팽하게 대치하며 서로를 향해 검을 휘둘렀다. 싸움은 조금도 한눈팔 틈을 주지 않고 계속됐다.

그렇게 어느 정도 시간이 흘렀을 무렵이었다.

쾅—

환영 마법진 밖에서 연신 폭음 소리가 들리더니 연합군이 일제히 함성을 내질렀다. 그리고 환영진 밖으로까지 밀고 나가는 기색이 느껴졌다. 파이본은 정세가 심상치 않자 훌쩍 물러나 뒤돌아보았다. 연합군을 포위해 몰아치던 스발바르 군이 일제히 패주하고 있는 모습이 보였다. 그리고 사방에서 붉은 화염이 치솟는 광경도 목격됐다. 바로 라모가 사방으로 돌아다니며 헬 파이어를 난사한 덕분이었다. 패주해 가는 스발바르 군을 본 파이본은 더 이상 남아 있어봤자 소득이 없음을 깨달았다.

"인간이여! 내 이름은 파이본이다. 잊지 마라. 언젠가는 네 영혼을 가져갈 이름이다."

야스퍼는 순식간에 10미터 밖으로 회피한 파이본을 잡을 수 없었다. 일단 파이본이 도망갈 마음을 먹었다면 방도가 없다는 걸 감지할 수 있었다.

"너도 기억해 두어라. 내 이름은 야스퍼 핸슨이다. 다음번에 다시 만났을 때 너를 이 땅에서 소멸시킬 이름이다."

파이본은 핏빛 눈으로 잠시 야스퍼를 쳐다보다가 공간을 열고 사라져 버렸다. 마법진도 아니고 공간을 여는 것으로 보아 분명 마족이었다.

스발바르 군이 후퇴한 연후에야 인원 점검을 통해 병력이 7만으로 줄어들어 있음을 발견했다. 무려 13만에 이르는 병력이 푸티에 평원에서 소모되고 말았다. 이번 전투도 물리치기는 했지만 완연한 연합군의 패배였다.

라모는 야스퍼에게 펠트로와 마린을 데리고 후퇴하라 이르고 다시 도란 제국 황성으로 되돌아갔다.

라모는 즉시 병력의 재배치가 시급함을 인식했다. 라모는 서둘러 리코 후작을 호출했다.

"리코 후작, 우선 이곳 도란 제국 쪽에 자코 왕국의 기병이 필요하오. 혼프라도 국 방면은 호른 제국 병력에게 인계하고, 30만 기병을 도란 제국으로 데려오시오."

리코도 돌아가는 전황으로 보아 자코 왕국 기병이 더 필요한 곳은 도란 제국 방면임을 인식했다.

"알겠소. 곧 병력을 도란 제국으로 돌리겠소."

라모는 리코와 통신을 끊고 이번에는 호른 제국의 근위 기사단장인 스턴을 호출했다.

"스턴 백작, 그대는 호른 제국의 병력을 모두 이끌고 가서 라비우 항을 탈환하게. 스발바르 군을 모두 바다 속으로 수장시켜 버려!"

이미 호른 제국도 50만의 대병을 준비시켜 두고 있었다. 그러나 도란 제국은 너무 멀고 자코 왕국 쪽은 힘이 넘쳐 마땅히 투입할 곳을 찾지 못하고 있던 중이었다. 이제야 명령이 떨어지자 스턴은 반색했다.

"알겠습니다, 공작 전하! 즉시 출동하겠습니다."

라모는 통신을 끊고 도란 제국 황성 회의실에 모인 황제와 국왕들을 둘러보았다. 연이은 패배로 회의실은 침묵이 흘렀다. 특히 자국을 정복당한 혼프라도의 국왕과 헬미라국의 국왕은 몹시 침울한 얼굴을 하고 있다.

이제 도란 제국을 방어할 병력은 50만에도 미치지 못할 만큼 줄어들어 있었다. 자코 왕국의 30만 기병이 아무리 서둘러도 최소 일주일은 걸릴 것이다. 그러니 당분간은 남은 병력으로 버텨야만 한다. 적도 피해를 입기는 했지만 소모된 병력은 10만도 되지 않았다. 스발바르는 휘폰과 가고일을 앞세워 병력 피해를 최소화하는 데 성공한 셈이다.

"라모 공작, 과연 이대로 버틸 수 있겠소? 난 너무나 불안하구려."

이젠 도란 제국의 루벤트 황제마저도 전황에 의문을 떠올리고 있었다. 오직 호른 제국의 보저 황제와 자코 왕국의 아르센 국왕만이 평온한 얼굴이다. 두 사람은 라모의 능력을 철저히 믿고 있었던지라 비록 일시적으로 밀리고는 있으나 곧 반격에 나설 것을 의심치 않았다.

"루벤트 황제 폐하, 조금도 걱정하실 필요 없습니다. 비록 당장 적을 제압할 수는 없지만 자코 왕국 기병이 올 때까지 방어하는 데는 문제가 없습니다. 스발바르 제국군들은 더 이상 전진하기 어려울 것이며, 그룬디아 대륙에서도 결코 무사히 도망가지 못할 겁니다."

라모의 자신감 넘치는 발언에 루벤트 황제는 조금 마음이 진정되는 듯했다.

푸티에 평원에서의 승리를 발판으로 스발바르 제국군이 도란 제국의 경내로 들어선 날은 그로부터 이틀 후였다. 도란 제국의 50만에도 못 미치는 병력과 스발바르 제국 70만 대군이 테살리아 지방에서의 격돌을 앞두고 있었다. 테살리아는 풍광이 뛰어난 지역이었다. 산과 강과 평야를 골고루 갖추고 있어 전투가 벌어진다면 다양한 작전이 요구되는 곳이었다. 라모는 바로 이 테살리아를 방어선으로 정했다. 라모는 야스퍼와 블레이드, 그리고 전임 하레스의 천인장들을 믿었다.

"스발바르 군이 20킬로미터 전방으로 접근해 오고 있습니다."

마법사의 보고를 받으며 라모는 제장들을 둘러보았다. 그룬디아 대륙 연합군 50만의 대병이 테살리아 지방의 평원에 줄지어 서 있다. 부대를 상징하는 깃발이 즐비하게 늘어서서 바람에 흩날리며 펄럭이는 소리가 전투를 앞둔 긴장감을 불러일으킨다. 병력의 최전방에는 라모 하레스를 정점으로 야스퍼와 빅투, 그리고 대마도사 블레이드가 포진해 있다. 그 외에 렌토와 펠트로, 마린, 귀네스, 타푼 등 하레스의 전임 천인장들이 라모의 뒤에 시립해 있는 상태다.

"빅투아르 경, 그리고 귀네스 자작과 타푼 자작! 세 사람은 산맥의 레인저들을 막아주시오. 그대들에게 병력 10만을 붙여주겠소. 스발바르의 레인저 부대는 벌써 근처까지 와 있을 것이오. 그대들의 임무는 평원의 전투에 레인저들이 개입하지 못하도록 막는 것이오. 그들에겐 휘폰이 있어 분명 어려운 싸움이 될 테지만 절대 레인저들을 평야로 내려오도록 해서는 안 되오. 지금 즉시 출발하시오."

이미 회의를 통해 결정된 사항을 라모는 재차 확인했다. 이번 전투는 각 부대가 얼마나 제 몫을 제대로 수행하는가가 관건이었다.

"잠깐 기다리십시오."

떠나려는 빅투를 블레이드가 제지했다. 블레이드는 곧 공간을 열고 20구의 블랙워트를 소환했다. 구부러진 낫 같은 거대한 팔 두 개를 가슴 앞에 세운 채 삼각머리를 흔들고 있는 6미터 신장의 블랙워트는 보기만 해도 흉측해 보였다.

"이것들은 호즈펠트로부터 압수한 블랙워트라는 키메라입니다. 거기에 제가 약간의 변화를 가해 충섬심을 배양했습니다. 더군다나 재생력이 대단히 뛰어나 휘폰이라는 괴수도 이 블랙워트에게는 어려울 겁니다. 이들을 데려가십시오."

블레이드는 명령을 내릴 수 있는 마법사 두 명을 붙여주었다. 블랙워트를 한 번도 본 적이 없는 빅투도 저것들이 뛰어다니며 팔을 휘두른다면 얼마나 끔찍한 결과가 나올지 가히 짐작이 갔다. 그러나 저것들이 자신을 돕는다면 적의 레인저들과 싸우기는 훨씬 수월해질 것이어서 기분이 매우 고양됐다.

"블레이드 경, 감사합니다! 큰 도움이 되겠군요."

빅투는 고개를 숙여 감사를 표한 후 10만 병력을 이끌고 뻗어 나온 산맥을 향해 떠나갔다.

이어 라모는 블레이드에게 명령을 내렸다. 라모는 평원 한 켠으로 우뚝 솟아 있는 야산 하나를 가리켰다.

"블레이드 경! 그대는 마법사 부대를 이끌고 저 야산으로 가시오. 고지에서 적을 최대한 요격해 주시오. 그리고 펠트로와 마린 자작은 병력 8만을 붙여주겠소. 최선을 다해 블레이드 경을 비롯한 마법사 부대를 호위하시오. 절대 산 위로 스발바르 군을 올라오게 하면 안 되오."

산은 비록 높지 않았지만 바로 전투가 벌어질 것으로 예상되는 평원을 굽어보며 전체를 관장하는 요처였다. 그곳만 제대로 방어해도 전투의 주도권을 쥘 수 있으리라 보았다. 문제는 전투가 과열되면 스발바르 군은 분명 야산을 포위하고 고사 작전을 펼칠 수도 있었다. 그리고 하늘에서 공격해 오는 가고일 떼도 위협적일 것이 분명했다. 가장 위험하고 처절한 전투장이 될 것으로 예견되는 장소였다. 무리수였지만 자코 왕국의 30만 기병이 도착할 때까지 버티려면 과감한 포석이 필요했다. 어쩌면 마법사들은 전쟁의 승리를 담보한 사석이 되는지도 몰랐다.

그러나 블레이드는 군말없이 라모의 명을 수긍했다. 떠나기 전 블레이드는 다시 공간을 열고 키메라 나이트 10구를 소환했다. 온몸을 풀 플레이트로 감싸고 전신 거울만한 검을 들고 있는 키메라 나이트는 블레이드가 내놓은 비장의 카드인 셈이다.

"공작 전하, 이것들은 평원의 전투에서 큰 힘을 발휘할 것입니다. 선두에 세워 활용해 주십시오."

라모는 새삼스러운 눈으로 통통한 얼굴의 블레이드를 바라보았다. 이제 머리카락까지 희끗희끗해지고 있는 블레이드다. 라모는 나이 든 블레이드를 보고 있자니 어쩐지 서글픈 생각까지 들었다. 전쟁에 블레이드까지 동원해야 하는 현실이 안타까워진다.

"블레이드 경, 결코 다쳐서는 안 되오. 부디 무사하게 다시 만나기를 바라겠소."

라모는 블레이드의 두 손을 양손으로 그러모아 쥐었다. 블레이드가 미소를 지었다.

"소영주님, 저는 언제까지나 소영주님의 오른팔입니다. 소영주님이 건재하시다면 저 또한 무사할 것입니다. 저는 오히려 소영주님이 걱정입니다. 제발 무리하지 마십시오."

블레이드는 오히려 라모를 위로한 후 마법사 부대를 이끌고 야산으로 공간 이동해 갔다. 그리고 그 뒤로 펠트로와 마린이 8만 병력을 이끌고 구보로 뛰기 시작했다 .

그리고 나자 병력은 30만이 남았다. 그중 20만이 기병이었다. 그러나 휘폰을 생각하면 별반 유리한 조건이 될 수 없었다. 휘폰이 송곳니를 드러내며 포효하면 겁많은 말들은 오줌을 지리며 혼비백산하고 만다. 괴수 앞에서 말은 오히려 방해물이 되기도 한다. 라모는 이번 싸움이 결코 쉽지 않다는 걸 느끼고 있었다. 병력이 적고 전체적인 무력도 약하다. 어쩌면 이 전쟁에서 라모는 자신의 소중한 존재들을 잃을지도 모른다는 걱정이 들기도 했다.

"야스퍼, 적은 마치 잘 맞물린 톱니바퀴처럼 결합돼 있어. 스발바르 제국의 군대는 개별 부대들의 특성이 하나의 조합을 이뤄 막강한 위력을 발휘하네. 쉽지 않은 하루가 될 거야. 오늘은 자네 기량을 넘어서서 최선을 다해야 할 거야. 하지만 너무 무리하지는 말게. 힘들다 싶으면 지체 말고 후퇴하게."

야스퍼는 라모의 목소리에 약간의 걱정스러움이 담겨 있자 새삼 돌아보지 않을 수 없었다. 야스퍼는 가볍게 웃었다.

"형님답지 않게 약한 소리를 하십시다그려. 후퇴라니… 말도 안 됩니다. 여기서 뚫리면 스발바르 제국군은 바로 도란 제국 황성까지 직행할 겁니다. 뒤늦게 자코 왕국 기병이 도착한다 하더라도 각개 격파 당하는 꼴밖에 안 됩니다. 어떻게든 이겨야 합니다. 최소한 이곳을 방어해야 합니다. 저는 절대로 후퇴하지 않을 거요. 호른 제국의 기사로서, 그리고 그룬디아 대륙민의 한 사람으로서 절대 질 수 없는 전투입니다."

야스퍼는 평소의 싱거운 농담도 잊고 스발바르 군이 진격해 올 평원을 무서운 눈으로 노려보았다. 하긴 라모로서도 어떤 상황이든 후퇴하지 않을 생각이었다. 자신에게 가까운 사람이라고 해서 야스퍼에게만 후퇴하란다고 들을 리 만무다.

전임 하레스의 선봉장 렌토가 기병들을 채근하며 진격 준비를 갖추었다. 그리고 나머지 보병들은 환영 마법진을 펼쳐 곳곳에 포진했다. 만약 대비한 태세였다. 혹여 후퇴할 경우가 생기면 이 환영 마법진이 최후의 보루가 될 것이다. 이제 스발바르 군이 오기만을 기다리면 된다.

이렇게 그룬디아 대륙의 연합군이 진형을 갖추는 동안 스발바르 제국군과 엑소센은 테살리아 지방으로 진격해 가고 있었다.

엑소센에게도 끊임없이 마법사들의 보고가 이어졌다.

"적이 테살리아 평원에 진을 치고 있습니다. 그리고 산맥을 통해 진격해 가는 레인저 부대를 막기 위해 적 10만 병력이 진입하고 있습니다."

엑소센은 병사들의 진격을 막고 잠시 중군에서 회의를 열었다. 참석 인원은 단출했다. 2군단 사령관 캠블을 제외한 1, 3, 4군단 사령관과 네비로스가 전부였다. 파이본은 마족이라는 분위기를 펄펄 풍기는 외모가 워낙 특이하고 냄새가 고약한 데다 전략에도 젬병인지라 아예 부르지도 않았다.

세 명의 군단장들은 모두 소드 마스터에 백전노장들이었다. 이들이 바로 아조레스 대륙의 통일을 완성한 최고의 공로자들이며 자체 가문의 세력까지 지닌 문벌이었다. 이들이 없었다면 아조레스의 통일도 그렇게 순조롭게 진행되지는 못했을 것이다.

"적은 모두 50만가량으로 추측된다. 우리는 어떤 전략으로 나가는 것이 좋을까? 우리의 병력이 압도적이니 시간을 두고 적을 차근차근 분쇄해 완전한 격멸을 목표로 할까?"

황제 엑소센이 이렇게 묻자 3군단장 루치치가 바로 이의를 제기했다.

"황제 폐하, 그건 안 됩니다! 정보에 따르면 자코 왕국의 30병 기병이 지금 전속력으로 이곳을 향해 달려오고 있습니다. 그들이 당도하면 지금보다 훨씬 힘든 전투가 예상됩니다. 시간을 지체하면 안 됩니다."

루치치의 제언에 4군단장 린델도 동의하고 나섰다.

"루치치 경의 말이 맞습니다. 그룬디아 대륙의 저력은 무섭습니다.

호른 제국은 아예 이번 전쟁에 거의 참가하지도 않은 상황에서 우리는 적지 않은 저항을 받았습니다. 자코 왕국은 거우 2만 기병으로 우리 스발바르 제국군의 5만 병력을 압도한 강군 중의 강군입니다. 조금도 진격을 지체해서는 안 됩니다. 적에게 시간을 주면 안 됩니다."

린델의 말에 엑소센은 이번엔 네비로스를 바라보았다. 네비로스는 콧수염을 쓰다듬으며 단호하게 사태를 규정했다.

"전속 진격, 최단 시일의 돌파입니다."

엑소센은 이번엔 1군단장을 바라보았다.

"발로 군단장은 어떻게 생각하시오?"

제1군단장이며 또 다른 이름인 발로 군단장은 예전의 6황자 엑겔리안이었다. 엑겔리안은 거의 세상에 알려져 있지 않은 황자였다. 황태자 엑사고와 2황자 엑수리아의 권력 암투에서 어느 쪽에도 붙지 않은 황자였고, 엑소센이 황제에 오르면서 유일하게 살려놓은 황자이기도 했다.

엑겔리안은 권력에 뜻이 없는 그저 검술광이었다. 검술에 매진하며 모든 것을 외면한 황자였다. 그런 맹목적 수련은 엑겔리안을 30살의 나이에 소드 마스터의 반열에 올려놓았다. 그리고 엑소센이 황제에 오르자 비로소 아무런 일도 모른다는 듯 동생인 엑소센을 따라 아조레스 대륙의 통일을 위해 매진해 주었다. 엑소센은 그 공을 기려 엑겔리안을 스발바르 제국군 4개의 축 중에서도 가장 강한 1군단을 맡겼다. 1군단은 바로 엑소센이 처음 수중에 넣었던 발로 군단을 모체로 확장한 부대다. 여전히 1군단을 발로 군단, 또는 황제 군단이라 부르는 이유도 여기에 있었다.

"황제 폐하의 뜻대로 하십시오. 이 엑겔리안은 그저 싸울 뿐입니다."

우직한 엑겔리안의 성격은 이런 대목에서도 여실히 드러났다. 어떤 방식이든 따를 것이며 황제의 명이라면 반드시 완수할 것이란 각오이다. 엑소센은 정다운 눈빛을 엑겔리안에게 던졌다. 특별히 자신을 따른다고 해서 우대하는 것만은 아니다. 그리고 형제이며 황자이기 때문에 1군단장에 임명한 것은 더 더욱 아니었다. 엑겔리안은 책임을 질 줄 아는 지휘관이었다. 그리고 임무를 받으면 최선을 다해 완수하는 노력자였다. 엑소센은 그런 엑겔리안을 높이 샀다. 인간 엑겔리안이 맘에 들자 없던 형제애까지 이즈음에는 새록새록 돋아날 정도였다. 엑소센은 부드러운 목소리로 입을 열었다.

"형님! 만약 이번 전쟁에서 스발바르 제국이 패하고 제가 잘못된다면 형님이 나머지 군대를 이끌고 후퇴해 주십시오. 형님이라면 이 엑소센이 믿을 수 있습니다. 스발바르 제국도 형님이 황제가 된다면 보다 잘사는 나라가 될 겁니다."

엑소센의 느닷없는 발언에 참석자들이 모두 대경실색했다.

"황제 폐하! 어찌 그런 말씀을 하십니까? 스발바르는 현재 황제 폐하께서 계심으로 해서 번영을 누리고 있습니다. 그리고 이제 그룬디아 대륙의 정복을 눈앞에 두고 있는 시점에서 어찌 그런 약한 말씀을 하십니까?"

루치치와 린델이 강하게 엑소센을 질책했다. 네비로스는 침중한 얼굴로 엑소센을 건너다볼 뿐이다. 엑겔리안은 곤혹스러운 얼굴을 한 채 엑소센을 향해 한쪽 무릎을 꿇었다.

"황제 폐하! 폐하는 사적으로는 저의 동생이지만 그전에 스발바르 제국의 최고 통치자이십니다. 그동안 입을 열어 말하지는 않았지만 스발바르가 영명한 황제를 맞이한 점에 저 또한 누구보다 더 기뻐하였습니다. 형제의 정으로 저를 대해주신 점은 감사하나 그래서는 안 됩니다. 절대 그럴 리가 없습니다. 우리는 지지 않습니다. 신 엑겔리안이 목숨을 바쳐 황제 폐하를 보호할 것입니다."

엑소센은 군단장들의 강경한 반발에 혀를 찼다.

"너무 앞서 가지 마시오. 그저 만일에 경우를 대비해 말해 보았을 따름이오. 좋소. 여러분들의 의견대로 전속으로 적진을 돌파하여 도란 제국의 수도 카타로를 정복하겠소."

엑소센은 급히 자신의 말을 바꾸었지만 어쩌면 스스로 자신의 미래를 예견했는지도 몰랐다. 엑소센은 요즘 미즈의 생각으로 정신을 집중하기 힘들었던 것이다. 회의의 결론은 이렇게 내려졌고, 각 군단장들은 자신이 담당한 부대로 흩어졌다. 스발바르 군은 다시 테살리아를 향해 진격했다.

최초의 전투는 스발바르 제국의 레인저 부대가 앞서서 진격해 나가던 산맥 안에서 펼쳐졌다. 빅투는 연합군 10만을 이끌고 산맥으로 진입해 들어간 지 1시간도 안 돼 스발바르의 레인저 부대와 마주쳤다. 어찌나 은밀하게 진격해 왔던지 전혀 감지하지 못하는 사이에 화살세례를 받았다. 나무와 나무 사이를 뛰어다니며 레인저들이 화살을 날려왔다.

"레인저 부대다! 반격하라!"

연합군 기사들이 병사를 독려해 롱 보우로 맞대응을 시작했다. 이어 블랙위트가 검은 상체를 흔들며 산맥 사이를 성큼성큼 뛰어갔다. 소리 하나 없이 날렵한 모습에 레인저들도 놀랐던 모양이다.

"몬스터다!"

키메라를 몬스터로 착각한 레인저의 목표가 블랙워트에게 옮겨갔다. 레인저들이 발사한 화살이 새까맣게 날아가 블랙워트를 적중시켰다. 그러나 화살은 단단한 각질을 뚫지 못하고 허무하게 튕겨 나왔고, 블랙워트는 이윽고 레인저 진형으로 난입해 들어갔다.

"으악!"

레인저들의 비명이 터져 나오며 죽어 나가기 시작했다. 인간으로서는 감당할 수 없는 괴물이었다. 나무 사이에 숨은 레인저는 팔을 쭉 뻗어 관통시켰고, 검을 들고 달려드는 자는 머리통이 부서졌다. 이에 힘을 얻은 연합군들이 함성을 지르며 블랙워트의 뒤를 따라 달렸다. 레인저들이 일방적으로 밀리기 시작했다.

"빨리 지원을 요청해!"

견디다 못한 레인저 지대장이 소리쳤다. 그리고 얼마 후 일백 마리가량의 휘폰이 산맥을 가로지르며 달려왔다. 웬만한 바위는 한달음에 훌쩍 뛰어넘었고, 앞을 가로막는 낮은 나무는 그대로 부러뜨렸다. 블랙워트 한 구당 달려온 휘폰 4~5마리가 한꺼번에 달려들었다. 휘폰 여러 마리가 블랙워트의 팔다리를 물고 늘어졌다. 휘폰은 커다란 송곳니를 블랙워트의 팔다리에 박아 넣었으나 각질은 뚫지 않았다. 그러자 휘폰은 머리를 흔들어 아예 떼어내려고 했다.

제대로 팔다리를 물린 블랙워트는 일시적으로 휘폰에게 이리저리 끌려 다녔다. 휘폰도 길이는 4미터 남짓하고, 몸무게는 거의 2백 킬로그램에 육박했다. 그런 육중한 휘폰이 네 발을 지면에 박아 넣고 입으로 당기면 끌려가지 않을 도리가 없었다. 휘폰의 등 위에 탄 병사는 검과 창으로 블랙워트를 후려치고 찌르며 호흡을 맞추었지만 조금도 피해를 입히지 못했다. 끌려가던 블랙워트가 팔 하나를 들어 후려치면 병사는 머리가 깨지며 날아갔고, 휘폰은 데굴데굴 굴러갔다. 그러나 휘폰도 가죽이 두터워 웬만한 충격에는 멀쩡하게 일어나 다시 달려든다.

블랙워트는 넓은 보폭으로 펄쩍펄쩍 뛰며 손을 랜서처럼 휘폰에게 찔러 넣었다. 옆구리와 같은 몸통에는 충격을 받을 뿐 날려갔다가도 금방 일어난다. 그러나 입을 벌리다가 정통으로 찍힌 휘폰은 완전히 관통당해 죽었다. 휘폰들이 한 마리 두 마리 죽어 나갔다. 그러나 수가 월등히 많아 여전히 대등하게 싸웠다.

블랙워트와 휘폰이 막상막하의 싸움을 벌이는 동안 스발바르의 레인저와 연합군 병사들 사이에 다시 사격전이 벌어졌다. 레인저는 동작이 빨라 나무 사이를 재빠르게 오가며 화살을 날렸다. 반면 연합군은 방패를 들고 방어하며 조금씩 전진해 나갔다. 그리고 그 전면에 빅투와 귀네스, 타푼이 검강을 발해 레인저들을 주살했다. 세 사람이 앞서자 연합군들은 훨씬 사상자가 적어졌다. 세 사람은 아름드리 나무조차 통째로 잘라 버리며 전진해 나갔다.

"피해!"

나무가 쓰러지며 나뭇가지 위에까지 숨어들었던 레인저들이 다투어 뛰어내렸다. 그러나 산맥을 무대로 기량을 키워온 레인저들이었다. 세 명의 소드 마스터가 전 지역을 방어해 줄 수는 없었다. 연합군들도 무수한 사상자가 나오기 시작했다. 레인저와 일반 병사는 싸우는 방식이 판이하다. 레인저들은 거의 철저하게 화살로 승부한다. 검을 사용할 수 있는 거리로 근접해 가도 오히려 후퇴하며 계속 활을 고집한다. 허리에 찬 숏 소드는 매우 제한적으로 사용할 뿐이다. 그에 반해 병사는 화살이 보조이고 검과 창을 주력으로 한다. 방패와 검을 들고 전진하면 그 뒤에서 다른 병사들이 대응하는 식으로 화살을 날릴 뿐이다. 그러니 피해는 연합군 측에서 더 다수가 발생한다. 그렇다고 막상 화살을 날릴 수 없을 정도로 난입해 들어가 접전이 벌어지더라도 큰 효과를 거두지 못했다. 레인저들은 완력이 강하고 동작도 매우 빨라 근접전에서도 강했다. 나무와 같은 장애물이 드문드문 서 있는 이런 장소에서는 더더군다나 연합군이 불리했다. 레인저들은 지형 지물을 이용한 싸움에도 능숙했던 것이다.

빅투는 이런 상황을 지켜보며 연합군들이 밀리자 크게 분노했다. 검강을 2미터 남짓 발하여 레인저들이 개미 떼처럼 몰려 있는 적의 중군을 향하여 달려갔다. 그 뒤를 연합군이 따르고자 하였지만 레인저들도 화살을 날리며 끈질기게 방어해 혼자만 달려드는 형국이 되었다.

얼마간의 시간이 흐르자 피아의 구분이 되지 않는 난전의 양상을 띠었다. 겨우 연합군들의 의도대로 전투가 흘러갔지만 전반적으로 그리 유리한 전투는 되지 못했다.

산맥 안에서의 전투가 치열의 극을 달리는 동안 평원에서는 드디어 주력군들이 맞붙었다.

"렌토 백작, 오늘만큼은 내게 선봉장 자리를 양보하게. 이런 큰 전투에서 제일 먼저 싸우고 싶군."

야스퍼가 렌토의 자리를 가로챘다. 렌토는 불만을 터뜨릴 수 없었다. 그도 스발바르의 선봉장이 마족이라는 소문을 들었다. 이미 마족과 겨뤄본 적이 있어 자신은 마족과 비겨서 손색이 있다고 판단했으리라 렌토는 믿었다. 렌토는 즉시 야스퍼에게 자리를 내주었다. 야스퍼가 20만 기병의 선두에 서서 검을 번쩍 빼 들었다. 그리고 휘폰을 앞세우고 달려오는 스발바르 제국군들을 노려보았다.

"병사들이여! 그룬디아 대륙의 영광을 위하여 침략자를 분쇄하라. 돌격!"

"와아아아아아아—!"

야스퍼의 선창에 기병들이 일제히 함성을 질러 화답했다. 그리고 앞으로 튀어 나가는 야스퍼를 따라 20만 기병이 일제히 내달리기 시작했다. 스발바르 제국군도 연합군에 대응해 달려오기 시작했다. 그와 동시에 하늘을 덮으며 가고일 떼가 먼저 날아왔다.

야산 정상에 모여 있던 연합군 마법사들이 블레이드를 정점으로 마법을 날리기 시작했다.

"바람의 칼날이여! 불어라!"

"매직 미사일!"

허공에 난데없는 돌풍이 불며 가고일이 그대로 찢겨져 나갔다. 또 매직 미사일에 날개를 관통당해 비틀거리는 가고일도 속출했다. 블레이드는 화염의 창을 연신 발해 집어 던지며 사람이고 가고일이고 꼬치처럼 꿰어 훨훨 타오르게 만들었다. 가고일 떼가 혼란스러워지자 진격해 가던 연합군 기병은 말에 더욱 박차를 가했다.

마법 공격이 연이어 날아오자 견디다 못한 가고일 떼가 방향을 바꾸어 야산의 마법사들을 향해 날아갔다. 그리고 스발바르 군도 야산의 위험성을 감지하고 병력 중 10만을 떼어 밑으로부터 공격해 들어갔다. 펠트로와 마린이 이끄는 연합군은 야산 중턱에서 화살을 날리며 스발바르 군을 저지했다.

처음에는 지형상의 유리함을 빌어 방어가 무난했다. 그러나 얼마 지나지 않아 휘폰이 투입되자 양상이 달라졌다. 휘폰은 그 날렵한 속력으로 험난한 지형에도 불구하고 가볍게 치달려 올라왔다. 펠트로와 마린이 검강을 발해 올라오는 휘폰을 방어했다.

최선을 다해 휘폰의 목을 날리고 다리를 잘랐지만 몇 마리를 놓쳤다. 휘폰은 일반 병사들에게는 재앙이었다. 검강으로나 간신히 처리할 수 있는 휘폰을 병사들이 감당할 수 있을 리 만무했다. 곧 연합군 병사들 사이에서 비명이 터져 나왔다. 용감한 병사들은 서넛씩 휘폰과 붙어 싸우다 같이 비탈길로 떼굴떼굴 굴러 내려가기도 한다. 상대가 되지 않았지만 병사들은 완강히 버텼다. 산에서는 도망갈 길도 없다는 걸 잘 알고 있었다.

휘폰에 힘입어 스발바르 군이 비탈길을 기어오르며 전투는 점점 가열되기 시작했다.

라모는 휘폰을 앞세워 달려오는 스발바르 제국군들을 노려보았다. 라모는 엑소센의 의도를 이해할 수 없었다. 겨우 병력 1백만으로 그룬디아 대륙을 정복하려는 엑소센이 어리석어 보인다. 설사 이번 전투에서 연합군이 패한다 하더라도 엑소센이 갈 길은 여전히 멀고 험난하다. 그룬디아 대륙 각국의 예비병까지 모두 동원한다면 스발바르는 결코 뜻을 이루지 못할 것이다. 더군다나 수억의 그룬디아 대륙민들은 민병을 조직해서라도 끝까지 저항할 것이다. 종내에는 비참한 최후가 기다리고 있다는 걸 엑소센은 왜 외면하는 것일까? 라모는 그것이 마족과 연관이 있음을 짐작할 뿐이다. 살육과 파괴로부터 기운을 얻는 마족의 습성 탓이라고 생각했다. 그러나 이룰 수 없는 야욕일 뿐이다. 라모는 엑소센에게 그런 사실을 여실히 알려주고 싶었다.

"엑소센 마그리다 아우칸, 그대의 꿈이 얼마나 허황된 것인지를 보여주겠다."

라모는 중얼거리며 병사들에게 날라오게 하여 바닥에 수북이 쌓아

놓은 화살 하나를 집어 들었다. 그리고 롱 보우에 걸었다. 라모는 롱 보우를 힘차게 잡아당겼다. 시위에 걸린 화살은 맹렬하게 평원을 가로질러 달려오는 제일 선두의 휘폰을 노렸다.

쉭—

시위를 놓자 화살은 마치 공간 이동을 하듯 순간적으로 시야에서 사라졌다가 선두 휘폰의 이마에 박혀 꼬리 깃털만이 발견되었다. 휘폰이 비명도 지르지 못하고 앞발을 끓으며 나뒹굴었다. 달리는 가속도를 받은 휘폰의 병사는 투석기에서 발사된 유황탄처럼 포물선을 그리며 날아가 땅바닥에 네 활개를 펼치며 떨어졌다.

라모는 연이어 화살을 날렸다. 손이 보이지 않을 정도의 빠른 속도로 계속해서 시위를 당겼다. 라모의 진기를 받은 화살은 휘폰의 두터운 가죽 정도는 손쉽게 뚫고 들어가 뇌수를 관통해 버렸다. 부챗살처럼 퍼져 나가는 라모의 화살에 휘폰이 다투어 쓰러졌다.

이런 광경에 진격하던 연합군의 기병은 우렁찬 함성을 터뜨리며 더욱 말에 박차를 가했다.

곧 양군이 격돌하면서 라모는 시야가 막혀 더 이상 화살을 날릴 수 없었다. 라모는 미리 준비해 두었던 검을 뽑아 들었다. 그리고는 플라이 마법을 사용해 접전 지역을 향해 날아갔다. 연합군의 키메라 나이트가 육중한 체구로 쿵쿵 지축을 흔들며 뛰어가는 모습도 보였다. 라모의 화살에 휘폰의 전열이 일부 무너지긴 했지만 여전히 수는 많았다. 휘폰은 기병에게 달려들며 앞발로는 말의 머리를 찍고 이빨로는 병사의 목을 물었다.

야스퍼 또한 휘폰을 제일 먼저 만나자 말의 등을 밟으며 뛰어올라 달려오는 휘폰에게 떨어져 내렸다. 그리고 검강으로 머리를 내려쳤다.

휘폰이 머리에서부터 꼬리까지 반으로 쪼개져 나갔다. 그리고 그 위에 타고 있던 스발바르의 병사까지 몸이 양단되고 말았다. 야스퍼는 거기에 그치지 않고 옆으로 스쳐 지나가는 휘폰까지 신법을 발해 쫓아가며 목을 날려 버렸다.

야스퍼가 휘폰을 처리하는 동안 렌토가 기병을 이끌고 스발바르 군에게 난입해 들어갔다.

챙— 채챙—

검과 검이 부딪치며 스발바르 군의 진형이 무너져 내렸다. 기병을 보병이 막아서기에는 무리가 있었다. 속력이 빠르고 위치가 높은 연합군들은 추수하듯 스발바르 군들의 머리를 검으로 날렸다.

곧 야산을 공격하던 가고일의 일부가 용케 마법을 피해 날아왔다. 연합군 측 기병들도 하늘에서 날아오는 화살에는 속수무책이었다. 더군다나 휘폰은 수가 많아 여전히 사방에서 날뛰고 있었다. 연합군과 스발바르 군이 완전히 섞여들며 전면적인 난전이 벌어졌다. 전투의 압권은 키메라 나이트였다. 거의 4미터의 이르는 거대한 검을 횡 하고 바람 소리가 날 정도로 휘두르면 서너 명의 스발바르 군 목이 한꺼번에 날아가고 허리가 잘렸다. 스발바르 군에는 휘폰이, 연합군에는 키메라 나이트가 대활약을 펼치며 무수한 사상자가 나오기 시작했다. 양군은 일진일퇴를 거듭했다. 병사들의 몸에서 흘러나온 선혈이 평원을 빨갛게 물들여 갔다. 그러나 전반적으로 전장이 넓어져 가자 병력 수가 많은 스발바르 군이 포위해 오는 형국이 되었다.

라모는 플라이 마법을 사용해 적진을 향해 날아갔다. 그리고 날뛰는 휘폰을 향해 블랙암을 난사했다. 라모의 진기를 담은 블랙암이 거칠 것 없이 뛰어다니는 휘폰의 이마와 뒤통수에 틀어박혔다. 휘폰이 다투어 쓰러졌다. 자신들의 총사령관이 직접 주변의 휘폰들을 청소해 주자 연합군들의 사기가 올라가며 더욱 힘을 내서 싸웠다.

계속해서 휘폰을 요격하던 라모는 마침 키메라 나이트를 절단 내는 스발바르의 기사 한 명을 발견했다. 1미터가량의 검강을 발해 키메라 나이트의 다리를 잘라 버리고 빠르게 옆으로 돌며 목까지 날려 버리는 모습을 목격했다. 키메라 나이트의 온몸을 감싼 풀 플레이트 메일까지 싹둑 잘려 나간다. 분명 소드 마스터였다. 그냥 지나칠 수가 없었다. 라모는 순간 이동 마법을 사용해 기사의 전면에 나타났다.

스발바르 제국 제3군단장 루치치는 막 키메라 나이트 한 구를 처리하고 앞으로 전진하려는 찰나 자신의 앞을 가로막는 인물을 발견했다. 루치치는 늘상 그래 왔듯 검강으로 단숨에 적의 목을 날리기 위해 검을 휘둘렀다. 그러나 적은 뒤로 가볍게 두 걸음만을 물러나며 간단하게 루치치의 검강을 피해 버렸다.

그제야 루치치는 심상치 않은 상대를 의식하고 똑바로 바라보았다. 상대는 가죽 옷에 평범한 검 한 자루를 들고 있다. 그다지 특별해 보이지는 않다. 그러나 눈이 마주치는 순간 루치치는 얼음물을 전신에 뒤집어쓴 듯 몸 전체가 서늘해졌다. 자신을 주시하는 상대의 눈에서 푸른 안광이 뻗어 나오는 듯했다. 루치치는 상대의 기세를 가늠해 보고 비로소 자신이 그룬디아 연합군 최고의 기사를 만났다는 사실을 자각했다. 여유롭게 서 있는 자세와 그저 비스듬히 땅 아래로 내려 뻗고 있는 검의 자연스러움에서 감당할 수 없는 위압감을 느꼈다. 루치치는 태어난 이래로 자신을 압도적으로 누르는 이런 기운의 인물은 접한 적이 없다. 몸과 정신의 세포 하나하나가 위기의식을 불러일으키는 듯했다.

그 순간 루치치의 시야에서 전장이 사라져 버렸다. 적군도 아군도 보이지 않는다. 오직 눈앞에 서 있는 이름 모를 상대만이 크게 확대되어 온다. 상대방이 검을 땅바닥으로 늘어뜨린 채 자신에게 달려오는 모습이 보였다. 미끄러지듯 움직이는 현란한 발의 움직임이 하나하나 눈에 들어왔다. 그리고 자신에게 근접해 오면서 검을 들어 올려 휘두르는 모습까지 세세한 동작을 놓치지 않았다.

당연히 루치치는 방어하기 위해 중단으로 들고 있던 검을 상단으로 전환했다. 그런데 손이 의도대로 잘 움직여지지 않았다. 상대는 빠른 속도로 검을 휘둘러 오는데 자신은 굼벵이가 기어가는 속도로 검을 들어 올리고 있는 게 아닌가. 루치치는 미칠 지경이었다. 왜 손이 자신을 배신하는지 이해할 수 없었다. 평소엔 그토록 강단있던 자신의 팔이 수전증 걸린 노인마냥 벌벌 떨며 간신히 검을 들어 올리고 있다.

어쨌든 루치치는 늦지 않게 검을 들어 올려 상대의 검을 막을 수 있었다. 그러나 안도의 순간도 잠시 자신의 검이 부러져 나가는 모습이 똑똑히 보였다. 그리고 상대의 검이 확대되며 자신의 머리를 향해 날아오는 광경을 지켜 보아야만 했다.

실상 루치치는 이때 라모라는 비상한 적을 맞이해 감각이 최고조에 달해 있었다. 그것은 새로운 경지를 여는 초입이었다. 루치치의 팔은 결코 느리지 않았다. 오히려 평소보다 훨씬 빨랐다. 다만 루치치의 정신이 최고조에 달해 있었고, 그로 인해 비할 바 없이 빠른 라모의 행동 하나하나가 정확하게 관찰되었던 것이다. 그의 팔은 라모에 비해 상대적으로 느렸을 뿐이다. 루치치가 감각을 그대로 지닌 채 자신의 신체를 단련할 시간이 있었다면 새로운 경지를 열 수 있었을 것이다. 그러나 안타깝게도 전장의 시계는 루치치를 놓아두지 않았다. 루치치 생애 최고의 날은 최악의 시간을 동반하고 있다.

이때 스발바르 군 후면의 상공 10미터 지점의 허공에 떠서 이 광경을 지켜보는 두 존재가 있었다. 바로 엑소센과 마족 네비로스였다. 네비로스가 검은 기운으로 엑소센을 떠받치고 있는 중이었다. 엑소센은 무인지경으로 전장을 누비며 자신의 충성스런 병사와 휘폰을 주살하는 한 인물을 보았다. 그가 손을 한번 들면 여지없이 휘폰 한 마리가 무릎을 꿇고 나뒹굴었다. 검을 들어 원을 그리면 스발바르 병력의 일각이 우르르 무너지는 광경도 지켜보았다. 엑소센은 자신의 눈을 믿을 수가 없었다. 어찌 인간이 저런 무위를 발휘한단 말인가? 엑소센은 뒤이어 3군단장 루치치와 의문의 인물이 맞붙는 장면을 목격했다. 두 사람은 잠시 서로를 지켜보는 듯했다. 그러다 상대가 놀라운 속력으로 루치치에게 달려들며 검을 휘둘렀다. 한 번도 본 적이 없는 빠른 속력으로 평소 자기 기량 이상의 속력으로 검을 막아내는 루치치도 보았다. 놀라움도 잠시 곧 루치치의 검은 부러지고 목까지 날아가는 장면이 아프게 엑소센의 눈을 자극했다. 엑소센은 화를 누를 길이 없었다.

"네비로스, 가라! 저자를 심판해라. 감히 내 군단장을 죽였으니 지옥으로 보내 버려라!"

네비로스가 엑소센의 명에 따라 두 마리 뱀이 똬리를 튼 듯한 창을 들고 멀리서 종횡무진 누비고 다니는 라모를 향해 직선으로 날아갔다. 엑소센도 이젠 더 이상 수수방관할 수 없었다. 일방적으로 밀어붙이리라 예상했던 전투는 백중세로 흘러가고 있었다. 가고일은 연합군의 마법사들에 의해 견제받고 있고, 기다리던 레인저 부대는 산맥을 빠져나오지 못했다. 휘폰 또한 라모에 의해 무수히 죽었으며, 보기에도 대단한 위용의 키메라 나이트에 의해 지금도 병사와 휘폰들이 죽어 나가고 있다. 더군다나 그룬디아의 연합군은 기병의 이점을 최대한 살려 전마를 그대로 밀어붙이며 싸우는 식으로 스발바르 군을 핍박하고 있다.

엑소센은 또 두 군데의 싸움을 주목했다.

파이본이 싸우는 장소였다. 파이본의 둘레 10미터 이내에는 피아를 막론하고 병사들은 접근조차 하지 못했다. 사방으로 검은 기운이 일렁거리며 죽음과 살육의 백작답게 피를 갈구하고 있었다. 그가 나아가는 곳은 곧 죽음의 지대였다. 그런데 그런 파이본을 상대로 눈부시게 싸우는 자가 있었다. 바로 야스퍼 핸슨이었다.

엑소센은 야스퍼의 이름은 몰랐지만 한 번 본 적이 있는 자라는 걸 알았다. 바로 코나코리 호수에서 대면했다. 뛰어난 기사라는 건 알았지만 파이본을 상대로 조금도 밀리지 않고 싸운다. 파이본의 묵빛 검이 허공을 가로질러 나가면 야스퍼는 믿을 수 없을 만큼 빠른 발로 회피하며 곧 검강을 발해 맹렬히 반격한다. 그런 식으로 승패를 알 수 없는 격렬한 접전이 이루어진다.

또 한곳은 엑소센의 형 엑겔리안과 덩치 큰 기사의 대결이었다. 멀리서 보기에도 상대의 눈은 붉었으며 1미터가 넘는 검강 또한 핏빛처럼 붉은 특이한 모습의 기사였다. 바로 예전 하레스의 선봉장 렌토 백작이었다. 이 두 사람의 대결 또한 파이본과 야스퍼의 대결 못지않게 치열했다. 검강과 검강이 부딪치며 연신 폭음이 터져 나왔고, 멋모르고 근접한 병사는 검강에 휩쓸려 몸이 갈가리 찢겨져 나갔다.

엑소센은 플라이 마법으로 허공을 날며 낮은 탄식을 토해냈다. 그룬디아의 저력을 과소평가했다는 것을 알았다. 그룬디아에 이토록 뛰어난 인물이 많을 줄은 예상하지 못했다. 처음 그룬디아에 발을 디디면서부터 조금씩 엇나가기 시작한 계획들이 만년 빙하 같은 엑소센의 굳은 마음에 균열이 생기게 한다.

라모는 연합군들의 피해를 최소화하기 위해 휘폰들을 추적하며 연신 블랙암을 던졌다. 전쟁의 승패는 라모조차도 알 수 없을 정도로 치열하게 진행되고 있다. 얼마나 많은 사람들이 목숨을 바쳐야 이 전쟁을 끝낼 수 있을까? 라모는 그런 사실을 상기하자 갑자기 화가 솟구쳤다. 라모는 전생을 떠올리기 싫었다. 라모의 전생은 끔찍하기 그지없다. 인간은 근원적으로 안온한 삶을 원한다. 누가 건드리지만 않으면, 교언영색으로 속이지만 않으면, 그리고 먹고 살 만큼의 재물만 주어지면 한없이 너그러운 천사가 된다. 그러나 조금만 생활이 비틀어지면, 누가 나를 비방하거나 해코지하면 순식간에 악마로 탈바꿈하는 존재가 인간이다. 인간의 본질은 이렇게 두 얼굴을 가진 존재이다. 지금 스발바르는 자꾸 전생의 광한마제 사마조를 일깨우고 있다. 인정사정없는 존재이며 피를 보고 즐거워하는 악마를 부른다.

"이것은 모두 너희들이 자초한 대가이다."

라모는 혼자 중얼거리며 서서히 마음속의 악마를 불러일으키는 중이었다. 억누르고 있던 대학살에 대한 충동을 풀어주려 하였다.

그때 라모는 등 뒤로 날아오는 검은 기운을 느꼈다. 라모의 몸이 빙글 돌았다. 발끝으로 진기를 밀어내는 방식을 사용해 발을 전혀 움직이지 않는다. 라모는 자신을 향해 날아오는 긴 콧수염의 노인을 보았다.

보석이 잔뜩 박힌 벨벳을 입은 노인은 손에 특이한 창을 들고 일직선으로 날아온다. 노인은 제법 먼 거리에서 라모를 향해 창을 불쑥 내밀었다. 그러자 검은 빛이 솟아나며 쏜살같이 라모를 향해 뻗어온다. 라모는 한 걸음 옆으로 옮기는 것으로 가볍게 검은 빛을 피해 버렸다. 그런데 피했다고 생각했던 검은 빛이 꼬리를 가진 뱀처럼 변하더니 빙 그르르 돌아 라모를 포박하려 했다.

라모는 검은 빛을 향해 손을 내밀었다. 검은 빛이 허공 중에 딱 고정되며 더 이상 움직이지 못했다. 노인이 허공을 날아와 라모의 전면 5미터 앞에 내려섰다.

"크크크! 역시 대단한 놈이구나. 나의 공격을 그리 쉽사리 받아내다니. 과연 너와 싸운다 하더라도 내 손이 부끄럽지 않겠구나."

네비로스는 콧수염을 씰룩이며 만족한 미소를 지었다. 라모는 몹시 화가 나 있는 상태여서 네비로스가 느닷없이 나타나자 그야말로 타는 불에 기름을 끼얹은 격이 됐다.

"그래, 생각해 주어서 고맙구나. 답례로 이거나 먹어라."

라모는 다짜고짜 왼손을 흔들어 블랙암을 던졌다. 네비로스는 미간을 향해 날아오는 보이지 않는 흐름을 느끼고는 얼른 검은 기운으로 장벽을 세웠다. 블랙암이 장벽에 걸려 속절없이 땅바닥으로 낙하했다. 그것을 본 라모는 검에 황금빛 검강을 발해 성큼성큼 걸어가서는 검은 장벽을 좌에서 우로 길게 그어버렸다. 검은 장벽이 대번에 찢겨 나갔다. 이어 네비로스에게 다가가려는 순간 검은 기운은 하나의 유기체처럼 흐느적거리며 사방에서 라모를 조여왔다. 그 틈을 노리고 네비로스는 창을 들어 라모의 가슴을 찔러왔다.

라모는 그에 아랑곳하지 않고 찔러오는 창을 마주 보며 왼손을 뻗었다. 네비로스의 창이 왼손을 찔렀다. 그러나 창은 라모의 손바닥 피부조차도 상처 입히지 못했다. 라모는 덥석 창을 움켜쥐었다. 그리고 힘을 주며 오른손에 들고 있던 검으로 창을 두 동강 내려 했다. 그 순간 손에서 꿈틀하는 감각이 느껴져 라모는 깜짝 놀라 손을 놓았다. 창이 두 갈래로 쩍 벌어지며 혀를 날름거렸다. 창은 실제로 2마리의 독사가 똬리를 틀고 있었던 것이다. 한 마리는 팔뚝을, 또 한 마리는 라모의 목을 물려고 달려들었다. 라모의 왼손이 재차 휘둘러지며 두 마리 뱀의 머리를 한꺼번에 움켜쥐었다.

"내 앞에서 잔재주를 부리려 하지 마라."

라모가 진기를 왼손에 주입하자 끼익 하는 괴로운 신음을 뱉은 후 두 마리의 독사가 어육이 되어버렸다. 그러나 네비로스는 실망하지 않고 득의의 웃음을 흘렸다.

"내 기운에 걸려들었구나. 네가 아무리 소드 마스터라도 빠져나가지 못할 것이다."

네비로스의 장담대로 검은 기운이 사방을 점한 채 라모를 조여왔다. 마치 예전 상급 마족 루인스트로와 싸울 때의 정경과 흡사했다. 라모 또한 네비로스를 비웃었다.

"이 기운을 보니 너는 확실히 마족이로구나. 감히 마족 따위가 인간계에 내려와 전쟁에 관여하다니……. 도저히 용서할 수 없다. 예전엔 이런 상황에서 조금 당황하긴 했었지. 하지만 두 번 당하지는 않는다."

라모의 눈이 핏빛으로 변해갔다. 바로 광한마공을 운기할 때 생기는 현상이다. 라모는 검은 기운에 조화를 이루며 끌어당겼다. 네비로스는 자신의 기운이 역류하며 전혀 제어가 되지 않는 걸 느꼈다. 네비로스는 자신의 기운을 대부분 라모에게 빼앗기고 말았다. 곧 라모에게 흡수되었던 검은 기운이 도리어 뻗어 나오며 네비로스를 포박했다. 네비로스는 대경실색했다. 마기를 자신보다 더욱 능숙하게 조종하는 인간이 있다니……. 더군다나 그것이 자신의 기운이라는 데 더욱 기가 막혔다. 라모가 왼손을 잡아당기는 시늉을 하자 네비로스가 주르륵 끌려왔다. 더불어 라모의 오른손에 들린 검에서 붉은 검강이 치솟아올랐다. 네비로스는 아찔해졌다. 붉은 검강이 자신의 목을 가르는 순간 자신은 소멸하고 말리라는 사실을 알았다. 라모의 눈이 더욱 붉어지며 끝장이 나려는 찰나였다.

"파이어 스톰!"

불의 칼날이 회전하며 라모에게 날아왔다. 라모는 할 수 없이 검은 기운을 풀고 왼손을 들어 받는 시늉을 하다가 시전자를 가리켰다. 불의 칼날이 역회전하며 시전자에게 날아갔다. 바로 허공에 떠 있는 엑소센이었다. 뒤늦게 네비로스의 위기를 발견하고 시의적절하게 구원한 것이다. 엑소센은 오른손을 흔들어 파이어 스톰을 해소했다. 라모는 엑소센이 입고 있는 금색의 테두리로 마감한 흰색 긴 겉옷과 머리에 쓰고 있는 황금과 보석으로 치장된 관모를 보고 그가 스발바르의 황제라는 걸 알았다.

"하하하하! 스발바르의 황제여! 죽음의 장에 온 걸 환영한다. 나는 호른 제국의 라모 하레스다. 그대는 멋진 포부를 가졌더군. 하지만 허황하다. 그룬디아 대륙을 정복하겠다는 헛된 꿈을 꾸는 자여! 지옥으로 가라."

라모는 광한마공을 운기함으로써 살기가 최대한 촉발된 상태였다. 그래서 이제 스발바르의 황제와 마족을 처참하게 죽이리라는 살의만이 가득했다. 라모는 붉은 검강을 발해 상천제의 신법으로 엑소센에게 날아 올라갔다.

엑소센은 온몸에 소름이 끼쳤다. 핏빛에 젖은 붉은 눈과 검에 깃든

3미터를 넘는 붉은 검강이 육박해 오자 얼른 방어 마법을 시전했다.

"실드!"

강력한 실드를 펼쳤으나 라모의 무력을 경시한 실수였다. 붉은 검강이 대번 실드를 갈라 버리며 전혀 줄지 않은 속도로 엑소센의 목을 노렸다. 그때 다시 지상에서 검은 기운이 솟아올라 일부는 엑소센을 끌어당겼고, 일부는 라모를 노리고 뻗어왔다. 엑소센이 곤두박질치듯 지상으로 끌려 내려가면서 위험을 모면했다. 라모는 왼손을 뻗어 검은 기운을 흡수한 후 엑소센을 향해 튕겨냈다. 그러나 이미 엑소센의 앞을 막아선 네비로스가 자신의 기운을 회수했다. 라모는 하릴없이 다시 지상으로 내려와 엑소센과 네비로스 앞에 섰다.

주변에는 전투가 치열하게 벌어지고 있었지만 감히 라모와 네비로스 사이로 끼어들지 못했다. 라모는 그때 마침 먼 거리에서 휘황한 검강을 자랑하며 그룬디아 연합군을 무섭게 주살하는 한 명의 기사를 발견했다. 라모가 순간적으로 사라졌다가 10미터 밖에 창을 들고 있는 스발바르 병사의 목을 잡아챘다. 병사는 잡히는 순간 목을 강타하는 진기에 내부가 파손되며 즉사하고 말았다.

라모는 빼앗은 창을 들어 연합군을 격살하기 여념없는 기사를 향해 집어 던졌다. 거리가 거의 1백 미터는 되어 보였다. 창은 마치 화살처럼 똑바로 기사를 향해 날아갔다. 하지만 라모는 결과도 보지 않고 다시 엑소센과 네비로스에게 다가갔다.

엑소센과 네비로스는 라모가 날린 창의 궤적을 눈으로 쫓고 있었다. 기사는 바로 4군단장 린델이었다. 엑소센은 소리쳐 위험을 경고하고 싶었지만 그럴 틈이 없었다. 린델 또한 소드 마스터였으므로 외부의 기습에 호락호락 당할 사람이 아니었다. 기의 습격을 눈치 채고 일면 검을 휘두르며 재빨리 자리를 벗어났다. 그러나 창에 실린 힘은 거의 불가항력이었다. 후려쳤던 검이 오히려 부러지며 린델의 어깨를 그대로 관통해 버렸다. 창은 그러고도 여력이 남아 린델을 뒤로 벌렁 쓰러지게 만들었다. 그나마 몸을 움직여 피했기에 망정이지 자칫 심장을 정통으로 꿰뚫릴 뻔했다.

지켜보던 엑소센과 네비로스는 가슴이 서늘해졌다. 소드 마스터를 창 하나로 침묵시키는 존재가 눈앞에 서 있다. 그룬디아 대륙에 이런 인물이 있다는 사실을 몰랐다는 건 크나큰 실수였다. 아니, 알았다 하더라도 충분히 감당할 수 있다고 생각했던 오만이 문제였다.

"주인이시여! 때가 되었습니다. 헤가수스님의 힘을 일깨우십시오. 창조의 힘은 곧 봉인의 능력을 줍니다. 주인님의 몸에 내재된 헤가수스님의 힘을 받아들이십시오. 그것만이 저자를 처리할 수 있는 방법입니다."

네비로스가 마족답지 않게 초조한 기색으로 엑소센을 채근했다. 엑소센은 침묵했다. 헤가수스의 힘을 받아들인다 함은 곧 자신이 마족이 됨을 의미한다. 엑소센은 그럴 수 없다고 생각했다. 엑소센은 미즈를 만나고 싶었다. 마족이 아니라 인간으로 다시 한 번 미즈를 보듬어 안고 싶었다. 설령 필연적으로 마족이 된다 하더라도 지금은 결코 받아들일 수 없었다.

"창조의 힘은 곧 봉인의 능력이라고? 그것도 이젠 내게 통하지 않는다."

라모는 얼른 광한마공을 풀고 일원신공을 운기했다. 청량한 기운이 곧 마음속의 살기를 지워갔다. 일원신공의 청정한 기운과 깨달음만이 마신의 봉인을 견디게 하는 힘이다. 그걸 라모는 지난번 에베

산에서 3년간의 봉인을 겪으며 절실히 체험했다. 살기는 지워졌지만 라모는 지체할 수 없다고 생각했다. 신법을 발휘해 엑소센에게 달려들었다. 검에서 솟아난 황금빛 검강이 엑소센과 네비로스를 휘감았다. 엑소센과 네비로스는 순간 이동을 발휘해 라모의 검강을 피하기도 하고, 때로는 검은 기운으로 장벽을 만들어 방어했다. 하지만 모두 일시적인 미봉책에 불과했다. 라모의 검강은 모든 것을 찢어발겼고, 어느 곳으로 도망가든 순간적으로 따라붙으며 엑소센과 네비로스를 위협했다.

평원의 전투는 여전히 치열하게 공방을 거듭했고, 전투 발발 세 시간이나 지났지만 우열을 가리기 힘들었다. 네비로스는 그 같은 상황을 인식하고는 자신의 모든 기운을 쏟아 부어 라모를 공격했다. 검은 기운이 다시 사방을 점하며 라모에게 몰려갔다. 운기 방식을 바꾼 이상 휩싸이면 타격을 입고 만다. 라모는 할 수 없이 뒤로 후퇴해 회피했다. 그사이 네비로스는 엑소센을 데리고 공간을 열어 사라져 버렸다. 라모는 발을 구르며 안타까워했다. 스발바르의 황제를 잡을 수만 있다면 전쟁을 빠른 시일 내에 끝낼 수도 있었는데 기회를 놓치고 말았다.

주위를 둘러보았지만 엑소센과 네비로스는 어디로 갔는지 종적을 전연 알 수 없었다.

잠시 후 스발바르 제국군 후미에서 징 소리가 울려 퍼졌다. 후퇴하라는 신호였다. 엑소센은 더 이상 접전을 계속해 봤자 별 실효가 없다는 걸 느끼고 후퇴를 결심했던 것이다. 스발바르 군이 썰물 빠지듯 후퇴하기 시작했다. 병사가 먼저 후퇴하고 휘폰이 그 뒤를 방어하는 식으로 점차적으로 물러갔다. 허공에선 여전히 가고일 떼가 선회하며 뒤쫓으려던 연합군 병사들을 저격했다.

잠시 후 평원에는 그룬디아의 연합군만이 남겨졌다. 살아남은 연합군 병사들이 창칼을 흔들며 함성을 질렀다.

"우리가 이겼다!"

"그룬디아여! 영원하라!"

"만세! 만만세!"

병사들의 감격에 찬 함성이 테살리아 평원에 울려 퍼졌다.

그러나 조금 시간이 흐르고 나자 함성은 흐느끼는 울음소리로 변했다. 자신의 동료가 죽어 있는 모습을 보고 계속 함성을 지를 수는 없었던 것이다. 비록 승패를 가리지 못한 전투였지만 그 치열한 정도는 가히 역사상 가장 참혹한 전쟁으로 기록될 정도였다. 이 전투로 대략 테살리아 평원에서만 연합군 15만가량이 전사한 것으로 추측됐다.

뒤늦게 보고되어 온 산맥과 야산의 전투는 더욱 희생률이 높았다. 빅투가 이끌었던 10만 중 살아남은 병력은 4만 남짓 되었다. 블레이드를 호위하던 병사들은 8만 중 겨우 2만 명만이 살아남았다. 얼마나 치열한 전투가 벌어졌었는지 가히 상상이 가고도 남았다.

테살리아 평원의 전투가 끝난 후 점검해 본 스발바르 제국군의 피해도 만만치 않았다. 전쟁터로부터 10킬로미터나 후퇴해 병력 전사자 수를 점검해 보니 거의 30만에 이르렀다. 평원의 전투에서는 물경 15만의 사망자가 생겼다. 레인저 부대는 겨우 2만이 살아 돌아왔으며, 야산을 포위했던 병력 가운데서는 6만이 귀환했다. 포트루이스 항을 점거하고 있는 일부 병력을 제외하고 진격해 왔던 70만 대병 가운데 이제 40만밖에 남지 않았다. 외견상 그룬디아 연합군과 비슷한 피해 상황이었지만, 이곳이 아조레스 대륙이 아니라는 점을 감안하면 사실상 패전이나 다름없었다.

"황제 폐하! 지체하시면 안 됩니다. 아직까지는 우리의 병력이 훨씬 우세합니다. 자코 왕국의 30만 기병이 몰려오기 전에 병력을 재정비해 시급히 적을 격파해야 합니다."

어깨를 붕대로 친친 감은 제4군단장 린델이 황제 주관의 긴급 회의에서 강력하게 발언한다. 린델은 라모가 던진 창에 어깨를 꿰뚫려 중상을 입은 몸이었다. 라모가 던진 창에는 진기가 담겨 있어 상처는 마법사의 힐링에도 별 효험을 보지 못했다. 포션으로 간신히 출혈을 막았으나 린델은 여전히 당시의 충격과 출혈로 얼굴이 창백해 있다.

황제의 임시 막사에는 이제 제3군단장 루치치를 볼 수 없었다. 그는 관에 담겨 포트루이스 항으로 이송되었다. 그룬디아를 정복하겠다는 황제의 염원을 저버린 채 루치치는 목이 잘린 시신이 되었다. 막사 안은 침통한 분위기였다. 린델의 발언에 참석한 엑겔리안과 네비로스는 쉽사리 입을 떼지 못했다. 황제 엑소센은 뜻밖의 결과에 오른손으로 머리를 짚고 앉아 고민에 빠졌다.

"황제 폐하! 다시 싸우는 것은 무리입니다. 물론 우리가 다시 이대로 밀고 올라간다면 테살리아의 전투는 분명히 승리할지도 모릅니다. 하지만 그것으로 그만입니다. 우리의 병력은 다시 절반으로 줄어들 것이고, 그때는 지금 오고 있는 자코 왕국의 30만 기병에게 맛 좋은 먹이가 될 뿐입니다. 전투로 지친 병사들이 무슨 수로 날뛰는 기병을 상대할 수 있겠습니까? 일천 마리에 이르던 휘폰도 이제 3백 마리가량 남았고, 가고일도 1천5백 기밖에 없습니다. 더군다나 이번 전투에서 보았듯 적은 소드 마스터가 우리보다 많습니다. 생전 처음 보는 키메라들도 부담이 되고 있습니다. 그것들은 어떻게든 살아남아 계속 우리를 위협할 것입니다. 폐하! 기사 된 자로서 이런 말을 올리기는 송구스러우나 이제 후퇴해야 합니다. 그것도 늦기 전에 서둘러야 합니다. 시기를 놓치면 우리는 오가지도 못하고 이곳에 뼈를 묻어야 합니다. 결단을 내려주십시오."

발로 군단장 엑겔리안이 서슴없이 후퇴를 주장했다. 린델이 놀란 눈으로 엑겔리안을 바라보다가 고개를 숙였다. 실상 그도 더 이상의 공격은 파멸만이 남는 걸 알고 있었다. 다만 황제 엑소센의 의지가 하도 강경하여 신하로서 후퇴하자는 말이 나오지 않았다. 그러니 남는 것은 공격뿐이다. 이왕 공격하려면 시일을 앞당기는 것이 좋겠다는 의견을 내놓았다. 린델이라고 해서 어찌 지금의 전황에 대해 눈을 감고 있었겠는가. 그는 감히 말하지 못했을 뿐이다. 그것을 엑겔리안이 대신 주창하자 린델은 오히려 속이 시원해졌다.

"크크크! 제군들은 황제의 명을 거역하겠다는 것인가? 황제 폐하께서는 기필코 그룬디아 대륙을 정복하시겠다는 의지를 천명하셨다. 그대들이 해야 할 임무는 오로지 진격뿐이다. 그리고 병력이 적다고 불안해할 필요는 없다. 강력한 원군이 오고 있으니 때가 되면 나타날 것이다."

마족 네비로스의 말에 황제 엑소센조차 고개를 들고 의아한 눈길을 던졌다. 원군이라니…… 누구를 지칭하는 것인가? 아조레스로부터 병력을 더 끌고 올 시간도 없었고 배도 없었다. 생소한 그룬디아 대륙에서 누가 스발바르 제국을 돕는단 말인가? 네비로스는 황제의 의문 서린 얼굴을 보았지만 구태여 설명하지 않았다. 그건 바로 파멸의 마신 헤가수스의 또 다른 안배였다. 인간계를 정복하기 위한 오랜 모색이었다. 그러나 네비로스의 장담은 전쟁이 끝날 때까지 이루어지지 않았다. 헤가수스의 야욕을 막는 막강한 존재들이 그룬디아 대륙에 살고 있다는 걸 간과했다.

어쨌든 엑소센은 어떤 방향으로든 결론을 내려할 시점이 되었다. 전쟁을 통해 미즈를 되찾겠다는 시도가 원래부터 미친 짓이었는지 모른다. 엑소센은 호기에 찬 자신의 결정을 철회해야겠다는 생각이 들었다. 그때 마법사가 장막을 들추며 급히 뛰어들어 왔다.

"황제 폐하! 기뻐하십시오. 드디어 미즈 황후마마의 거처를 찾았다는 보고입니다."

침통해 있던 엑소센의 얼굴이 대번 밝아졌다.

"어디에 있는가?"

마법사는 자신의 공로인 양 들떠서 소리치듯 입을 열었다.

"호른 제국 글로스타 성입니다."

엑소센은 그룬디아 대륙에 병력을 상륙시키며 아조레스의 마법사 대부분을 미즈 황후를 찾는 추적자로 내보냈다. 마법사들은 변복을 하고 그룬디아 곳곳으로 퍼져 나가 미즈 황후의 종적을 탐문했다. 때문에 이번 전쟁에서 아조레스는 마법사들의 도움을 받을 수 없었다. 최소한의 인원을 제외한 전부를 미즈 황후 탐색에 투입했던 것이다. 결국 마법사들이 찾아내고야 말았다. 엑소센은 자리에서 벌떡 일어났다.

"일단은 대기하라. 계속 진격할 것인지 후퇴할 것인지는 미즈 황후를 데려온 다음 지침을 내려주겠다."

엑소센의 말에 엑겔리안과 린델, 그리고 네비로스까지 모두 인상을 찌푸렸다. 엑겔리안과 린델의 입장은 명확했다. 황후 한 사람이 중요한가, 아니면 40만 대병이 중요한가이다. 아무리 하찮은 촌부를 붙들고 물어본다 하더라도 대답은 일치할 것이다. 한 사람을 위해 병력 40만을 위험에 방치하는 행위가 가당키나 한가? 이는 곧 라비우 항을 점거한 제2군단 20만 병력의 생사까지 가늠할 중요한 결정이다. 황제의 미적 거림에 무려 60만의 대병이 풍랑이 이는 바다를 표류하는 격이 되었다.

네비로스의 입장은 또 달랐다. 네비로스의 목표는 궁극적으로 인간계의 파멸이었다. 이대로 계속 밀고 나가 피 튀기는 싸움을 계속 연장하고자 하는 것이 계획된 의도였다. 아조레스가 패하든 그룬디아가 패하든 네비로스에겐 하등 문제가 되지 않았다. 오직 더 많은 인간이 피를 흘리고, 분노하고, 슬퍼하기를 바랄 뿐이다. 그런데 엑소센은 사랑에 미쳐 계획에 차질을 빚고 있다. 그러니 절로 미간을 찌푸리지 않을 수 없다.

"황제 폐하, 단안을 내려주십시오. 이대로는 안 됩니다. 황후마마도 소중하지만 수십만 병사들의 목숨은 더욱 중요합니다. 시간을 지체하게 되면 어떤 사태를 부를지 모릅니다. 그리고 폐하가 아니더라도 황후마마를 모셔올 사람은 많습니다. 정 다른 사람이 미덥지 못하시면 제가 가겠습니다. 그러니 폐하께서는 통치자로서의 위엄을 세우소서."

엑겔리안이 황제를 막아섰다. 황제 엑소센의 눈이 차가워졌다.

"엑겔리안 경, 이 일은 누구에게도 맡길 수 없는 사안이오. 황후를 납치해 오라는 거요? 마음이 상한 황후의 슬픔을 풀어줄 사람은 나밖에 없소. 그리고 자코 왕국 기병이 이곳에 당도하려면 아직 4일의 시간이 있소. 이 일은 하루면 족하오. 그러니 기다리시오."

황제가 구태여 이름을 부른다는 건 이 순간만큼은 엑겔리안을 형님이 아닌 신하로 대하겠다는 표현이었다. 그리고 그 안에는 약간의 냉소도 들어 있다. 황제의 말을 들으며 엑겔리안은 속으로 부르짖었다.

'황제가 싫어 도망간 여자를 다시 데려오는데 납치면 어떻고 포박하

면 또 어떻습니까?!'

　이런 말이 목가지 올라왔으나 엑겔리안은 억지로 삼켰다. 엑겔리안은 끓어오르는 화를 간신히 누르며 서 있었다. 그러니 절로 얼굴이 붉어져 온다. 형님인 엑겔리안의 말조차 듣지 않는 황제가 다른 사람의 조언을 귀담아들을 리 없다는 사실을 잘 아는 린델과 네비로스는 입조차 열지 못했다. 엑소센은 곧 마법사를 동행해 호른 제국의 글로스타 영지로 공간 이동해 갔다. 호위를 자처한 네비로스는 할 수 없이 얼른 황제와 동행했다.

　글로스타 영지 외곽에 나타난 엑소센을 또 한 명의 마법사가 기다리고 있다. 그가 황후를 발견한 마법사였다.

　"황후마마께서는 지금 글로스타 성 곁에 마련된 임시 건물에 거주하고 계십니다. 원래 글로스타의 영주는 라모 하레스라는 자인데 대륙 전체에 강력한 영향력을 지닌 듯합니다. 대륙민들 가운데 억울한 일을 당한 사람들이 끊임없이 민원을 제기하려 몰려든다고 합니다. 그 수가 워낙 많아 성에 다 들일 수 없자 가까운 곳에 임시 건물을 지어 민원인을 머물게 했습니다. 지금은 전쟁으로 민원인들이 대폭 줄어들었지만 일부는 아직 남아 있습니다. 황후마마께서는 바로 민원인들 사이에 끼어 생활하고 계십니다."

　엑소센은 마법사의 설명에서 미즈가 하필 왜 이곳을 선택했는지 그 단서를 발견했다. 미즈는 진정으로 엑소센으로부터 떠나고 싶은 것이다. 미즈는 어디로 도망가든 엑소센이 자신을 포기하지 않으리라는 걸 알 것이다. 그렇다고 해도 황제가 직접 찾아 나설 일은 없다. 유능한 기사나 마법사를 대량으로 동원하리라 짐작했을 것이다. 그룬디아에

서 미즈를 보호해 줄 능력자를 찾았을 테고, 그녀는 그 인물을 라모 하레스로 정했을 것이다. 테살리아 평원의 전투가 끝난 후에야 엑소센은 그룬디아 대륙에서의 라모의 명성과 그의 놀라운 무력에 대해 들을 수 있었다. 미즈도 그런 소문을 들었을 것이다. 그런 앞뒤의 정황을 생각하자 엑소센은 마음이 무거워졌다. 혹여 미즈가 끝까지 자신을 거부할까 두려웠다.

그런 엑소센의 짐작은 글로스타 성의 가건물에 도착했을 때 정확히 맞아떨어졌다. 가건물들이 일백 채 가깝게 글로스타 성 옆에 마련돼 있었다. 전쟁의 불길한 소식에 대부분의 민원인들이 자국으로 돌아가 한산했다. 그런 장소에서 미즈를 찾는 일은 쉬웠다. 미즈는 낡고 허름한 옷을 걸치고, 얼굴엔 면사를 늘어뜨린 채 초라한 가건물 밖에 쪼그리고 앉아서 하늘을 보고 있었다. 비록 면사를 썼더라도 엑소센은 그녀의 자태만을 보고 한눈에 알아보았다. 엑소센은 그런 미즈를 보자 갑자기 눈물이 왈칵 쏟아질 뻔했다. 어려서는 백작가의 영애로, 커서는 황족의 아내로, 그리고 마침내 황후라는 부귀영화를 누리던 미즈였다. 그런 여인이 낯선 대륙의 한 귀퉁이에 쪼그려 앉아 있는 모습을 보니 가슴이 찢어질 듯 아파오는 엑소센이었다.

"미즈!"

엑소센은 낮게 연인의 이름을 불렀다. 그러나 듣지 못했는지 미즈는 돌아보지 않는다. 엑소센은 다시 한 번 그녀의 이름을 불렀다. 그제야 미즈가 몸을 부르르 떨었다. 그녀의 고개가 서서히 옆으로 돌며 엑소센을 확인했다. 그제야 그녀는 화들짝 놀라며 벌떡 일어섰다.

"엑소센!"

미즈의 목소리는 울음이 섞여 탁했다. 엑소센과 미즈는 한동안 꼼짝 않고 서로를 바라보았다. 이윽고 엑소센이 미즈에게 다가가 그녀의 면사를 걷어 올렸다.

"미즈! 널 다시 볼 날을 학수고대했다. 내 사랑… 미즈!"

면사 아래로 여전히 아름다운 미즈의 얼굴이 드러난다. 엑소센이 고개를 숙여 미즈의 입술에 짧고 깊은 키스를 퍼부었다. 그러자 미즈의 팔이 올라와 엑소센의 목을 감았다.

"오오! 엑소센! 엑소센!"

미즈의 눈에서 하염없는 눈물이 흘렀다. 곧 두 사람은 뜨겁게 포옹하며 다시 열렬히 키스를 나누었다. 두 사람은 서로에 대한 깊은 사랑을 느꼈다. 그것은 맞댄 입술과 서로의 몸을 감싼 굳건한 팔, 그리고 떨려오는 육신이 잘 말해 주고 있었다. 엑소센은 미즈를 다시 데려갈 수 있다는 희망을 느꼈다.

그러나 잠시 후 서로에게서 떨어진 후 엑소센이 돌아갈 것을 요구하자 미즈는 단호히 거절했다.

"난 가지 않겠어요. 아조레스로는 돌아가지 않아요. 그곳에 내 가족과 내 아들이 묻혀 있어요. 난 살아 있으되 산 목숨이 아니에요. 가족들에게 아직까지 살아 있다는 것이, 그리고 당신을 여전히 사랑하고 있다는 사실이 죄스럽기 그지없어요. 그래서 진작 죽을 결심을 했어요. 그런데 우습게도 당신과 멀리 떨어져 있으니 다시 당신이 그리워졌어요. 미치도록 보고 싶었어요. 그래서 아직 죽지 못했어요. 이제 당신을 마지막으로 보았으니 됐어요. 글로스타 영주의 힘을 빌려 당신에게서 벗어나고자 했던 시도도 이제 보니 다 부질없는 짓이었어요. 그만 돌아가세요."

미즈의 대답에 엑소센은 분노와 안타까움으로 맞받아 소리쳤다.

"미즈! 내가 어떻게 이곳까지 왔는지 알아? 그대를 찾기 위해 백만 대군을 동원했다. 오직 그대를 되돌려받기 위해 수십만의 생목숨이 죽어갔어. 그런데 날더러 돌아가라고? 미즈! 도대체 얼마나 많은 생명을 더 바쳐야 날 따라오겠어! 기필코 내가 죽는 것을 보아야 직성이 풀리겠어?"

격앙된 엑소센이 어깨를 흔들었지만 미즈는 더 이상 반응이 없었다. 엑소센은 결국 강제로라도 미즈를 데려갈 속셈으로 그녀의 팔을 잡아당겼다. 그러자 미즈는 주저앉으며 끌려가지 않으려 했다. 잠시 실랑이가 벌어졌고, 지나던 글로스타의 경비병들이 이 광경을 목격했다.

"이봐! 너희들 뭐야? 왜 싫다는 사람을 끌고 가려는 거야?"

경비병 두 명이 뛰어왔다. 네비로스가 앞을 막아서며 들고 있던 창으로 두 번 내질렀다. 기존의 창은 라모에 의해 사라졌고 새로 마련한 것은 그저 평범한 창이다. 그러나 평범한 창도 네비로스가 들고 있으니 비범해졌다. 두 줄기 검은 기운이 뻗어 나가며 달려오던 병사들의 미간을 꿰뚫었다. 병사 두 명이 비명도 지르지 못하고 뒤로 나뒹굴었다.

"살인이다!"

"병사가 죽었다!"

또 다른 곳에 있던 병사들이 외치며 수십 명이 달려오기 시작했다. 상황이 귀찮게 됐다고 생각한 엑소센은 미즈를 당겨 반강제적으로 품에 안아버렸다.

"네비로스, 돌아가자!"

네비로스가 곧 공간을 열었고, 마법사를 포함한 네 사람이 사라져버렸다.

테살리아 평원의 주둔지로 되돌아온 엑소센은 이젠 침묵으로 일관하고 있는 미즈를 설득하기에 여념이 없었다. 덕분에 시간만 계속 흘러갔다. 하루 이틀이 지나고 삼 일째 되는 날 엑소센은 미즈에게 최후의 통첩을 내렸다.

"미즈! 이젠 시간이 없다. 나와 함께 가자. 그대와 함께라면 더 이상 피를 흘리지 않겠다. 전면 후퇴해 아조레스로 돌아가겠다. 그러니 미즈! 슬픔을 잊고 제발 그대만의 행복을 찾아라."

엑소센은 끈질기게 미즈를 설득했다. 그러나 미즈의 고집은 더욱 견고했다. 오로지 침묵으로 자신의 의지를 알리며 엑소센의 희망을 꺾었다. 미즈가 있는 막사로 엑겔리안과 린델이 찾아왔다.

"황제 폐하! 이제 하루 남았습니다. 이제 내일이면 자코 왕국의 30만 기병이 이곳에 도착할 겁니다. 그때가 되면 가고 싶어도 가지 못합니다. 결단을 내려주십시오."

그러나 황제도 황후도 전혀 움직일 마음이 없는 듯했다. 미즈는 떠나고자 하지 않았고, 엑소센은 미즈를 두고 갈 수 없었다. 그때 마법사 한 명이 급히 막사 안으로 들어와 보고했다.

"자코 왕국의 기병이 진로를 바꾸었습니다. 테살리아 평원으로 오던 길을 버리고 헬미라국으로 향한 산맥을 넘고 있습니다."

마법사의 보고에 엑소센의 안색이 바뀌었고, 엑겔리안과 린델의 얼굴도 흙빛으로 변했다. 미즈만이 무슨 의미인지 몰라 여전히 고개를 숙이고 있다. 자코 왕국의 기병은 지금 살아남은 스발바르 제국군의 퇴로를 끊으려고 하는 것이었다. 물론 이는 화가 날 대로 난 라모의 작전이었다. 스발바르 제국군은 한 명도 곱게 돌려보내지 않겠다는 라모의 강력한 의지였다.

"기병이 산맥을 넘을 수 있단 말인가?"

엑소센의 의문에 마법사가 송구스럽다는 표정을 지었다.

"거칠고 위험하기는 하지만 상인들이 도란 제국과의 교역을 위해 닦아놓은 지름길이 있습니다."

마법사의 대답에 엑소센은 긴 탄식을 불어냈다. 엑소센은 미즈 앞으로 걸어가 섰다. 그리고 처연한 목소리로 입을 열었다.

"미즈! 그대의 소원대로 우리는 이 그룬디아 대륙에 남게 되었구나. 이젠 가고 싶어도 갈 수 없게 되었다."

자코 왕국 기병이 산맥을 넘어 헬미라국의 접경 지역에 당도할 시간은 하루 반나절이면 족하다. 그러나 스발바르 군이 되돌아가려면 아무리 서둘러도 이틀이 걸린다. 그러니 퇴로가 막힐 것은 분명했다. 그런 정황을 알고 나자 고개를 숙이고 있던 미즈의 가슴이 두려움으로 세차게 뛰기 시작했다. 다시 보기를 원하지는 않았지만 엑소센이 죽기를 바라지는 않았다.

"황제 폐하! 지금도 늦지 않았습니다. 아직도 우리에겐 휘폰과 가고일이 있습니다. 그러니 설령 퇴로가 막히더라도 얼마든지 돌파할 수 있습니다."

엑겔리안이 황제의 결단을 촉구했다. 엑소센은 미즈를 한번 돌아본 다음 엑겔리안과 린델을 바라보았다. 두 사람의 얼굴은 상기돼 있다. 위기가 한 발 한 발 스발바르 군을 향해 다가오고 있다. 엑소센은 두 사람의 얼굴에서 덧없이 그룬디아 대륙에서 죽어갈 병사들에 대한 아픔이 서려 있는 걸 본다. 엑소센은 아직 인간이었다. 인간의 감정을 가지고 있으며 측은지심을 잊지 않고 있다.

"내가 스발바르 제국의 국민들에게 죄를 지었구려. 원래 무모한 전쟁을 일으켰소. 이제 미즈도 찾았으니 돌아갑시다. 전군에 후퇴를 명하시오. 아울러 제2군단의 캠블에게도 후퇴하라 이르고 제국의 함대를 포트루이스 항으로 집결시키시오."

드디어 황제의 명이 떨어졌다. 엑겔리안과 린델이 안도한 얼굴로 기뻐했다.

"감사합니다. 황제 폐하! 정말 적절한 결정을 하셨습니다."

엑겔리안과 린델이 후퇴를 명하기 위해 막사를 빠져나갔다. 다만 마족 네비로스만이 불만스런 얼굴로 황제를 호위할 뿐이다.

그 무렵 라모와 연합군은 만일을 대비해 환영 마법진을 펼쳐 방어진을 구축했다. 재차 스발바르 군이 진격해 온다 하더라도 이젠 방어에 문제가 없다. 라모는 통신을 통해 자코 왕국의 30만 기병이 라모의 지시대로 헬리마국으로 향하고 있다는 보고를 접했다. 라모는 지휘관 회의를 열어 이후의 전략을 숙의했다. 회의에는 야스퍼와 빅투, 그리고 블레이드와 하레스의 전임 천인장 렌토 등이 참석해 있다. 막사 안으로 마법사가 들어섰다.

"공작 전하! 스발바르 군이 전면 퇴각하고 있습니다."

마법사의 보고에 참석한 지휘관들이 모두 양손을 치켜들며 함성을 질렀다. 그리고 다투어 라모를 칭찬했다.

"공작 전하! 자코 왕국의 기병을 헬미라국 쪽으로 진출하게 한 작전이 맞아떨어졌군요. 이젠 서서히 추적해 양쪽에서 조여가면 되겠습니다."

라모는 손을 들어 소란스러운 환호를 저지했다. 금방 지휘 막사가 조용해졌다.

"후퇴한다고 좋아할 것 없소. 난 단순히 적을 격퇴하기 위해서가 아니오. 스발바르 군은 그룬디아에 함부로 쳐들어 왔지만, 갈 때는 제 맘대로 되지 않을 거요. 자코 왕국의 기병과 합류해 최후의 격전을 펼치도록 하겠소. 이곳의 연합군까지 모두 몰려갈 필요는 없소. 지휘부와 마법사들만 갈 것이오. 우리는 휘폰과 가고일, 그리고 마족을 견제 또는 척살해야 하오. 그럼 나머지는 자코 왕국의 기병이 알아서 처리할 것이오."

참석자들은 라모의 명령에 모두 미소를 지었다. 휘폰과 가고일, 그리고 마족이 빠진 스발바르 제국군은 자코 왕국의 승전에 대한 희생물에 불과했다. 지휘 막사에 모인 사람들은 자코 왕국의 기병과 모두 한 번씩은 격전을 치러보았다. 그래서 자코 왕국 기병들이 얼마나 용맹하고 무위가 뛰어난지 똑똑히 알고 있었다. 더군다나 기병 대 보병의 싸움이었다. 비록 스발바르 군이 40만 병력으로 더 많았지만 전혀 문제가 되지 않는다. 아마도 기병 10만만 있어도 승리할 수 있을 것이다. 20만이면 격퇴하는 데 그치지 않고 압도적으로 밀어붙일 것이며, 30만이면 스발바르 제국군은 전멸을 면치 못할 것이다.

"형님! 그럼 하루의 여유가 있는데 그동안 우리는 뭘 하지요?"

야스퍼의 질문에 라모는 자리에서 일어났다.

"그동안 할 일이 있다. 지금 라비우 항에서 전투가 벌어지고 있어. 야스퍼! 자네도 같이 가세. 블레이드 경도 준비하시오. 우린 잠시 라비우 항에 다녀올 테니 다른 사람들은 출동 준비를 갖추어놓도록 하시오."

그렇게 당부하고 라모와 야스퍼, 블레이드는 막사를 나선 후 장거리 마법진을 그려 라비우 항 인근으로 공간 이동해 갔다.

라비우 항은 지금 치열한 전투가 벌어지고 있었다. 바로 호른 제국의 50만 병력이 진군해 라비우 항을 탈환하려 하는 중이었다. 호른 제국 총사령관은 근위 기사단장 스턴 백작이었다. 스발바르 제2군단은 지금 항구 도시의 건물을 배경으로 항전하고 있었다. 일전 자코 왕국 기병에 의해 5만 병력이 몰살한 바람에 현재 병력은 15만에 불과했다. 거기에 50만의 대병이 몰려왔으니 수비 대형으로 나설 수밖에 없었다. 진입하려는 호른 제국 병력과 이를 막아서는 스발바르 제국군 사이에 피 튀기는 전투가 벌어지고 있었다. 그러나 호른 제국 병사들은 쉽사리 항구 도시로 들어갈 수 없었다. 여전히 수백 마리의 휘폰이 날뛰고 있었으며, 하늘에는 가고일이 날아다니며 호른 제국 병사들을 견제하고 있다.

"야스퍼! 자넨 스턴을 도와 휘폰을 모조리 죽이게. 그리고 블레이드 경은 나와 함께 가고일을 처리하도록 합시다."

라모의 명에 야스퍼는 검을 빼 들고는 전장을 향해 쏜살같이 달려갔다. 라모와 블레이드도 플라이 마법으로 하늘을 오가는 가고일 떼를 향해 날아갔다.

"헬 파이어!"

먼저 블레이드가 마법을 난사했다. 헬 파이어가 날아가 허공에 굉렬한 폭발을 일으켰다. 끔찍한 열기에 가고일 수십 마리가 한꺼번에 불타올랐다. 라모는 검에 검강을 발해 허공을 빠른 속도로 날아다니며 가고일의 목을 잘라 버렸다. 또 가고일이 여러 마리 모인 곳이 보이면 순간 이동을 사용해 허공을 가로질렀다. 그리고는 가고일 떼의 중간에 나타나 휘황한 검강을 휘둘렀다. 가고일 4~5마리가 한꺼번에 몸통이 잘려져 땅으로 추락했다.

땅에서는 휘폰이 죽어가고, 하늘에서는 가고일의 숫자가 뜸해지면서 호른 제국의 기세가 살아났다. 압도적인 병력의 우위를 발판으로 호른 제국 병사들이 라비우 항으로 쏟아져 들어갔다. 스발바르 제2군 단장 캠블은 더 이상 라비우 항의 사수가 어렵다는 걸 알았다.

"후퇴하라! 함선으로 후퇴하라!"

스발바르 군이 함선으로 도망가기 시작했다. 역시 그 뒤를 휘폰들이 막아서며 호른 제국 병사들의 추적을 어렵게 했다. 5백 척의 함선이 닻을 올리고 항구를 떠나가기 시작했다. 일부 병사들이 불화살을 날렸지만 경미한 피해를 입혔을 뿐 잡을 수 없었다. 더군다나 이미 승선을 완료해 떠나가는 선단의 후미에 파도와 폭풍의 백작 세에라가 있었다. 일부 호른 제국의 병사들이 부두로 뛰어나오자 양손을 치켜들었다. 그러자 바닷물이 서서히 곤두서더니 해일이 되어 호른 제국병들을 덮쳤다. 스발바르 군은 무사히 후퇴하는 듯 보였다. 그러나 호른 제국에는 라모와 블레이드가 있었다. 아직 남아 있는 가고일이 보였지만 라모는 플라이 마법으로 도망가는 선단을 향해 날아갔다. 라모는 제일 뒤 함선에 탄 세에라와 눈이 마주쳤다. 눈이 부시도록 아름다웠으나 더불어 요사한 기운이 몸 전체에 넘실대는 여인이었다. 라모는 한눈에 그녀가 인간이 아님을 알았다.

세에라 또한 라모가 날아오는 모습을 보고는 손가락으로 바다를 가리켰다. 그러자 물줄기가 치솟아오르더니 라모를 향해 날아왔다. 길게 뻗은 모양은 마치 긴 채찍 같기도 하고 날카로움은 화살 같다. 라모는 구태여 대응할 필요를 느끼지 못해 가볍게 옆으로 피하며 세에라가 타고 있는 함선의 선미로 내려섰다. 물론 물줄기는 다시 돌아 라모를 쫓아왔지만 오른손을 들자 사방으로 비산해 버렸다. 세에라는 크고 영롱한 눈으로 라모를 신기한 듯 바라본다. 세에라는 마족이므로 공포를 모른다. 그래서 라모가 공격을 피하는 간단한 동작들 속에 형언할 수 없는 무력이 동반함을 알았지만 개의치 않았다. 세에라는 붉은 입술을 열었다. 요염함과 요기로움이 함께하는 여인이다.

"인간으로서는 대단하구나. 하지만 내 앞에서는 어림없다."

세에라의 자신만만함에 라모는 피식 웃었다.

"마족 주제에 자신감이 넘치는구나. 그래, 너의 능력이 얼마나 대단한지 한번 견식해 보자."

말이 끝나자마자 라모의 모습이 순간적으로 사라졌다가 세에라의 전면에 나타났다. 이어 라모의 오른손이 활짝 펼쳐지며 세에라의 가슴을 가격했다. 피할 여가를 주지 않는 재빠른 공격이었다. 육상과 다름없는 배 위에서 별반 이렇다 할 무력이 없는 세에라는 속절없이 일격을 허용했다.

펑—

정통으로 가슴을 격중당한 세에라의 몸이 허공을 날아 바닷물에 풍덩 빠져 버리고 말았다.

라모는 난간으로 다가가 세에라가 빠진 바다를 내려다보았다. 그때 바다 속에서 소용돌이가 생기더니 하늘로 치솟아올랐다. 거대한 물기둥이 함선보다 더 높이 솟아올랐다. 그리고 그 물기둥 위에 세에라가 서 있었다. 그 모습이 얼핏 여신 같아 보였다. 그러나 세에라는 결코 여신이 아니다. 그녀는 마족에 불과했다. 라모는 플라이 마법으로 떠올라 세에라에게 날아갔다. 물기둥에서 여러 갈래의 작은 물줄기가 뻗어 나오더니 라모를 향해 날아왔다. 방어와 공격을 겸한 한 수였다.

그러나 세에라는 라모의 능력을 과소평가했다. 라모의 몸 전체에 진기가 솟더니 공격해 오는 물줄기를 아랑곳하지 않고 세에라에게 달려들었다. 라모의 몸에 부딪쳤던 물줄기들이 튕겨 나오며 사방으로 물방울을 비산시켰다. 보는 사람에겐 장관이었지만 세에라는 생사를 앞둔 좌절이었다. 라모가 근접하기 전 세에라는 위기를 느끼고 솟아 있는 물줄기 속으로 파고들었다. 라모는 검을 빼 들어 검강을 발한 후 바다 속으로 빠져들어 가는 세에라를 향해 휘둘렀다. 검강이 물기둥을 가르며 세에라를 쫓았다. 그러나 물기둥이 강철처럼 단단해지며 검강을 막았다. 세에라는 무사히 바다 속으로 빠져들어 갔다. 뒤에 남은 물기둥은 힘을 잃고 떨어지며 함선 주위에 거대한 파문을 일으켰다. 함선들이 전부 휘청거린다.

라모는 재차 바다 속으로 뛰어들었다. 세에라는 수면 아래에 없었다. 기포를 일으키며 수면 깊숙이 잠수해 들어가는 세에라를 발견했다. 라모는 몸을 눕히고 발을 굴러 잠수에 용이한 자세를 취한 후 재빠르게 쫓아갔다. 세에라는 몸을 똑바로 세운 채 라모를 바라본다. 그냥 서 있을 뿐인데도 빠르게 심해를 향해 빠져들어 가는 중이었다. 그녀는 라모가 쫓아오는 모습을 보고는 미소를 지었다.

'애송아! 죽는 줄도 모르고 잘도 쫓아오는구나.'

그녀의 미소는 이런 말을 던지는 듯했다. 라모는 그에 개의치 않고 계속 쫓아 내려갔다. 수심은 거의 1백 미터에 달했다. 세에라는 바닥에 내려서자 양손을 치켜들었다. 그러자 휘둘러지는 세에라의 팔 양쪽으로부터 짧은 물줄기들이 쿼렐처럼 쏟아져 왔다. 같은 바닷물이건만 세에라가 발사한 물줄기는 평범하지 않았다.

그 단적인 예로 세에라와 라모의 사이를 여유롭게 헤엄치던 가오리과의 넓적한 물고기 한 마리가 홀렁 뒤집어진다. 물줄기에 관통돼 너덜거리는 몸통이 똑똑히 보였다. 굉장한 속력이며 힘이었다. 라모 또

한 검을 들어 원을 그렸다. 마나 대신 바닷물이 원을 그리며 세에라에게 쏘아졌다. 쾌렐처럼 쏘아지던 물줄기도 라모가 그린 원에 걸리자 간단히 소멸돼 버린다. 라모가 연신 그린 원이 완성되며 동심원을 만들었다. 그곳에는 생명을 분쇄하는 원초적인 분노가 담겨 있다. 심연의 바닷물이 요동 쳤고 세에라는 눈을 크게 떴다. 바다 속에서도 라모가 무소불위의 위력을 발휘할 줄 예상치 못한 듯 당황해하는 기색이다.

세에라가 양손을 미친 듯이 휘두르기 시작했다. 새로운 물결이 일어나며 수십 겹의 방패처럼 세에라의 앞을 가로막았다. 그러나 동심원은 거칠 것 없이 물의 방패를 분쇄시키며 세에라에게 쇄도해 들어갔다. 그리고 그 뒤를 라모가 재빠르게 헤엄쳐 갔다. 마침내 라모가 만들어낸 검강은 세에라에게 닿았으나 그때쯤에는 위력이 거의 상실된 상태였다.

라모가 헤엄쳐 가며 왼손을 흔들었다. 안도하고 있던 세에라의 이마에 아주 미세한 구멍이 뚫리고 말았다. 세에라는 전신의 맥이 풀려 순간적으로 발이 지면에서 떨어졌다. 그리고 절로 둥실 떠올랐다. 라모의 블랙암에 당해 잠시 멍한 상태였다. 라모는 때를 놓치지 않고 접근하며 검으로 세에라의 목을 날려 버렸다. 퍼뜩 다시 깨어나던 세에라는 대응할 시기를 놓쳐 목이 분리되고 말았다. 라모는 발로 세에라의 몸통을 걸어차 버렸다. 머리는 수면으로 떠올랐고 몸은 가라앉았다. 라모는 떠오르는 세에라의 머리를 쫓아갔다. 머리만 남은 세에라의 눈이 라모를 죽일 듯 노려보았다. 그녀의 눈에서 선혈이 흐르기 시작했다. 흘러나온 선혈은 바다 속으로 퍼져 나갔다. 라모가 손을 뻗자 목만 남은 세에라가 입을 벌려 물려 했다. 라모는 세에라의 입을 피해 그녀의 머리카락을 거머쥐었다. 그제야 세에라는 반항할 의지를 잃고 말았다.

　라모는 세에라의 머리를 쥐고 수면을 향해 발을 박찼다. 발밑으로 라모의 진기를 받은 바닷물이 흰 거품을 낸다. 라모는 쏜살같이 수면을 향해 올라갔다. 수면을 뚫고 나온 라모는 그러고도 힘이 남아돌아 허공으로 10미터가량을 더 솟구쳤다. 이어 라모는 세에라의 머리를 허공에 떠운 후 헬 파이어를 운용해 태우기 시작했다.

　"끼이이이악!"

　바닷물이 출렁거릴 정도의 가늘고 찢어지는 비명이 라비우 항 근역을 흔들었다. 그러나 세에라의 머리는 훨훨 타오르는 불에 견디지 못하고 재로 변해갔다. 이로써 엑소센이 믿던 세 명의 마족 중 바다를 관장하던 파도와 폭풍의 백작이 소멸해 버렸다. 끝까지 눈을 떼지 않고 세에라의 마지막을 지켜보던 라모는 그제야 주변을 둘러볼 여유를 가졌다.

　라모가 세에라와 접전을 벌이는 동안 후퇴를 서두르던 스발바르 함대의 절반가량이 화염에 휩싸여 있는 모습이 보였다. 바로 라모를 따라온 블레이드의 작품이었다. 블레이드가 펼쳐 내는 현란한 불의 마법에 스발바르 군은 혼비백산해 있다. 병사들은 화살을 날리고, 동승한 일부 스발바르의 마법사가 반격을 가했지만 9써클의 대마도사를 당할 수는 없었다. 화살은 실드로 가볍게 방어하고 마법 공격에는 더욱 가혹한 징계를 내렸다. 플라이 마법으로 함대를 쫓아가는 블레이드를 아무도 막을 수 없었다. 그 모습을 지켜보던 라모는 자신의 할 일도 대강 마무리되었음을 느꼈다. 라모는 블레이드에게 전음을 날렸다.

　"블레이드 경! 그만하면 되었소. 잠시 멈추시오."

　라모는 블레이드를 만류한 다음 제일 큰 함선을 향해 날아갔다. 이층 구조로 된 지휘 갑판이 탑재된 함선이었다. 이층 갑판에는 지금 플레이트 메일로 몸을 가린 기사 한 명이 수십 명의 다른 기사들에게 둘러싸여 날아오는 라모를 노려보고 있다. 라모는 그가 바로 최고 지휘관임을 알았다. 라모는 그대로 지휘 기사들이 모인 갑판 위로 날아 내렸다. 모여 있던 병사들은 화살을 날렸고, 기사들은 검을 빼 들고 달려왔다. 라모는 날아오는 화살 일부는 진기를 담은 손으로 튕겨내고 일부는 잡아채 바닥에 꽂아버렸다. 그리고 달려드는 기사들을 향해서는 가볍게 주먹을 몇 번 내질렀다. 가벼운 주먹질이었지만 기사들이 들고 있던 검이 깨져 나가며 뒤로 나가떨어졌다. 백보신권을 약하게 시전한 것이다.

라모는 이윽고 제일 신분이 높아 보이는 기사를 주시했다. 바로 제2군단장 캠블이었다. 라모는 검을 내리고 캠블에게 입을 열었다.

"이대로 기수를 돌려 아조레스로 돌아가라. 그럼 살려주겠다. 생각 같아서는 너희를 모조리 죽이고 싶지만 같은 인간으로서 차마 그런 잔혹한 짓은 하고 싶지 않다. 너희에게 관용을 베풀겠다. 어떻게 하겠느냐? 돌아가겠느냐, 아니면 전멸하겠느냐?"

라모의 목소리는 크지 않았지만 캠블의 귀에 똑똑히 들려왔다. 캠블의 안색이 창백해졌다. 캠블은 그토록 믿어 마지않던 세에라가 소멸되는 모습을 지켜보았다. 바로 눈앞에 서 있는 자에 의해서다. 또 멀리서 하얀색 로브를 펄럭이며 허공에 떠 있는 마법사 한 명을 보았다. 마법사는 단신으로 5백 척에 이르던 함대의 절반을 불태워 버린 자였다. 캠블의 고민은 길지 않았다. 이 두 사람의 무력에 대해 캠블은 불가항력을 느꼈다. 눈앞에 이후의 결과가 뻔히 보였다. 캠블은 라모를 아직 포위하듯 에워싸고 있는 기사들 중 한 명을 불렀다.

"엘만!"

엘만이라 불리운 기사 한 명이 즉시 캠블에게 달려갔다.

"부르셨습니까?"

엘만 또한 싸워야 할지 말아야 할지 혼란스러웠다. 싸우면 전멸이고, 이대로 돌아가면 비겁자다. 그러니 기사로서 이왕이면 명예롭게 죽어야 하지 않을까 하고 생각하던 중이었다. 캠블은 엘만에게 자신의 지휘봉을 내밀었다.

"엘만! 널 임시 제2군단 사령관으로 임명한다. 잠시 후 내가 죽으면 넌 즉시 함대를 이끌고 전속으로 후퇴해 아조레스로 돌아간다. 고향으로 돌아가는 것이다. 나중에 황제께서 문책하시면 모든 결정은 이 캠블이 단독으로 내렸다고 전해 올려라. 그럼 공정하신 황제께선 더 이상 책임을 묻지 않으실 거다."

엘만은 엉겁결에 지휘봉을 받았다. 그러나 곧 엘만은 캠블의 진의를 깨닫고 얼굴이 창백해졌다. 캠블은 그제야 허리에서 검을 빼 들며 라모를 노려보았다. 그리고 검을 들어 라모를 가리켰다.

"그대의 말대로 우리 함대는 곧 후퇴하겠다. 그러나 그전에 나 캠블이 그대에게 비무를 신청한다. 그대가 기사라면 나의 도전을 거부하지 않으리라 믿는다."

죽음을 결심한 캠블의 도전을 도저히 거부할 수 없었다. 라모는 아무런 대꾸 없이 검을 들어 코앞에 가져다 대었다가 힘차게 땅으로 뿌렸다. 도전을 받겠다는 의미였다. 캠블도 마찬가지 의식을 치른 후 다짜고자 검을 쳐들어 라모를 향해 달렸다. 그리고 달리는 기세를 빌어 검을 내려쳤다. 그야말로 방어를 완전히 도외시한 공격이었다.

라모는 명예를 가진 기사의 최후를 완벽하게 마무리 지어주기로 했다. 라모는 검강을 발해 단 한 번 휘둘렀다. 달려들던 캠블의 검이 부러지며 목까지 정확하게 날아가 버렸다. 목 없는 캠블이 라모에게 달려왔다. 라모는 캠블을 안아 들었다. 그리고 얌전히 갑판 위에 뉘었다. 피가 튀었지만 라모는 아랑곳하지 않았다. 라모는 어쩐지 서글퍼졌다. 과연 기사의 명예라는 것이 인간의 목숨만큼 소중한 것인지 의문이 들었다. 세상에는 소중한 것들이 널렸지만 가장 귀중한 것은 생명이 아닐까 하는 생각을 한다. 만약 소중하지 않다면 수없는 생명을 가진 존재가 죽음 앞에서 그토록 발버둥 치지는 않을 것이 아닌가. 그런데 그 기사는 기사라는 명예를 위해 생명을 가볍게 던져 버린다. 과연 무엇이 소중한 가치일까? 라모는 풀지 못할 수수께끼에 잠시 침묵했다.

"사령관님!"

스발바르 제2군단 소속의 기사들이 일제히 갑판에 무릎을 꿇으며 눈물을 흘렸다. 라모는 지휘권을 이양받은 엘만이라는 기사를 바라보았다.

"1시간의 여유를 주겠다. 함선이 불타 바다로 뛰어든 너희 병사들을 구해 이곳을 떠나라. 아조레스로 돌아가는 것이다. 만약 나의 경고를 어기고 포트루이스 항으로 진로를 바꾸면 내가 다시 돌아와 너희를 모두 전멸시키겠다."

라모의 경고에 스발바르의 기사들이 일제히 일어나 검을 빼 들었다.

"이, 이 그룬디아 놈!"

분노 넘친 스발바르 기사들이 덤벼들려는 참이었다. 엘만이 지휘봉을 번쩍 들었다.

"멈춰라. 사령관께서는 내게 지휘권을 이양했다. 이제는 내가 사령관이다. 사령관의 자격으로 명령한다. 검을 집어넣어라. 너희는 진정

이곳에서 모두 수장되기를 바라는 것이냐?"

라모는 고개를 끄덕였다. 캠블이 엘만이라는 기사를 사령관으로 선정한 이유를 알 수 있었다. 엘만은 가장 현실적인 기사였다. 명예보다는 생명이 더 소중함을 아는 사람이었다.

"그대가 다행히 현실을 알고 있으니 더 이상 말하지 않겠다. 부디 현명하게 처신하길 바란다."

라모는 플라이 마법으로 허공으로 떠올라 라비우 항을 향해 날아갔다. 뒤에 남겨진 스발바르 기사들은 모두 허탈한 얼굴을 하며 들고 있던 검을 떨구었다.

라비우 항으로 되돌아온 라모는 이미 완전히 탈환한 도시를 볼 수 있었다. 라모는 스턴을 포함한 전임 천인장들을 모았다. 물론 야스퍼와 블레이드도 참석해 있다.

"스턴 백작! 자네는 이곳에 계속 대기하며 함선을 모으게. 혹시 해전이 일어날지도 모르니 대비하라는 걸세. 그리고 나머지 네 명의 자작들은 나를 따라 테살리아로 가세. 자네들의 무력이 필요해."

앰버를 포함한 네 명의 전임 천인장들이 모두 사기충천한 얼굴로 우렁차게 대답했다.

"알겠습니다."

사실 전임 천인장들은 지난 자코 왕국과의 전쟁 이후로는 자신들의 무력을 점검할 만한 기회를 만나지 못했다. 그래서 전쟁은 비극을 부르지만 또 한편으로는 기사들의 경연장인 셈이다. 그러니 절로 흥분한 얼굴을 한다. 라모는 스턴만 남겨두고 다시 테살리아 평원으로 공간이동해 갔다.

그렇게 하루가 지난 후 후퇴해 가던 엑소센과 40만 병력의 스발바르 군은 헬미라국과의 접경 지대에서 자코 왕국의 30만 기병과 서로 마주 보게 되었다. 스발바르 군의 선두에는 아직 3백 마리의 휘폰이 남아 있었다. 늘씬한 몸체로 괴성을 질러내는 휘폰의 모습은 공포를 자아내기에 충분했다. 허공에는 1천 5백 마리의 가고일이 여전히 선회하고 있다. 그에 반해 30만 쌍의 말과 사람으로만 이루어진 자코 왕국 기병은 미동도 없이 그런 스발바르 군을 바라보고만 있다. 그 수많은 무리들 가운데 날뛰는 말 한 마리 없다. 다만 푸르릉 하며 고개를 흔들고 콧김을 내뱉을 뿐이다. 사람이 용맹하니 말까지 덩달아 용맹을 뽐내는 듯했다. 휘폰의 괴성에도 전마들은 별반 동요하지 않았다.

엑소센은 그런 자코 왕국의 기병을 먼 거리에서 지켜보며 얼굴이 어두워졌다. 지금까지 상대해 오던, 도란 제국병을 주축으로 한 그룬디아 연합군 병력과는 흐르는 예기부터 천양지차로 보였다. 엄정한 군기와 불타는 투지가 무럭무럭 피어나는 모습을 본다. 과연 이런 정병을 상대해 무사히 돌파할 수 있을까 의심이 든다.

"네비로스! 어떤 작전을 써야 여길 돌파할 수 있을까?"

엑소센을 호위하던 네비로스는 자코 왕국 기병을 지켜보며 흥소를 지었다. 네비로스가 창을 들어 허공을 찔렀다. 검은 기운이 앞으로 쭉 뻗어 나가다 되돌아온다.

"주인님! 걱정하지 마십시오. 이 네비로스와 파이본이 길을 열겠습니다. 저희만 따라오시면 됩니다."

네비로스의 호언장담에도 엑소센은 마음이 편치 않았다. 엑소센은 난생처음 자신감이 사그라드는 걸 느낀다. 이는 예전 스발바르의 수도를 떠나 정처없이 떠돌 때도 느끼지 못했던 감정이다. 그때는 비록 누추했지만 결코 희망을 버리지 않았다. 아니, 오히려 반드시 되돌아가 겠다는 투지에 불타 있었다. 지금은 방법이 없었다. 우선은 네비로스의 말처럼 두 마족이 선전해 주길 바랄 수밖에 없다. 엑소센은 옆에 시립한 기사에게 명령을 내렸다.

"진격의 북을 울려라."

엑소센의 명에 따라 곧 고수병이 둥둥 북을 치기 시작했다. 진격 신호에 따라 휘폰이 먼저 앞으로 슬슬 걸어가기 시작했다. 그러자 허공을 선회하던 가고일들이 적진을 향해 날아갔다. 이번 전투는 휘폰과 가고일, 그리고 병사들의 호흡이 중요했다. 가고일이 기병을 먼저 교란시키고 휘폰이 흩어놓는다. 그 다음에 병사들이 진격해 적을 제압한다는 기본 전술이었다.

이렇게 엑소센이 돌파를 강구하는 동안 자코 왕국의 중군에는 이미 라모가 당도해 있었다.

라모의 주변에는 야스퍼와 블레이드, 그리고 스턴을 제외한 아홉 명의 전임 하레스 천인장들이 도열해 있다. 그리고 한 켠에는 리코와 빅투가 서 있다. 그룬디아의 최정예가 몽땅 출동한 셈이다. 이로써 그룬디아 연합군은 질래야 질 수 없는 전력을 보유하게 되었다고 라모는 생각했다.

"야스퍼 후작과 리코 후작은 파이본이라는 마족을 상대하시오. 두 사람이면 충분하리라 보오. 빅투 단장과 렌토 백작, 그리고 자작들은 휘폰만을 상대하시오. 휘폰이 절대 기병들에게 난입하지 못하도록 철저히 막으시오. 그 사이 나와 블레이드 경은 가고일을 모두 처리하겠소. 아울러 네비로스라는 마족도 내가 알아서 처리할 테니 각자 맡은 임무에만 충실해 주길 바라오. 이상! 질문이 있으면 하시오."

라모의 명령에 모두 고개를 끄덕였다. 야스퍼가 손을 번쩍 치켜들었다.

"형님! 만약 스발바르 엑소센 황제의 목을 자르는 사람이 있다면 무슨 포상을 하시겠습니까? 저는 그게 궁금하군요."

야스퍼의 질문에 라모는 혀를 끌끌 찼다.

"야스퍼! 자넨 리코 후작과 협력해 파이본이나 잘 처리해! 만약 그놈을 놓치는 날에는 포상은커녕 오히려 벌금을 물리겠다."

라모의 대답에 좌중이 폭소를 터뜨렸다.

"파하하하! 야스퍼 후작님이 그럴 리가 있겠습니까? 전 오히려 공작 전하가 걱정됩니다. 가고일을 상대하랴, 네비로스를 잡으랴 제일 바쁘시지 않겠습니까? 만약 네비로스를 놓치면 공작 전하께는 얼마나 벌금을 우려내야 할까?"

앰버의 말에 전임 천인장들이 모두 한마디씩 떠들어대기 시작했다. 일천 골드에서 일만 골드까지 중구난방으로 떠든다. 야스퍼는 전임 천인장들의 지원 속에 옳다구나 하고 입을 열었다.

"그래도 일국의 공작이신데 천 골드나 만 골드는 너무 약하지. 적어도 백만 골드는 내셔야지."

라모는 야스퍼의 말에 어처구니가 없어서 절로 허허 웃고 말았다. 이를 지켜보던 리코 후작과 빅투 단장까지 가세해 한바탕 웃음보가 터졌다. 웃음은 전쟁을 앞둔 긴장감을 적잖이 풀어주었다. 라모는 잠시 후 기사 한 명이 달려와 스발바르의 진군을 알리자 정색을 했다.

"자! 이젠 그만 웃고 모두 각자의 임무를 완수하기 바라오. 스발바르 놈들에게 본때를 보여줍시다."

라모의 선언에 참석자들이 모두 검을 치켜들며 환성을 질렀다. 일종의 승전을 위한 결의인 셈이다.

임시 막사에서 나온 라모는 휘폰을 선두로 돌진해 오는 스발바르 40만 대군을 볼 수 있었다. 그리고 하늘에는 가고일이 병사를 태우고 날아오고 있다.

곧 빅투가 아홉 명의 전임 천인장들을 이끌고 제일 선두로 달려가기 시작했다. 이어 야스퍼와 리코도 휘폰의 뒤에서 창백한 말을 타고 묵빛 검을 치켜든 파이본을 발견했다. 두 사람도 파이본을 목표로 달려갔다. 야스퍼는 신법을 발휘해 번개처럼 뛰어나갔고, 리코는 플라이 마법을 사용해 병사들의 머리 위로 날아간다. 라모는 블레이드를 돌아보았다.

"블레이드 경! 우리도 갑시다."

라모는 검을 빼 들고 먼저 플라이 마법으로 날아갔다. 그 뒤를 블레이드가 바짝 뒤쫓았다. 리코가 빠진 이상 자코 왕국의 30만 기병을 이끄는 실질적인 지휘관은 거대한 말을 타고 있는 거구의 하룬이었다. 하룬은 애마 래시의 위에 앉아 달려오는 휘폰의 무리를 보았다. 겉으로야 내색을 하지 않았지만 시뻘건 입을 벌리며 송곳니를 자랑하는 휘폰의 위세에 가슴이 서늘했다. 그런 휘폰 300마리가 일제히 달려오는 모습은 공포스럽기 그지없었다.

그때 이 편에서도 열 명의 기사들이 휘폰을 향해 달려갔다. 휘폰과 조우하기 전 열 명의 기사들이 일제히 검을 빼 들었다. 그리고 다시 하나같이 검강을 발하는 모습에 대기하던 자코 왕국 기병들이 와아 하며 탄성을 질렀다. 휘폰과 소드 마스터의 대결이었다. 곧 두 무리는 한데 휩싸이며 치열한 격전이 벌어졌다. 휘폰이 내지르는 포효 소리가 평원을 울린다. 그리고 눈부신 검강이 번쩍번쩍 누비면 휘폰의 목이 떨어지고 발이 잘렸다.

잠시 후 용케 접전 지역을 벗어난 50여 마리의 휘폰들이 도열한 자코 왕국 기병을 향해 달려왔다. 하룬은 등 뒤에서 그레이트 소드를 빼들었다. 소드 마스터들이 일부 휘폰을 놓치긴 했지만 이제 그것들은 기병들의 몫이다. 하룬은 검을 들어 앞으로 힘차게 뻗었다.

"돌격!"

외마디 고함을 지른 후 하룬은 제일 먼저 애마 래시를 채근해 앞으로 튀어 나갔다. 그 뒤를 자코 왕국의 30만 기병이 일제히 따라 달렸다. 하룬은 선두에서 달리며 자신을 노리고 달려오는 휘폰 한 마리를 발견했다. 하룬도 마주 달려가며 그레이트 소드를 빙글빙글 돌렸다. 막 접근해 온 휘폰이 펄쩍 뛰며 하룬에게 덤벼들었다. 하룬도 달려가는 기세를 늦추지 않고 그레이트 소드를 힘차게 휘둘렀다. 하룬의 검이 정확하게 휘폰의 이마를 찍었다. 퍽 하는 소리가 나며 휘폰의 이마에서 피가 튀었다. 아무리 가죽이 단단해도 하룬의 엄청난 힘에는 당하지 못하고 휘폰의 이마가 쪼개져 버렸다. 그러나 휘폰은 달려드는 기세가 있었고 너무 무거웠다. 이미 절명한 휘폰이 하룬을 깔아뭉갰다. 하룬은 그 기세를 막지 못하고 말에서 굴러 떨어졌다. 휘폰의 등 뒤에 타고 있던 스발바르의 병사가 얼른 먼저 균형을 잡고 일어나며 검을 빼 들어 아직 바닥에 누운 하룬의 배를 찌르려 했다. 검을 드는 순간 스발바르 병사는 별안간 심장에 엄청난 통증과 함께 몸이 허공에 뜨는 걸 느꼈다. 바로 하룬을 따라오던 자코 왕국의 기병 한 명이 그대로 달려가며 창으로 꼬치 꿰듯 스발바르 병사의 심장을 뚫어버린 것이다. 자코 왕국 기병은 적병을 창에 꿴 채 한참을 달리다가 절명하자 그제야 창을 흔들어 던져 버린다.

라모는 플라이 마법을 사용해 가고일들과 대면했다. 이미 블레이드가 현란한 마법을 앞세워 가고일들을 불태우고 있었다. 회오리바람 같은 블러스트 파이어가 허공에 화려한 불꽃을 피워 올린다. 그러자 거기에 걸린 가고일과 그 위에 타고 있는 스발바르 병사들은 한 줌 재가 되어 흩날린다. 라모는 가고일을 적당히 상대하며 전장을 내려다보았다.

야스퍼와 리코가 묵빛의 검을 든 파이본이라는 마족과 치열한 접전을 벌이고 있다. 두 명의 소드 마스터가 달라붙었는데도 넘실거리는 검은 기운을 일시 어쩌지 못하고 접전이 길어지고 있었다. 반면 가고일과 휘폰이 각각 제약을 받고 주춤거리는 동안 자코 왕국의 기병이 스발바르 군을 그대로 밀어붙이고 있는 장면도 목격됐다. 예상대로 파죽지세였다. 스발바르 군도 레인저들과 궁수병들이 열심히 화살을 날려 견제를 했지만 역부족이었다. 자코 왕국 기병은 전마와 함께 갈대숲을 내달리듯 스발바르 군을 지나치며 검을 휘두르고 있었다. 전투는 거의 한 치의 오차도 없이 라모의 전략대로 움직여 가고 있었다.

그러나 라모는 수십만의 대병이 서로 뒤섞여 혼전을 벌이고 있는 양상을 바라보며 어쩐지 가슴 한 켠이 께름칙해졌다. 이번 전쟁으로 너무 많은 사람들이 죽어가고 있었다. 오늘도 어쩌면 수십만의 생명이 허무하게 스러질지도 모른다.

역사는 수다쟁이에 불과하다. 조금 치켜세우면 시인일까? 전쟁의 결과를 역사는 명백히 전한다. 그러나 전쟁의 공포와 분노, 그리고 슬픔을 얼마나 적절히 알려주고 있는가? 그 참혹함과 순간의 절망감을 조금도 전하지 못한다. 그러니 후대의 인간은 재차 전쟁을 일으키고 여지없이 서로를 살상한다. 만약 역사가 진실을 알렸다면, 죽어가는 병사의 공포를 생생히 전했더라면 누가 감히 전쟁을 일으키고 누가 전쟁에 참여하고자 하겠는가? 다만 피상적으로 들어 얼마든지 무시하고 외면한다. 전쟁은 미친 자의 도발이라기보다 목전의 이익에 집착하는 인간의 뿌리 깊은 병이다.

필연적으로 전쟁은 소수가 결정해 다수에게 강요한다. 소수의 의지로 일어난 전쟁은 감당할 수 없는 거대한 불행을 잉태한다. 그럼 그 죗값은 누가 받는 것인가? 죄를 진 자가 받는가? 절대 그렇지 않다. 패자가 죄인이다. 인간의 잣대로는 패자야말로 목이 잘려도 할 말이 없다. 그러나 신의 눈으로 보면 누가 죗값을 받아야 할까. 저쪽이 도발했다 하여도 열심히 사람을 죽인 이쪽은 죄가 없는 것일까? 생명은 도발자나 피해자나 동등한 무게를 지닌다. 따라서 신은 인간을 공평하게 창조한 것만큼 양자의 생명을 어느 한쪽으로만 편애하지 않을 것이다. 신 앞에 생명을 말살한 자는 누구나 죄인이다. 신은 단죄의 채찍을 들어 누구랄 것 없이 죄인의 등을 후려칠 것이다.

라모는 이런 생각이 들자 더욱 불편해졌다. 자신 또한 그룬디아 연합군의 총사령관으로 어쩔 수 없이 수많은 사람을 죽여야 했다. 광한마제로 살았던 전생의 사마조는 살생한다 하여 죄책감을 느끼지 않았지만, 현생의 라모 하레스는 생명의 소중함을 어느 정도는 깨닫고 있었다. 그러니 새삼 인과응보를 걱정하게 된다.

라모와 블레이드가 가고일을 견제했지만 스발바르도 이제는 전략을 바꾸었다. 가고일들은 절대 떼로 몰려다니지 않고 산개하여 하늘을 날아다닌다. 그들을 일일이 요격하자니 힘만 들고 별반 성과가 없었다. 라모와 블레이드의 공격에도 불구하고 여전히 가고일은 지상 가까이 접근해 자코 왕국의 기병을 향해 화살을 날린다. 지상에서는 절대무쌍의 기병들이 속수무책으로 화살에 맞아 말에서 추락했다. 심지어 어떤 가고일은 지상 아래로 내려와 그 큰 발톱으로 자코 왕국 기병의 목을 낚아채 하늘로 날아올라 갔다. 그리고 지상 높은 곳에서 땅 아래로 떨구면 그대로 어육이 되어 터져 버린다.

가고일이 분전을 하는 동안 전쟁에 임한 스발바르 병사들 또한 결사적이었다. 그들은 이곳이 최후의 전장이며, 이 전투에서 이기지 못하면 고향으로 돌아가지 못하리라는 걸 누구보다도 잘 알고 있었다. 스발바르 병사들은 보병이라는 취약성에도 불구하고 절대 밀리지 않으려 애썼다. 앞 사람이 몸으로 창칼을 막으면 뒷사람이 그 틈을 노려 상대를 공격했다. 그야말로 뼈가 부러지며 살이라도 베겠다는 일념이 스발바르 병사들을 사로잡았다. 그러니 호흡이 턱에 차고, 입고 있는 메일이 자신의 어깨를 짓누를지라도 안간힘을 다해 창칼을 휘두르지 않을 수 없었다. 머나먼 대륙에다 자신의 시신을 누여야 한다고 생각하니 너무 끔찍했다. 병사들마다 핏발 선 눈에는 고향에 두고 온 가족과 연인이 떠오른다.

'나는 죽을 수 없다. 꼭 살아서 고향으로 돌아가야 해!'

스발바르 병사들마다 모두 이런 생각으로 손발에 힘이 빠지고 저려 절로 떨굴 때까지 창칼을 휘둘렀다. 살고자 하는 병사들의 발버둥은 무서웠다. 거칠 것 없이 진군해 가던 자코 왕국 기병이 마침내 멈추어 섰다.

"우아아아악!"

비명 같은 괴성을 지르며 창을 들고 달려드는 스발바르 군들의 기세에 더 이상 전진하기가 어려웠다. 자코 왕국 기병들도 도처에서 낙마

하며 사상자가 발생했다. 그러나 괜히 대륙제일의 강군이 아니었다. 자코 왕국 기병들은 누가 지휘하지도 않았는데 전장의 한가운데서 다시 병력을 집결시켰다. 물론 이를 허용할 스발바르 군이 아니었지만, 자코 왕국 기병은 속도의 우위로 피해를 감수하며 순식간에 집결한다. 몇백 명 단위의 집단이 생기면 일제히 소지한 크로스 보우를 당겼다. 극도로 혼란스러운 전장에서 이런 식의 집단 전술이 펼쳐질 줄 예상 못한 스발바르 군이 날아온 쿼렐에 다투어 쓰러졌다.

"진격!"

이어 자코 왕국 기병은 다시 전열을 가다듬어 스발바르 군을 짓밟기 시작했다. 의욕과 정신력만으로 극복하기엔 자코 왕국 기병의 무위가 너무나 뛰어났다.

그러나 잠시 후 전쟁의 양상이 다시 달라졌다. 가고일이 여전히 날며 화살을 날리고, 네비로스가 창을 들고 내지르며 헬미라국 방향을 향해 나아갔다. 검은 기운이 창끝에서 뻗어 나와 자코 왕국의 기병을 꿰뚫었다. 아무리 용맹한 병사들이라 하더라도 마족과 인간의 차이는 심했다. 방패를 들어 막으면 깨어져 나갔고, 피하려고 움직이면 살아 있는 생물 모양 쫓아와 격살한다. 곧 자코 왕국 기병 일단이 무너져 내렸다. 마계 공작답게 네비로스는 전장을 자신의 기운으로 뒤덮어 마족의 위용을 과시한다. 수십 줄기의 검은 기운이 줄기줄기 뻗어 나가는 장면은 아무리 좋게 보아주려 하려도 학살을 위한 공포의 마력이다. 수십, 수백 명의 자코 왕국 기병들의 단말마가 평원을 울린다. 네비로스로 인해 전쟁의 우위가 순식간에 스발바르로 옮겨갔다.

라모는 이 같은 광경을 목격하고 더 이상 네비로스를 방치하면 안 되겠다는 판단이 들었다. 라모는 네비로스가 싸우는 지역으로 날아가 내려서기 전 먼저 주먹으로 백보신권을 운용해 두 번 연속으로 내질렀다.

쿠르릉—

자갈 굴러가는 소리가 들리며 라모의 주먹에서 발현된 진기가 네비로스를 덮쳤다. 자코 왕국 기병을 상대하던 네비로스는 허공으로부터 기의 진격을 눈치 채고 훌쩍 뛰어 뒤로 물러났다. 피하자마자 네비로스가 서 있던 지면에 구멍 두 개가 생겨났다. 그 모습에 네비로스가 흠 칫하는 동안 하늘로부터 한 사람이 훌훌 날아 내렸다. 바로 라모였다. 네비로스의 노안이 흉칙하게 일그러졌다. 네비로스는 창을 지면에 세우며 긴 콧수염을 쓰다듬었다. 전장의 한가운데서 여유만만한 표정이며 행동이다.

"라모 하레스! 저번에는 내가 방심한 까닭에 너에게 일시 밀렸다. 하지만 오늘은 다를 게야. 내가 왜 루인스트로와 더불어 마계 공작이라 일컬어지는지 알려주겠다."

네비로스가 창을 들자 전신에서 뻗어 나오던 검은 기운이 라모를 향해 일어났다. 그리고는 급작스럽게 쏘아졌다. 마치 쿼렐처럼 수없이 작은 화살이었다. 라모는 순간 이동을 사용해 가볍게 피해 버렸다.

"네비로스! 네가 인간이었다면 나도 작은 연민이나마 너에게 가졌을지도 모른다. 하지만 인간계를 이간질하는 마족 따위에게 돌아갈 자비는 없다. 영원한 소멸만이 너의 길이다."

라모의 몸이 머리와 다리를 축으로 활처럼 휘어졌다가 급작스럽게 튀어 나갔다. 이에 지지 않고 네비로스는 창을 들어 달려드는 라모의 가슴을 내질렀다. 검은 기운이 달려드는 라모를 향해 뻗어 나갔으나 손바닥을 들어 쳐버리자 기운은 빗겨가고, 창은 조각조각 부스러져 버렸다. 평범한 창으로는 라모가 펼치는 금나수를 당할 수 없었다.

창을 잃은 네비로스는 맨손이 되자 벨벳에 잔뜩 달린 보석을 떼어 라모에게 던졌다. 마치 마지막 발악처럼 보였다. 비록 보석은 네비로스의 힘을 받아 매우 세찬 속도로 날아왔지만 라모에게는 조약돌이나 다름없다. 라모는 손을 뻗어 날아온 보석을 잡으려 했다. 그 순간 보석이 활짝 펼쳐지며 날개를 펄럭였다. 깜짝 놀란 라모는 급히 손을 움츠렸다. 보석이 변한 물체는 기어코 라모의 손가락을 물었다. 라모는 자신의 검지를 물고 늘어진 물체를 자세히 바라보았다. 초록색의 작은 도마뱀 비슷해 보였는데 한 쌍의 흰 날개를 달고 있다. 이빨은 제법 예리해 보였는데 누런 액체를 라모의 손가락에 잔뜩 묻혀놓는 것이 아닌가.

"클클클! 그놈에게 물리면 살아날 방도가 없지. 그놈의 독은 존재하는 모든 것의 정신과 육체를 동시에 부패시키지. 그것도 급속도로. 정신체인 마족조차도 즉사하게 만드는 놈이야. 그러니 넌 이제 죽은 몸이다."

네비로스가 득의만면한 표정으로 라모에게 이죽거렸다. 라모는 그런 네비로스를 향해 빙긋 웃었다.

"넌 나에 대해 정보가 없는 모양이군. 이런 하찮은 존재에게 죽을 만큼 약했다면 다시 태어나지도 않았을 거다."

말이 끝남과 동시에 라모는 손을 뒤집어 여전히 손가락을 물고 늘어진 초록도마뱀을 움켜 쥐었다. 그리고 진기를 주입하자 그대로 짜부라지며 녹색 체액을 쏟아냈다. 납작해진 도마뱀을 집어 던지자 땅에 떨어졌다가 잠시 후 연기처럼 사라져 버렸다.

네비로스의 눈이 커졌다. 어떻게 몰리자드에게 물리고도 무사할 수 있단 말인가. 네비로스조차도 물리면 죽을 수밖에 없는 무시무시한 마물이었다. 라모의 몸 전체가 강철처럼 단단하여 설사 도끼로 내리찍어도 상처 하나 나지 않을 만한 금강불괴라는 걸 네비로스는 몰랐다.

몰리자드는 오래전 네비로스가 마계에 있을 때 잡아 보석에 봉인해 놓았다. 물론 이런 무시무시한 마물을 네비로스가 직접 잡았을 리는 없다. 수많은 마족 수하들을 희생시켜 가며 산 채로 잡아와 봉인해 자신의 옷에 붙여놓았던 것이다. 몰리자드의 특성은 길들일 수 없다는 것이다. 다만 봉인에서 풀려난 순간 가장 가까이에 있는 존재를 무작정 공격한다. 한번 날리면 다시 되돌릴 수 없어 네비로스로서도 매우 아끼는 비장의 무기들인 셈이다.

"그럴 리가… 그럴 리가 없다!"

네비로스는 결과를 믿고 싶지 않았다. 다시 여러 개의 보석을 떼어내 라모에게 집어 던졌다. 라모는 가볍게 왼손을 흔들었다. 날아오던 보석이 펼쳐지자마자 땅에 떨어져 버렸다. 떨어진 몰리자드의 머리에 깊숙이 박힌 은빛 바늘이 꽁지를 반짝인다. 이어 라모는 더 이상 여유를 주지 않고 신법을 발휘해 네비로스에게 육박해 갔다.

네비로스가 미친 듯이 보석을 떼어 던지기 시작했다. 하지만 이미 보석의 효용은 더 이상 발휘될 수 없었다.

라모는 훗날을 생각해 블랙암으로 모두 요격했다. 저런 마물이 하나라도 살아 인간계를 돌아다닌다면 애꿎은 인간이 피해를 입을 것이 분명했다. 라모는 순간 이동으로 네비로스에게 근접하여 검강을 일으킨 검으로 목을 향해 날렸다. 하지만 목이 곧 베어진다고 생각하는 순간 공간이 일렁이며 네비로스가 사라져 버렸다. 공간을 여는 마족의 장점을 간과했다.

마계 공작이며 계략의 천재인 네비로스는 짧은 순간 최후의 안배마저 통하지 않는 라모에게 계속 대적해 보았자 자신만 위험해진다고 생각했다.

'머리는 피하고 꼬리를 친다.'

이런 작전을 순식간에 세운 네비로스는 라모가 있는 방향에서 전혀 다른 지역에 다시 나타나 자코 왕국 기병을 상대했다. 적의 창을 두 개 빼앗아 양손에 들고 내지른다. 그야말로 쌍창이 된 셈이다. 네비로스의 창에서 뻗어 나간 검은 기운이 자코 왕국 기병들을 덮쳤다.

"크억!"

전마 위에서 달리던 자코 왕국 기병들이 다투어 말에서 떨어졌다. 대량 살상의 위력에 있어서는 오히려 네비로스가 라모보다 우위에 있는 듯 보였다. 네비로스는 그런 식으로 적을 사냥하다가 라모가 다시 자신에게 달려오면 공간을 열고 사라져 버렸다. 이어 또 다른 지역에 나타나 자코 왕국 기병을 주살하는 식으로 탈출로를 개척했다.

가고일로부터 쏟아지는 화살의 비와 네비로스의 가공할 무위에 힘입어 결국 퇴로가 열렸다. 그 길을 따라 스발바르의 병사들이 진격해 나갔다. 자코 왕국 기병과 스발바르의 진형이 뒤바뀌는 데는 오랜 시간이 걸리지 않았다. 결국 스발바르 병사들의 죽기로 각오한 투지가 돌파를 성공시켰다.

라모는 뿔나팔을 불어 병력을 후퇴시켜야 했다. 양군은 이제 진형이 바뀌어진 채 서로를 마주 보고 서며 다시 전열을 가다듬었다. 스발바르 군은 돌파했다고 하여 무작정 달아날 수는 없었다.

"황제 폐하! 제게 10만 병사만 맡겨주시면 죽기를 각오하고 이곳을 사수하겠습니다. 그 틈을 타 황제 폐하께서는 속히 포투루리스 항으로 퇴각하시어 아조레스로 돌아가십시오."

임시 회의에서 린델이 채 회복되지 않은 손으로 검을 빼 들었다. 그의 얼굴에서 죽음을 각오한 결의가 엿보였다. 엑겔리안도 침통한 표정으로 입을 열었다.

"그렇습니다. 이대로 등을 보이면 그대로 전멸할 위험이 있습니다. 누군가가 후퇴하는 등 뒤를 막아주어야 합니다. 원래는 제가 나서려 했는데 린델 경에게 선수를 뺏겼군요."

엑소센은 침통한 표정으로 이마를 찌푸렸다. 그라고 해도 방법이 없었다. 이미 전쟁의 기세는 바뀌었고 자신들은 오로지 전멸, 아니면 후퇴할 일만 남았다. 이번 전투에서만 무려 10만의 병사를 잃었다. 이제 병력은 30만으로 줄어 있다.

"린델 경에게 10만의 군대를 맡기겠소. 아울러 선봉장 파이본과 남아 있는 휘폰, 가고일의 무리를 맡기겠소. 그대들은 이틀의 시간만 벌어주면 되오. 결코 경과 병사들의 공을 잊지 않겠소."

마족 파이본은 흉소만 지을 뿐 아무런 반발도 하지 않았다. 이런 인간들의 전쟁에서 자신이 소멸될 것이라고는 믿지 않는 눈치였다. 다만 네비로스만이 그에게 충고를 던졌다.

"라모 하레스라는 자를 만나면 절대 정면으로 격돌하지 마라. 공간의 틈을 이용해 옮겨 다니며 적의 허를 찔러라. 명심해라. 라모 하레스를 피하지 못하면 넌 소멸될 수밖에 없어."

네비로스의 말에 파이본의 흉소가 더욱 짙어졌다.

"걱정 마십시오. 이제 인간들 중 강자라는 자들에 대한 대비책을 알았습니다. 제가 알아서 하겠습니다."

아무리 같은 마족이라 하더라도 쇠를 긁어대는 듯한 목소리는 거슬렸다. 터무니없는 자신감이라는 걸 알았지만 네비로스는 더 이상의 충고를 그치고 물러섰다. 네비로스도 파이본의 안위는 안중에 없었다. 지금 중요한 사람은 엑소센이다. 결국 10만의 결사 항전 부대만을 남겨놓고 엑소센을 중심으로 한 20만의 병력이 후퇴해 갔다.

이 같은 상황은 즉시 라모에게 전해져 왔다.
"적이 병력을 나누어 일부는 후퇴하고 있습니다."
자코 왕국의 기사 한 명이 지휘부에 와서 고했다. 지금 자코 왕국의 중군에는 라모를 비롯한 연합군의 지휘관들이 집결해 있었다. 라모는 스발바르 제국의 방어 병력과 철수하는 병력을 저울질해 보고는 미소를 지었다.
"결국 시간과의 싸움이 되겠군. 이곳에서 포투루이스 항까지는 3일이 걸린다. 우리가 앞에 보이는 적병을 물리치는 데 하루면 엑소센을 잡을 수 있지만, 이틀이 걸리면 놓친다는 결론인가? 재미있게 됐군."
라모의 곁에는 리코와 야스퍼가 기가 죽은 채 묵묵히 서 있다. 마족 파이본과의 싸움에서 별 재미를 보지 못했다. 두 명의 소드 마스터가 힘을 합쳤는데 마족 하나를 상대하여 처치하지 못하였으니 창피막심했던 것이다. 마계의 기운을 쓰는 마족은 상대하기가 보통 까다로운 존재가 아니었다. 라모에게는 별반 어려운 상대가 아니지만 두 사람에게 있어서는 마족의 무력이 벽처럼 느껴졌다. 두 사람이 침묵하자 빅투아르가 나섰다.
"지금 당장 진격해야 합니다. 엑소센을 이대로 보낼 수 없습니다."
이는 비단 빅투아르의 의견일 뿐 아니라 지휘관급 기사들의 공통된 생각이었다. 다만 어떻게 적을 격파하는가 하는 전략이 문제였다. 라모는 리코와 야스퍼를 돌아보고는 혀를 찼다.

"리코 후작, 그리고 야스퍼 후작! 마족을 없애지 못했다 하여 섭섭해할 필요 없소. 마족은 괜히 마족이 아니오. 더군다나 파이본은 상급 마족이오. 원래 인간이 감당할 만한 존재가 아니지 않소. 그나마 그대들 정도 되니 파이본을 전혀 움직이지 못할 만큼 잡아둘 수 있었던 거요. 그러니 실망하지 마시오."

라모의 위로에 겨우 두 사람의 안색이 풀렸다. 라모는 블레이드에게 계속해 가고일을 상대하라 주문했다. 재차 이어진 보고로 엑소센과 네비로스가 떠나고 파이본만 남았음을 알고 직접 상대하기를 원했다. 그런 식으로 전략은 일사천리로 세워졌고 곧 진격의 나팔이 울려 퍼졌다.

대기하고 있던 자코 왕국 기병이 다시 전마를 몰아 스발바르의 10만 병력을 향해 진격해 나갔다.

린델이 지휘하는 10만의 스발바르 군은 암울한 심정으로 몰려오는 자코 왕국의 기병들을 바라보았다. 그들은 엑소센의 무사한 퇴각을 위한 자살 결사대였다. 자신들에게는 이제 죽음밖에 남지 않았음을 잘 알고 있었다. 린델은 검을 빼 들었다.

"스발바르의 용맹한 병사들이여! 최후까지 싸워 아조레스 대륙의 사나이다움을 맘껏 발휘하자! 그룬디아 놈들보다 그대들이 훨씬 용감하다는 사실을 알려주어라!"

병사들이 린델의 외침에 호응해 함성을 질렀다. 그러나 함성이 끝나자 몇몇 병사가 끝내 참지 못하고 팔에 얼굴을 묻고 흐느끼는 광경이 목격됐다. 린델은 보고도 못 본 체했다. 여타의 전쟁터라면 당장 참수

형에 처할 죄였지만, 죽음을 담보한 병사를 닦달한들 무슨 소용이 있겠는가. 오직 방패를 들고 검을 치켜세우는 일만이 남았을 뿐이다.

자코 왕국 기병은 두려울 정도의 강력한 기세로 달려와 그대로 난입해 들어왔다.

"그대들의 죽음을 황제께서는 잊지 않으실 거다! 최선을 다해 막아라!"

병사들이 린델의 명령을 듣는 것도 그것이 마지막이었다. 병사들은 곧 난전을 벌이며 피아를 구분할 수 없을 만큼 어지럽게 돌아가기 시작했다. 이번 전투에서도 압권은 파이본이었다. 창백한 말을 타고 묵빛 검에서 검은 기운을 줄기줄기 뿜어내는 파이본에게는 자코 왕국 기병도 어린아이에 불과했다. 파이본이 종횡무진하며 자코 왕국 돌격의 기세를 막았다.

파이본은 막 자코 왕국 기병의 몸통을 통째로 잘라내는 순간 머리 위에서 강력한 기운이 덮쳐 오는 걸 느끼고는 묵빛 검을 빠르게 올려 쳤다.

쾅!

폭음이 터지며 파이본이 말에서 떨어져 땅에 뒹굴었다. 파이본은 급히 자세를 가다듬으며 전면을 바라보았다. 장신의 젊은 사내 한 명이 자신을 바라보고 있었다.

"라모 하레스!"

파이본은 상대가 그룬디아 연합군 총사령관이라는 사실을 알자 바짝 긴장했다. 마계 공작 네비로스조차 조심하라고 신신당부하던 존재다. 파이본은 라모를 향해 묵빛 검을 크게 휘둘렀다. 검은 기운이 물결 퍼져 나가듯 라모를 향해 확장돼 나갔다. 물론 파이본은 그 한 수로 라모를 어찌할 수 없다는 걸 느끼고 공간을 열어 도망가려 했다.

"그렇게는 안 되지."

역시 라모는 가볍게 허공으로 떠오르며 공격을 피한 후 왼손을 활짝 펼쳐 파이본을 포박했다. 파이본은 일시적으로 몸이 굳어 움직일 수가 없었다. 파이본의 몸 전체에서 검은 기운이 연기처럼 솟아오르며 라모의 포박을 풀었다. 그러자 라모는 탄지신통을 연거푸 시전했다. 하지만 탄지신통은 파이본의 방어막에 걸려 모두 무산되고 말았다. 그럼에도 불구하고 라모는 계속해 탄지신통을 전개하며 보이지 않을 속도로 손을 흔들었다. 블랙암이 소리도 없이 날아가 파이본이 펼친 방어막의 미세한 허점을 지나서 미간을 꿰뚫었다.

뜻밖의 암수에 파이본은 정신이 멍해졌다. 그깟 작은 블랙암으로 마족을 죽일 수는 없었다. 그러나 그로 인한 찰나의 간극, 그것만으로 라모에게는 충분했다. 궁신탄영으로 순식간에 접근한 라모가 오른손에 검강을 일으켰다. 그대로 파이본의 목을 날려 버리려는 순간이었다.

"형님! 잠깐 기다리세요."

야스퍼와 리코였다. 두 사람이 재빨리 뛰어왔다.

"우리가 뒤처리를 할 수 있게 해주시오. 두 사람이 마족 하나 처리하지 못하니 너무 창피막심해서……."

이번엔 리코가 요청한다. 라모는 할 수 없이 뒤로 물러났다. 그러면서 두 사람이 볼 수 없는 각도에서 다시 한 번 블랙암을 던졌다. 막 깨어나려던 파이본의 육체가 다시 경직돼 버렸다. 그런 사실을 모르는 야스퍼와 리코가 검강을 이용해 동시에 목과 허리를 날려 버렸다. 목이 허공에 뜨자 라모가 손을 치켜들어 끌어당겼다. 그리고는 헬 파이어를 운용해 파이본의 머리를 완전히 태워 버렸다. 몸만 남은 파이본의 육신에서 검은 연기가 솟아오르더니 신기루처럼 사라져 버렸다. 죽음과 살육의 백작 파이본도 세에라에 이어 허무하게 소멸돼 버렸다.

파이본을 처리한 리코와 야스퍼는 이런 광경에 어이가 없었다. 자신들 둘이서 근 몇 시간을 치열하게 싸운 상대였다. 그만큼 출중한 기량을 가진 파이본이었다. 그런데 라모와 접전을 시작하자마자 항거 불능이 되고 결국 자신들에게 목이 잘렸다. 두 사람은 무언가 이상했던 것이다. 이렇게 쉽게 당할 상대가 아니다. 라모는 두 사람을 외면하고는 플라이 마법을 사용해 허공으로 날아올라 갔다.

"어째 조금 싱겁다는 생각이 들지 않소?"

리코가 찜찜한 표정으로 입을 열었다. 야스퍼도 고개를 끄덕였다.

"그러게 말이오. 형님 앞에만 서면 왠지 내가 어린애가 되는 기분이 든단 말야. 이거 참, 어쩐지 등이 가렵구먼."

야스퍼는 파이본을 죽이고 나서도 입맛이 썼다.

실질적으로 파이본을 처리하고 난 라모가 플라이 마법으로 날아 올라가서는 블레이드를 도와 가고일을 압박하면서부터 전세가 급속도로 기울기 시작했다.

전멸을 각오로 최소한 이틀은 버텨줄 것으로 기대했던 린델과 10만의 병사가 한나절도 안 돼 죽거나 포로가 되고 말았다. 그러나 스발바르 군의 저항은 놀라운 바가 있었다. 병력의 열세에다 무력도 약한 병사들이 최후까지 발악하며 무려 2만에 가까운 자코 왕국 기병을 저승으로 가는 동반자로 삼은 것이다.

부상자들과 포로 처리로 지체돼 라모와 연합군이 엑소센과 스발바르 군을 따라잡은 때는 그로부터 이틀이 지나서였다. 장소는 헬미라국의 낮은 야산들이 중첩된 레첼 지방이었다.

스발바르 군은 전력으로 후퇴하느라 병사들은 지칠 대로 지쳐 있었다. 말을 타고 잠을 줄여가며 쫓아온 연합군도 많이 피로했으나 스발바르 군과는 비교할 바가 되지 않았다.

스발바르 군에게 그나마 위로가 되는 점은 장소가 산 중심으로 거칠어 기병이 마음 놓고 기동하기 어렵다는 점과 포트루이스에 집결해 있던 수백 명의 마법사들이 지원을 나와주어 만일의 사태를 대비했다는 점이다. 자코 왕국 기병은 이에 전혀 아랑곳하지 않고 다시 스발바르 군을 향해 달려갔다. 비록 지형의 이점을 등에 업고 있었으나 가고일과 휘폰을 모두 소모한 스발바르 군은 결코 상대가 되지 않았다. 방패와 크로스 보우를 적절히 사용하며 스발바르의 방어진을 무너뜨렸다.

상황이 어려워지자 마법사들은 급히 대형 마법진을 그려 엑소센 황제와 고급 기사들만이라도 한시바삐 빠져나갈 것을 요청했다. 그러나 엑소센은 그럴 수 없었다.

"형님께서 가십시오. 미즈도 데려가 주세요. 저는 이곳에 남겠습니다."

엑겔리안은 이미 약정된 일이었지만 기사로서 혼자만 도망갈 수 없다고 생각했다. 최후까지 남아 황제와 생사를 함께하고 싶었다.

"황제 폐하! 그렇다면 제가 남겠습니다. 그러니 황제 폐하께서 가십시오. 스발바르 국민들은 저보다 황제 폐하를 기다리고 있습니다. 스발바르에 진정으로 필요한 사람은 제가 아니라 황제이십니다. 냉철하게 생각해 보면 전쟁 준비로 어려워진 스발바르를 다시 부흥시킬 사람은 폐하뿐입니다."

엑겔리안이 반발했지만 엑소센의 의지는 확고부동했다. 엑소센은 손을 들어 협곡과 능선을 따라 점차 밀리고 있는 제국병을 가리켰다.

"형님, 저들을 보십시오. 안타깝게도 우리는 졌습니다. 항복하지 않는 이상 우리는 곧 전멸하고 말 겁니다. 이 지옥에 병사들을 데려온 사람이 바로 납니다. 저 불쌍한 병사들을 내버려 두고 나 홀로 떠나란 말입니까? 이 피의 대가는 제 목숨으로 갚아야 합니다. 아니, 목숨 하나로는 도저히 감당할 수 없는 죄업을 지었습니다. 내 병사를 무수히 죽이고, 그 시신조차 고향으로 돌려보내지 못할 터인데 내가 어찌 돌아갈 수 있겠습니까? 난 무책임한 황제입니다. 국민을 볼 면목이 없습니다. 병사들이 죽으면 저도 죽어야 합니다. 그것이 황제의 길이며, 그것이 황제의 운명입니다. 그러니 스발바르는 이제 새로운 황제를 맞아야 할 시기가 되었습니다. 다음 대의 황제는 바로 형님입니다. 부디 형님께서 슬퍼할 국민을 위로해 주십시오. 그리고 스발바르 제국의 새로운 미래를 개척해 주세요. 어서 가십시오."

처연한 얼굴과 함께 슬픔으로 가득한 엑소센의 음성을 듣고 있자니 엑겔리안은 절로 눈물이 솟았다. 황제는 이곳에서 병사와 함께 죽겠다는 결연한 의지가 아닌가. 엑겔리안이 털썩 무릎을 꿇었다.

"황제 폐하!"

엑겔리안이 통한에 찬 음성을 뱉더니 고개를 숙이고 통곡했다. 지켜보던 근위 기사들도 모두 고개를 돌렸다. 엑소센도 차마 엑겔리안을 볼 수 없어 고개를 돌렸다. 엑소센은 곁에 선 미즈를 바라보았다. 그리고 끌어당겨 그녀를 품에 안았다.

"미즈, 당신도 내 형님과 함께 가시오. 당신에게도 정말 미안하오. 분노를 참지 못해 그대의 가족들을 모두 처형시킨 행위는 지금 생각해 보면 온당하지 못했소. 후회막급일 따름이오. 마음이 너무 무겁구려. 그대의 가족들이 살아 있었다면 스발바르로 돌아가더라도 덜 외로울 텐데⋯⋯. 미즈, 돌아가거든 부디 행복하게 사시오. 이제 온전히 당신만의 삶을 누리시오. 이제 당신을 억류할 사람은 아무도 없을 거요."

미즈는 손으로 엑소센의 가슴을 밀어 그의 품에서 벗어났다. 조금 벗어난 자리에서 미즈는 엑소센을 뜨겁게 응시했다. 그러더니 종내엔 나직한 탄식을 불어낸다.

"결국 여기까지 왔군요. 당신도 나도 인생의 종착지에 도달했어요. 엑소센, 어리석은 소리 하지 마세요. 당신 말마따나 이젠 스발바르로 돌아가더라도 날 반겨줄 가족이 없어요. 이젠 오직 당신 한 사람만이 내 남편이자 가족이에요. 마지막 남은 가족을 남겨두고 날더러 어디로 가라는 건가요? 난 오래전부터 죽을 결심을 했던 사람이에요. 오히려 기분이 좋아지는군요. 우리의 다정한 최후가 다가오고 있어요. 당신을 두고 나 혼자 가지는 않아요. 당신과 함께 죽을 수 있어서 오히려 기뻐요. 돌아가신 부모님도 내가 이 생에서 누리는 최후의 행복을 용서해 주실 거예요."

그러면서 미즈는 다시 엑소센의 품에 안기며 스스로 키스해 갔다.

엑소센은 가족과 자신 사이에서 방황하던 미즈의 지난날이 생각나자 다시 가여워졌다. 엑소센은 미즈를 힘껏 포옹했다. 이제 죽을 마당이 되자 미즈가 더 더욱 사랑스러워진다.

결국 엑겔리안은 엑소센의 강단에 밀려 일단의 기사들과 동행해 대형 마법진에 섰다. 그들을 엑소센과 미즈가 배웅했다. 엑겔리안은 마법진에서 사라지는 순간까지도 오열을 감추지 못했다. 엑겔리안은 대륙 간에 놓인 수많은 섬들을 징검다리로 무사히 스발바르로 돌아갈 수 있을 것이다. 각 섬에는 이곳에 오는 데 사용한 마법진이 그려져 있다. 엑소센은 이에 그치지 않고 마법사들을 채근해 병사들을 계속해 마법진을 통해 공간 이동시키도록 하였다. 한 명이라도 더 살려서 스발바르로 돌려보내는 것이 자신의 임무라고 엑소센은 생각했다.

그러는 사이 기어코 방어진을 돌파한 자코 왕국 기병 중 일부가 황제의 호위 가까이까지 접근해 왔다.

"스발바르 황제다!"

"잡아라!"

자코 왕국 기병들이 다투어 외치는 소리가 엑소센의 귀에까지 들려왔다. 이어 엑소센을 겨냥한 쿼렐 10여 발이 날아왔다. 물론 일부는 엑소센의 곁에 서 있던 기사들이 방패로 막아냈고, 또 일부는 엑소센이 직접 검을 빼 쳐냈다.

"아아!"

그때 엑소센은 미즈의 낮은 신음 소리를 듣고 얼른 옆을 돌아다보았다. 미즈의 가슴에 쿼렐 한 발이 깊숙이 박혀 있었다. 미즈의 가슴에서 피가 배어 나왔다. 미즈는 비틀거리더니 곧 땅에 쓰러져 버렸다.

"미즈!"

경악한 엑소센이 미즈에게 달려가 얼른 부축해 안았다. 폐를 관통당했는지 미즈의 입에서도 피가 흘러나왔다. 엑소센은 하늘이 무너지는 절망감을 맛보았다. 자신이 누구 때문에 그룬디아에 왔단 말인가. 오직 미즈를 되찾기 위해 수많은 병사들을 희생했으며 그 아픔을 감수했는데 그 보답이 겨우 이것인가? 비록 최후를 결심했지만 막상 미즈가 죽어가자 엑소센은 비통한 마음에 떨려오는 몸을 주체할 수 없었다. 그때 미즈가 팔을 들어 엑소센의 뺨을 쓸었다.

"엑소센, 슬퍼하지 마세요. 오히려 잘됐다는 생각이 들어요. 당신을 찾아 다시 아조레스로 돌아갈 수도 없고 그렇다고 혼자 살아가자니 너무 외로웠어요. 마음의 갈등으로 방황하느니 차라리 이렇듯 죽어 없어지는 것이 속 편할지도 모르지요. 제가 죽더라도 당신만은 부디 살아 주세요. 반드시 살아 돌아가 내 대신 이 아름다운 생을 누려요. 이것이…… 저의 마지막 부탁……. 엑소센…… 오오…… 엑소센……. 내…… 사랑……."

그것이 마지막 미즈의 말이었다. 곧 미즈의 팔이 스르르 아래로 떨어지고, 엑소센의 품 안에서 목을 떨구었다. 미즈가 죽고 말았다. 엑소센은 목놓아 오열했다.

"미즈! 사랑하는 미즈! 조금만 기다려. 곧 당신을 따라가겠어."

미즈가 죽어가면서까지 돌아갈 것을 요청했지만 엑소센은 전혀 그럴 마음이 들지 않았다. 엑소센의 눈물이 미즈의 죽은 얼굴에 떨어졌다. 엑소센은 한동안 미즈를 끌어안고 움직일 줄 몰랐다. 그러자 근위 기사 한 명이 다가와 엑소센을 상기시켰다.

"황제 폐하! 지체할 시간이 없습니다. 황후마마의 시신은 기사들에게 맡기고 어서 후퇴하십시오. 폐하, 정신을 차리십시오!"

기사가 엑소센의 어깨를 흔들었다. 감히 황제의 존체를 만질 수 없었지만 지금은 비상시였다. 하염없이 넋을 놓고 비통해하는 엑소센을 일깨워야 한다. 그제야 엑소센이 눈물 젖은 얼굴을 들었다. 엑소센은 이제 황제로서 최후의 의무를 다해야 한다는 자각이 들었다. 그제야 엑소센은 미즈를 땅에 뉘어 눕혀놓고 일어섰다. 엑소센은 눈물을 닦은 다음 기사를 바라보았다.

"마법진을 운용하는 마법사들을 최우선적으로 방어해라. 한 명이라도 더 병사들을 이동시켜라."

스발바르 병사들은 끊임없이 마법진을 통해 사라지고 있었다. 그러나 그 수는 한 번에 몇백 명에 불과했다. 또한 마법사들도 몇 차례 연속으로 마력을 부여하고 나자 기진맥진한 기색들이다. 자코 왕국의 기병이 날리는 쿼렐을 방어하랴 마력을 부여하랴 정신이 없는 것이다.

그때 네비로스가 엑소센에게로 달려왔다. 이제 스발바르의 방어진은 완전히 무너져 내려 정신없이 밀려나고 있었다. 라모를 피해 공간을 옮겨 다니며 기병을 상대하던 네비로스도 점점 움직일 수 있는 공간이 협소해졌다. 소드 마스터들이 워낙 많아 움치고 뛸 공간이 부족했다. 아무리 고위 마족이라도 이런 절대적 열세에서는 방법이 없었다.

"주인님! 이제 때가 되었습니다. 헤가수스님의 힘을 불러일으켜야 합니다. 그것만이 이 위기를 단숨에 벗어날 수 있는 방법입니다. 어서 결단을 내리십시오."

엑소센은 네비로스의 말에 단호하게 고개를 흔들었다. 헤가수스의 힘을 빌리고자 했다면 이미 예전에 사용했을 것이다. 비록 죽더라도 인간으로 죽고 싶은 것이 엑소센의 소망이었다. 그 의지를 지금 와서 꺾을 수는 없었다.

"네비로스, 헛된 꿈은 꾸지 마라. 절대로 그런 일은 없을 것이다. 넌 끝까지 방어에만 최선을 다해라. 우리의 임무는 한 명이라도 더 병사들을 탈출시키는 일이다."

엑소센이 말을 이어가는 순간 근위 기사들조차도 우르르 무너져 내렸다. 그리고 그 사이를 장신의 젊은 기사 한 사람이 걸어오고 있었다. 바로 그룬디아 연합군 총사령관 라모 하레스였다.

네비로스는 형세가 완전히 글렀음을 알았지만 이대로 좌절하고 싶지는 않았다. 네비로스는 팔을 뻗어 엑소센이 들고 있는 검을 낚아챘다. 그리고는 말릴 사이도 없이 스스로 자신의 목을 잘라 버렸다. 네비로스의 목이 땅에 떨어졌고, 엑소센은 놀란 눈으로 바라보았다. 땅에 떨어진 네비로스의 목이 입을 열었다.

"주인님, 이 방법밖에는 생각나지 않는군요. 저는 아주 일부의 기운만을 남겨 마계에 돌아가 기다리고 있겠습니다. 나머지 저의 기운이 헤가수스님의 힘을 일깨워 줄 겁니다. 저와 주인님을 위한 최선의 방책입니다. 부디 승리하시어 머지않은 시기에 저를 다시 불러주실 것을 기다리겠습니다."

네비로스의 목이 연기로 화하여 사라져 버렸다. 그러나 육신이 변한 검은 기운은 모조리 엑소센에게 몰려와 모공을 통해 흡수되었다. 네비로스는 최후의 방법으로 자신의 기운을 이용해 반강제적으로 헤가수스의 힘을 깨우고자 했던 것이다.

엑소센의 눈이 핏빛으로 변하며 살의가 걷잡을 수 없이 솟구쳐 올랐다. 더욱이 몸속에서 미증유의 힘이 용솟음치는 걸 아울러 느꼈다. 마침내 엑소센은 자신의 의지를 잊고 오직 피와 살육을 그리워하는 악마가 되어 손을 치켜들었다.

다가가며 그런 광경을 지켜보던 라모는 일이 심상치 않게 돌아가는 걸 느꼈다. 엑소센이 손을 내려치면 무시무시할 사태가 벌어질 것만 같았다. 그때 엑소센의 등 뒤에서 흰 드레스를 입은 은발의 여인이 떨어져 내렸다. 그녀의 손에서 황금 빛 광휘가 솟구치며 엑소센의 등을 후려쳤다.

펑!

등을 가격당한 엑소센이 칠공으로 피를 흘리며 라모에게 날아왔다.

라모는 때를 놓치지 않고 엑소센을 허공에 고정시킨 후 헬 파이어를 운용해 그대로 불태워 버렸다. 엑소센이 헬 파이어의 강력한 열기를 이기지 못하고 삽시간에 재로 변해 버렸다. 이로써 그룬디아 정복을 획책하던 스발바르의 황제 엑소센이 소멸되고 말았다. 더불어 엑소센을 통해 인간 세상을 혼란시키려던 파멸의 마신 헤가수스의 계획도 수포로 돌아가고 말았다.

"아르나!!"

라모는 원래 엑소센이 서 있던 자리에 뜻밖에도 천일연공에 들어갔다던 아르나가 서 있자 적이 놀라고 말았다.

"오랜만에 뵙는군요, 라모 경."

아르나는 반가운 미소를 지었다. 그러나 아르나의 손에 황금 빛 광휘가 어려 있는 걸 보고, 또 엑소센이 코와 입으로 선혈을 내뿜었던 것으로 보아 무공의 내력을 짐작했다. 그것은 소림이 자랑하는 대력금강장이 분명했다. 라모는 손가락으로 아르나의 손에 어려 아직 가시지 않은 황금 빛 광휘를 가리켰다.

"아르나! 그건…… 도대체 어떻게……."

라모는 그러면서 아르나의 얼굴을 직시했다. 아르나의 순수하고 고결해 보이는 눈이 어른거리는가 싶더니 눈물을 방울방울 흘렸다. 아르나는 곧 라모를 향해 두 손을 모아 합장하며 고개를 숙였다.

"전생의 경허가 사마조 시주에게 인사드립니다. 다시 만나게 되어 얼마나 반가운지 모르겠어요."

라모는 벼락을 맞은 듯 온몸이 찌릿해졌다. 아르나가 경허 대사라는 걸 진작에 알았어야 했는데……. 라모는 자신의 우둔함을 질책했다. 라모도 얼굴이 붉게 달아오르며 얼른 다가가 아르나의 손을 잡았으나 무슨 말을 해야 할지 몰랐다.

"경허 대사! 보고…… 싶었소. 난…… 나는……."

라모는 뭔가 더 하고 싶은 말이 있을 듯했지만, 당최 떠오르지 않았다. 다만 더욱 힘껏 아르나의 손을 감싸 줄 뿐이었다. 이는 인간이 가진 의식의 문제였다. 인간은 오래전의 좋은 인연에 대해서는 평생을 두고 그리워한다. 아니, 포유류가 모두 그런지도 모른다. 개도 강아지 시절 자신을 귀여워해 주던 전 주인을 만나면 미친 듯 반가워한다.

마찬가지로 인간의 그리움은 시간을 배경으로 계속 증폭시켜 나가는 습성이 있다. 만나면 별 대수롭지 않은 사이가 되기도 하지만, 만나지 못하면 죽을 때까지 그를 또는 그녀를 가슴에 품고 양육한다. 심지어는 그리움이 너무 커져 이를 감당하지 못하고 죽어버리는 사람까지 생긴다. 추억이란 바로 그리움에서 비롯된다. 라모 또한 경허 대사를 막연히 그리워하고 있었을 뿐이다. 이는 경허 대사 또한 마찬가지였다.

라모는 한참의 시간이 흐른 뒤에야 아르나가 이곳에 나타난 이유가 궁금해졌다.

"이젠 경허 대사보다는 아르나라고 불러야 하겠군요. 그런데 여긴 어쩐 일입니까? 천일연공 중이라고 들었는데……."

대답은 엉뚱한 곳에서 들여왔다.

"인간, 나는 아예 보이지도 않는 모양이구나. 내가 겨우 인간 따위에게 구조를 요청하러 오다니. 미쳤지, 미쳤어."

녹색 머리의 남자가 아르나의 뒤로부터 걸어왔다. 제네모스였다. 예전 노예 시장 스펠타크 시 주변의 가마라 산에서 만난던 적이 있던 그린 드래곤이다.

제네모스는 다가오면서 주변을 향해 손을 휘저었다. 라모와 아르나를 중심으로 일정 반경 안으로 들어서는 사람은 스발바르 병사든 자코 왕국 기병이든 구분없이 날려 버리고 있었다. 라모가 아르나와 더불어 조용한 감회를 나눌 여유를 가진 것도 알고 보니 모두 제네모스 덕이었다.

라모는 제네모스의 발언에 의아한 기분을 느꼈다.

"구조 요청이라니…… 무슨 소리요? 누가 잘못되기라도 했단 말이오?"

느닷없는 제네모스의 출현에는 이상하게 불안감이 들었다. 이번에는 제네모스 대신 아르나가 말을 받았다.

"마계의 문이 열렸어요. 그래서 마물이 쏟아져 나왔지요. 이는 파멸의 마신 헤가수스가 그룬디아 대륙을 피로 물들이기 위해 시도한 공간의 반란이나 마찬가지예요. 알려진 바로는 스발바르가 전쟁을 일으킨 이유도 암암리에 헤가수스의 사주를 받았다고 하더군요. 이를 막기 위해 그룬디아 대륙에 존재하는 드래곤들이 모두 동원됐어요. 심지어는 해츨링을 잉태하고 있던 카르넬리아님마저도 소식을 듣고 달려갔어요."

라모는 카릴조차도 동원됐다는 소리에 심중의 불안감이 더해졌다.

"그래서…… 어떻게 되었소?"

아르나의 얼굴이 조금 굳어졌다.

"마물들을 막아내는 데는 성공했어요. 하지만 막 사태가 종결될 즈음 헤가수스가 직접 나타나 동원된 드래곤들을 모두 잡아갔어요. 물론 거기엔 크라우저님과 카르넬리아님도 포함돼 있어요. 여기 제네모스님만이 간신히 빠져나왔다고 하더군요."

라모의 안색이 변했다.

"그럴 수가……!"

라모는 가슴이 내려앉는 듯한 절망을 맛보았다. 자신의 아내 카릴과 장차 태어날 자식까지 마신에게 붙들려 갔으니 보통 심각한 사태가 아니었다. 라모는 제네모스가 직접 마계로 들어가 헤가수스로부터 드래곤들을 구출해 줄 것을 요청한다고 짐작했다. 이 일은 제네모스의 요청이 아니라 남편과 아버지로서 당연히 행해야 할 의무였다.

라모는 마음이 급해졌다. 주변을 둘러보니 전장의 상황은 거의 종료 단계에 와 있었다. 마족은 사라졌고 휘폰과 가고일은 종적도 없다.

남아 있는 보병만으론 거친 자코 왕국의 기병을 상대할 수는 없을 것이다. 지금 곳곳에서 일방적인 도살이 벌어지고 있을 따름이었다. 라모는 자신이 없더라도 이미 대세가 결정났다는 걸 알고 바로 마계로 떠날 것을 결정했다. 그러나 라모는 마계로 가는 공간을 열 능력이 없었다.

"가능하다면 난 지금 즉시 마계로 가고 싶소. 그러나 난 마계로 들어갈 방법을 모르오. 어찌하면 되오? 방법을 알려주시오."

아르나의 표정이 침울해졌다. 아르나는 뒤돌아서서 손을 저었다. 그러자 아르나의 손으로부터 흰 빛이 쏟아져 나오며 허공에 마법진이 형성했다. 그리고 나서야 아르나는 라모를 돌아 보았다.

"레아 신께서 주신 힘이지요. 그럼 출발하지요."

아르나가 먼저 마법진 안으로 들어서자 순식간에 모습이 사라졌다. 라모 또한 지체 않고 마법진 안으로 들어섰다.

라모는 천지에 가득한 마기를 느꼈다. 마치 석양빛 같은 붉은 빛무리가 온통 땅과 하늘을 뒤덮고 있는 곳이었다. 수목은 기이하게 말라비틀어져 있는 듯 보였고, 저 먼 곳으로부터 라이노스로스와 액시비크,

블러드웜, 자이언트 그래브 등이 뛰어다니는 모습이 보였다. 라모는 자신이 마계에 도착한 것을 알았다. 한 켠에 순결한 모습의 아르나가 서 있는 모습이 보였고, 곧 제네모스가 뒤따라 나타났다.

"라모 경, 저를 따라오세요. 제가 헤가수스에게 안내하겠어요."

아르나는 지체없이 앞서 마계의 공간을 걸어갔다. 마물들이 세 존재를 알아채고 달려들었지만 제네모스가 손을 휘젓자 모두 날려갔다. 과연 드래곤은 강대한 마력을 지닌 존재였다. 덕분에 무리없이 전진하던 라모는 거칠 것 없이 걷는 아르나의 행동을 보자 이상한 상념이 들었다. 마치 몇 번이나 마계에 들러본 사람처럼 지리에 익숙한 듯 보였다.

"아르나, 그대는 여기 와본 적이 있소? 길을 잘 아는 사람 같구려."

아르나가 발걸음을 멈췄다. 그리고 조금 상기된 표정으로 입을 열었다.

"그럴 리가 있습니까? 저는 생전 처음 와보는 곳이에요. 지금 절 인도하는 건 바로 레아 신의 빛이에요. 다른 사람에게는 알아채지 못하고 오직 제 눈에만 보이는 빛이지요."

라모도 걷던 발걸음을 멈췄다. 라모는 레아 신의 개입을 알고는 의심이 들었다.

"아르나, 혹시 이 일도 레아 신의 신탁 중 하나요?"

아르나가 고개를 숙였다. 그리곤 잠시 침묵을 지키더니 한숨까지 불어낸다.

"맞아요. 라모 경의 짐작대로 레아 신의 신탁이 내려졌어요. 파멸을 부르는 신을 파멸시켜라. 이것이 라모 경이 행할 마지막 신탁이에요."

그 말을 듣자 라모는 어쩐지 속이 답답해지는 느낌이었다. 라모는 내내 신탁이 부담스러웠다. 마치 빚쟁이에게 돌려줄 이자를 갚는 기분이었다. 그런데 마지막 신탁이라니… 더 이상 매여 있을 필요가 없게 되는 것이 아닌가? 그러나 이는 완결이 아니라 종말이다. 해피엔딩이 아니라 배드엔딩인 것이다. 신을 파멸시키라는 마지막 신탁은 결코 가능한 일이 아니지 않은가? 비록 마신이지만 헤가수스도 신이다. 인간이 어찌 신을 파멸시킨단 말인가. 라모는 내색하지 않으려 했지만 절로 말이 거칠어졌다.

"마신을 상대하란 소리는 날더러 죽으란 소리와 비슷하게 들리는군요. 혹시 레아 신께서 날 이곳에 환생시킨 이유가 헤가수스를 상대하란 것이었소? 신탁 운운한 것은 핑계에 불과하고 진정한 목적은 여기에 있었던 거요?"

아르나의 얼굴이 더없이 침중해졌다. 그녀는 참지 못하고 크고 순수한 눈에서 눈물을 흘렸다.

"미안해요, 라모 경. 그대의 짐작이 맞아요. 그대의 환생 목적은 이 땅의 평화를 위한 레아 신의 안배였어요."

라모는 피가 거꾸로 솟는 느낌이었다. 일원신공을 대성한 후 처음 느끼는 격렬한 반응이었다.

"그럼…… 나는 오직 다시 죽기 위해 태어난 거요? 내 가족과 내 아내는…… 그리고 내 짧은 행복은 그 보답이란 거요?"

아르나는 여전히 방울방울 눈물을 흘렸다.

"미안해요, 미안해요……."

아르나는 라모가 환생할 터를 만들어준 장본인이며 오늘날 라모를 이런 지경으로 몰고 온 중계인이었다. 그러니 진한 책임감과 죄책감을 동시에 느끼지 않을 수 없었다.

제네모스는 저간의 사정을 알 수 없어 그냥 멀뚱히 두 사람을 지켜

볼 수밖에 없었다. 라모는 한참 동안이나 고통과 분노를 억누르기 위해 노력해야만 했다. 결국 마음을 정리한 라모는 다시 안색을 회복했다.

"아르나, 그대의 잘못은 아니오. 이건 오로지 신의 뜻이며, 내 전생의 죄업을 씻는 보답이니 어찌 거부하겠소. 겸허히 레아 신의 신탁을 받아들이겠소."

이후 라모와 아르나는 별 대화 없이 묵묵히 걸었다. 제네모스는 그 뒤를 따르며 간간이 달려드는 마물들을 처리할 뿐 역시 말이 없었다. 세 존재는 곧 폭이 일백 미터는 너끈해 보이는, 넓은 강이 가로막은 지대에 당도했다. 강에는 진홍의 선혈이 흐르고 있다. 그리고 그 너머로는 붉은 안개가 일렁거린다.

"멈춰라! 이곳은 마신의 경계다. 보아하니 인간과 드래곤 같은데, 감히 이곳에 들어오다니…… 소멸되고 싶어 환장한 모양이구나!"

강을 앞에 두고 거대한 존재가 앞을 가로막았다. 키가 무려 50미터에 이르는 거대한 블랙 드래곤이었다. 마계에 사는 마계 드래곤인 셈이다. 그리고 그 앞에는 보라색 머리를 한 마족이 하나 서 있다. 인간과 흡사한 모습으로 짐작하건대 상급 마족이 분명했다.

"라모 경, 이곳은 우리가 맡을 테니 라모 경은 어서 강을 건너가세요."

아르나는 말을 끝내자마자 온몸에서 신성력이 뻗어 나오며 금강부동신법으로 발을 움직이지도 않은 채 상급 마족에게로 나아갔다.

캬오오오오오!

제네모스 또한 폴리모프를 풀고 본체로 돌아갔다. 그러나 블랙 드래곤에 비해 덩치가 작았다. 속성상 불리한 싸움이 예상됐다. 두 드래곤이 브레스를 뿜어대며 격돌했고, 아르나는 마족에게 달려들며 대력금 강장을 시전하는 모습이 보였다. 마족은 날렵하게 회피하며 검은 기운을 뿜어내 대항했다.

두 쌍의 결투를 지켜보면서 라모는 잠시 망설였지만 아르나의 당부 대로 강을 향해 달려갔다. 달려가는 도중 라모는 광한마공을 운기했다. 곧 라모의 눈이 핏빛으로 붉어지며 혈기가 치솟았다. 그러자 블랙 드래곤이 싸우다 말고 라모를 향해 브레스를 내뿜었다. 그러나 잠시 한눈을 파는 블랙 드래곤의 목을 제네모스가 물고 늘어졌다.

라모는 포이즌을 포함한 강력한 브레스가 덮쳐 오자 진기로 투명한 방패를 만들어 방어한 채 그대로 내달렸다. 마족도 라모를 막으려 했으나 아르나가 탄지신공과 백보신권으로 견제했다.

라모는 진홍의 강을 평지 달리듯 밟고 뛰어갔다. 발밑으로 진기를 뿜어내며 물결을 박차는 식이다. 거의 일백 미터의 강을 짧은 시간 만에 통과해 버린 라모는 건너편 지면에 다다랐다. 붉은 안개가 일어나 라모의 시야를 가렸다. 라모는 눈에 진기를 발해 안계를 넓혔다.

라모는 진홍의 강을 건너기는 했으나 진로가 막막했다. 무작정 앞으로 나아갈 수는 없는 것 아닌가. 실상 라모는 이미 생사를 도외시했다. 이제 신탁도 그에게 대단한 가치가 아니었다. 오직 카릴만 다시 만날 수 있다면 만족한다고 생각했다. 다만 아마도 살아생전에는 자신의 자식을 만날 수 없을 것이란 점이 슬플 뿐이었다.

라모는 마음을 굳게 먹고 멀리 내다보이지 않는 시야에도 불구하고 감각만을 의지하여 앞으로 내달렸다. 오래지 않아 라모는 길고 거대한 바위가 우뚝 서 있는 장소에 도달했다. 처음엔 단순한 바위인 줄 알았다. 그런데 가까이 다가가 보니 우람한 발과 다리를 덮고 있는 정교한 비늘을 발견했다. 그런 비늘이 촘촘하게 조각된 바위가 허공으로 치솟아 있다. 라모는 눈에 더욱 진기를 발해 위를 올려다보았다. 그리고 보니 바위는 일직선으로 솟은 것이 아니라 울퉁불퉁 사방으로 전개돼 있다. 그러다 라모는 바위 위에 솟아난 두 쌍의 날개를 보았다. 그리고 날개 사이에 지상을 내려다보고 있는 큰 머리를 보았다. 드래곤이었다. 그런 바위는 한두 개가 아니었다. 수십 개의 드래곤 조각상이 군집을 이루고 있었다.

라모는 그제야 잡혀왔다던 드래곤들은 헤가수스에 의해 이곳에 봉인돼 있는 것임을 깨달았다. 라모는 그중 기어코 카릴을 발견했다. 아무리 본체로 있다고 하더라도 어찌 카릴을 알아보지 못하겠는가? 라모는 카릴의 본체 가운데 발톱이나 비늘 하나 하나의 모양을 기억하고 있었다.

"카릴!"

라모는 카릴의 조각상을 올려다보며 낮게 외쳤다. 카릴의 머리는 뒤로 돌아가 있어 볼 수가 없었다. 라모는 드래곤들을 잡아다 자신의 수집품 정도로 진열해 놓은 헤가수스에게 진정으로 분노하였다.

"헤가수스! 나와라! 레아 신의 신탁을 받아 나 라모 하레스가 왔다! 너를 소멸시키겠다! 나와라! 파멸의 마신 헤가수스! 이 잔인하고 파렴치한 자여!"

라모는 목소리에 진기를 담아 사자후를 펼쳤다. 라모의 목소리는 붉은 안개가 덮고 있는 공간을 꿰뚫고 퍼져 나갔다. 라모의 외침이 그치자 대답하는 목소리가 있었다.

"라모 하레스! 너는 왜 나를 욕하는 거냐? 내가 너에게 잘못을 한 기억이 없는데 무슨 이유로 나를 능멸하는 것이냐?"

드디어 헤가수스의 목소리가 들려왔다. 모습은 보이지 않고 온 공간이 말하고 있었다. 크지도 작지도 않은 명확한 음성이 사방에서 들려왔다.

"비겁하게 숨어 있지 말고 나와라! 모습을 나타내라! 너와 결판을 내겠다!"

라모가 다시 외치자 공간 전체가 잠시 일렁였다.

"어리석은 인간이여! 너는 신이 무엇이라 생각하느냐? 나는 이 공간 자체다. 이곳을 덮고 있는 붉은 안개가 바로 나를 이루는 기운이다. 그런데 어찌 나와 대결한단 말이냐? 너는 허공에 주먹질을 하고 싶은 거냐? 물론 인간의 모습으로 현신하지 못할 이유는 없지만 내가 그럴 이유가 없구나. 말하라, 인간이여! 왜 나를 모욕하는 것이냐? 합당한 이유를 대지 못한다면 너 또한 봉인하여 영원히 이곳에 두겠다."

헤가수스의 위협은 라모에게 전혀 영향을 미치지 못했다. 오히려 화를 돋우었다.

"네가 왜 잔인하고 파렴치한 줄 모른단 말이냐? 너로 인해 인간 세상이 유례없는 전쟁에 휩싸여 수많은 사람이 죽어갔다. 너의 술수로 죄없는 생명이 사라졌단 말이다! 그리고 드래곤들을 이곳에 봉인하여 살지도 죽지도 못하게 하였으니 그런 욕을 먹어도 싸다!"

그러자 공간의 붉은 안개가 일렁이더니 크고 작은 창 모양으로 변하여 라모를 향해 날아왔다. 라모는 온 공간을 점한 헤가수스의 기운을 도저히 피할 엄두를 내지 못했다. 라모는 광한마공을 최대한 운기해 날아오는 기운을 순순히 받아들였다. 수없이 날아온 붉은 창이 라모의 몸을 관통했다. 그러나 창은 라모의 몸을 그냥 통과해 버렸다. 바로 라모 스스로 몸을 마기로 가득 채운 결과였다. 물에 물을 더하니 동류의 존재를 해할 수 없었던 것이다.

헤가수스의 감탄성이 들려왔다.

"제법이구나. 어쩐지 자신만만하게 떠들더니 그런 재주가 있었구나. 네가 부리는 재주도 알고 보니 나의 기운과 흡사하구나. 그렇다면 내 존재의 필요성과 의의를 알 만도 한데, 맞서는 이유가 무엇이냐?"

라모는 공격을 받고 나자 더욱 화가 나 광한마공의 진기를 끌어올려 소리쳤다.

"헛소리하지 마라! 내가 임시방편으로 마(魔)를 택한 것과 영원한 마가 어떻게 같은가! 너는 마중의 마요, 세상을 파괴하는 존재다. 마는 세상을 흐리는 존재다. 영원히 흑암에 가두워져 소멸시켜야 할 악이다!"

헤가수스의 웃음이 공간에 크게 울려 퍼졌다. 이어 명확한 목소리가 들려왔다.

"마란 무엇인가? 마는 진정 단순히 배척하고 소멸시켜야 할 존재인가? 그렇게 생각하나? 아니, 그렇지 않다. 마는 세상의 균형을 이루는 또 다른 추다. 한쪽이 기울면 평형이 깨져 버리고 말지. 그대도 생각해 보라. 사람이 사는 세상에도 선과 악이 공존하지 않는가? 그 선과 악은 인간 스스로 배태하는 거야. 누가 명령하거나 강제하는 것이 아니지. 스스로 알아서 태동하지. 또한 전적으로 선한 인간도, 전적으로 악한 인간도 없네. 선하면서도 악하고, 악하면서도 선한 것이 바로 인간이야. 그러므로 해서 인간이 존재하고 생존하는 거네. 마는 바로 세상의 소금일세. 선만 살아남아서 더 이상 움직일 이유가 없다면 부패하는 걸세. 악이 존재해야 서로 생생하게 대비하고 싸우면서 생동감을 유지하지. 균형은 이렇게 서로를 견제할 때 생겨나는 거네. 그런데 내가 보기에 인간 세상은 너무 선을 유지하려는 경향이 있어. 악을 경멸하고 미워하네. 레아는 풍요의 여신이라며 받아들이지만 난 파멸의 마신이라는 이유로 배척받고 있네. 이건 공평하지 않아. 세상의 균형이 무너지고 있네. 균형이 무너진 세상은 스스로 소멸되고 마는 법. 나는 인간 세상이 자멸하도록 두고 볼 수 없었네. 나 또한 신으로서 인간을 사랑하므로 나만의 독특한 방식을 사용했을 뿐이야. 그런데도 날 반드시 소멸시키겠다고 주장하겠나? 자네의 전신도 마인이지 않은가? 자네만이라도 이해하고 날 받들어줄 수는 없겠나? 난 자네가 내 아들 엑소센을 소멸시킨 일에 대해 조금도 원망하지 않네. 그 아이는 너무 심약했어. 난 자네를 보니 그것이야말로 운명이라는 생각이 드네. 내가 비록 신이지만 자네를 내게 보낸 건 이 세계의 또 다른 신비의 힘이 움직인 결과라고 생각이 드는군. 그만큼 자네는 균형자로서의 자질이 있어."

헤가수스의 말에 라모는 부지불식간에 소리쳤다.

"터무니없는 소리! 그대의 말마따나 난 전생에서 광한마제라 불릴 정도의 마인이었다. 그러나 환생 후 그런 나 자신이 부끄러웠고, 다시는 마인이 되지 않기 위해 수없이 참회했다. 그런데 말도 안 되는 억지로 나의 신념을 꺾으려 하는가? 나는 이미 마인의 탈을 벗었다. 난 이제 세상에 부끄럽지 않은 사람이 되기 위해 노력하는 중이다. 그러니 나를 시험하려 들지 마라!"

공간 속에서 헤가수스가 형언할 수 없는 힘이 깃든 웃음을 흘렸다.

"라모 하레스, 어리석구나. 레아가 널 내게 보낸 이유가 뭐라고 생각하느냐? 물론 네가 전생에서 목숨을 잃은 후 공간을 가로지른 건 우연에 불과했지만 널 다시 환생시킨 건 레아의 의도된 계획이었다. 바로 널 이용해 날 제거하려는 레아의 흉계지. 너는 상상해 보았느냐? 레아가 널 이곳에 보낼 때 털끝만큼이라도 너에 대해 연민을 가졌다면 최소한 네가 죽어야 뜻을 이룰 수 있다는 사실을 말해 주더냐? 아니, 넌 결국에 비참한 최후를 맞이한다는 사실을 몰랐겠지. 레아의 의도는 이렇다. 마경에 이른 광한마공의 위력으로 네가 나에게서 버티는 동안 자신이 직접 나를 처리하려는 것이지. 나는 루인스트로가 내 힘을 빌어 널 봉인시키는 광경을 지켜보았다. 넌 어느 날 깨달음을 얻어 훌륭히 봉인에서 벗어났다. 그런 정도의 힘이면 충분히 날 견제할 수 있다. 극히 일부이지만 너를 상대하는 데 내 신경을 분산시켜야만 한다. 내가 널 다시 봉인하거나 소멸시키려면 나도 적지 않은 노력을 해야 한다는 말이지. 너는 결국 내 손에 죽어갈 것이다. 이런 사실을 어찌 몰랐단 말이냐? 너는 레아에게 속았다. 그렇지 않은가, 레아여?"

마지막 말은 공간을 쩌렁쩌렁 울려 라모는 진기를 일으켜 신체를 보호해야 했다.

"호호호호호! 파멸의 마신 헤가수스여, 진정 만만치가 않구나. 네 말이 옳아. 널 이길 수 있다면 무언들 마다하겠는가? 네가 엑소센으로 하여금 인간계를 장악하려 했다면 나는 라모 하레스로 하여금 저지하게 하였다. 우리의 오랜 내기도 이젠 마무리를 해야 할 때가 되었어. 이제 이쯤 되었으니 네가 아끼는 '칠흑의 눈'을 내놓아야 하지 않을까? 아무리 봐도 내가 이긴 것 같은데?"

레아 신의 카랑카랑한 음성이 공간에 울려 퍼졌다. 레아 신이 어느새 마계에 당도한 모양이다. 라모는 반가운 마음보다는 절망감을 느꼈다. 헤가수스의 말처럼 자신은 그저 레아 신의 도구에 불과했다는 사실을 스스로 시인했다. 홀로 마신을 상대로 싸워야 하는 절대 불리의 형세에서 강력한 구원자가 나타났는가 싶었다. 그런데 아군이 아니라 또 다른 적이 아닌가. 두 신은 라모를 아랑곳하지도 않고 입씨름에 바쁘다. 헤가수스는 레아 신의 요구에 위축되지도, 굴복하지도 않았다.

"무슨 소리! 아직 게임은 끝나지 않았어. 라모 하레스는 기껏 이곳에 당도했을 뿐 나에게 하등의 위협도 되지 않아. 이번 내기는 무승부다. 아직은 그대가 가진 '번개의 날개'를 가질 시기가 되지 않은 모양이군. 어떠냐? 우리의 내기를 다시 천 년 후로 연기하는 거다. 이번에는 진정으로 정정당당한 승부를 벌이겠다."

들고 있던 라모는 전후 사정을 짐작해 보고 기가 막혔다. 알고 보니 풍요의 여신 레아와 파멸의 마신 헤가수스는 모종의 사건을 계기로 인간 세상을 걸고 내기를 한 게 아닌가! 그 와중에 엑소센은 한 많은 생을 마감했고 라모는 꼭두각시가 되어 세상을 뛰어다녔다. 이 모든 것이 두 신의 농간이란 말인가? 라모는 도저히 두 망나니 신의 대화를 들어줄 수가 없었다.

레아와 헤가수스는 옥신각신하며 말싸움을 벌이더니 대화의 방향이 점입가경으로 돌아갔다. 갑자기 라모의 전면에 빛이되 눈부시지 않고, 어둡되 어둠보다 더욱 검은 두 개의 기운이 들이닥쳤다. 그리고 눈앞으로 물건 두 개가 내밀어졌다.

"라모 하레스여! 앞으로 네가 심판을 맡아야겠다. 우리가 너에게 천 년의 생명을 주겠다. 그 대신 이 두 가지 물건을 보관하고 있다가 내기에서 이긴 자에게 넘겨주도록 해라. 너의 능력이라면 나 헤가수스라도 한동안 대적할 수 있을 것이다. 만약 두 사람 가운데 한쪽이 힘을 쓰면 나머지 한 사람이 금방 알아챌 수 있다. 그러니 우리 두 사람이 내기의 승부를 가렸을 때 승자에게 이 물건을 넘기면 되는 것이다."

빛이되 빛나지 않는 존재가 그렇게 말하는 소리를 듣고 라모는 금방 냉철해졌다. 신의 노리개로 전락한 인간의 처지가 너무나 비참했지만 기회를 보기로 하고 분노를 억눌렀다. 그는 두 개의 물건을 받아 쥐었다. 하나는 천사의 날개였는데 푸른 번개가 쉼없이 일어났다가 가라앉기를 반복한다. 또 하나는 인간의 머리통만한 검고 투명한 보석이었다. 검기는 한데 수없는 세상이 들어 있는 듯 차원의 만화경이 떠올랐다가 연속으로 장면을 바꾸어간다.

"이것들은 너무 크군요. 보관하기 어렵겠어요. 작게 축소하는 방법이 없을까요?"

그러자 빛이되 빛나지 않는 존재가 다가왔다. 바로 레아였다. 레아는 라모에게서 번개의 날개를 다시 받아 들더니 뒤로 돌아가 라모의 등에 가져다 대었다.

"빛의 신기여, 내가 다시 부를 때까지 이 인간의 몸에 거하여라!"

레아가 중얼거리자 놀랍게도 번개의 날개가 라모의 등 뒤로 스며들 듯 사라져 버렸다. 이어 검되 어둠보다 더 어두운 존재가 다가와 칠흑의 눈을 받아 들고는 라모의 심장에 가져다 대었다.

"나 헤가수스의 충실한 보물, 칠흑의 눈이여. 다시 안식을 찾을 때까지 잠시 영면하고 있으라."

마찬가지로 칠흑의 눈도 라모의 심장으로 스며들며 사라져 버렸다. 라모의 등 뒤에서는 번개가 일어날 만큼 엄청난 힘이 느껴진다. 그리고 심장에서는 몇 개의 세상을 집어넣은 듯 형용할 수 없는 포만감을 느꼈다. 그러나 전혀 무게감은 느낄 수 없었다. 아울러 존재는 하되 쓸 수 없는 힘이었다. 라모의 진기에는 전혀 반응하지 않을 뿐더러 곧 존재감마저도 사라져 버렸다. 라모는 그제야 다시 두 존재를 바라보았다.

"이것은 어떻게 사용하는 겁니까? 만약 두 분 중의 누군가가 나를 죽여 강제로 이 물건들을 취하려 할 때에는 그런 사태를 막아야 하지 않습니까? 그러니 이것들의 사용법을 가르쳐 주세요."

라모의 말을 들은 두 존재가 공간이 온통 파도치듯 흔들릴 정도로 웃어 젖혔다. 그리고는 레아 신이 먼저 해답을 주었다.

"라모 하레스여! 어리석은 생각은 버려라. 네가 그 힘을 사용하여 우리에게 대적하고 싶은 모양인데, 그것은 인간이 사용할 수 없는 물건들이다. 하지만 네 말도 일리가 있으니 번개의 날개를 이용해 단 한 번 사용할 수 있는 힘을 주겠다. 이 신기가 내뿜는 번개는 신이라 해도 한동안 움직일 수 없을 만한 충격을 줄 것이다. 그러니 헤가수스가 수작을 부리거든 사용하거라."

그러면서 레아 신으로부터 한줄기 빛이 날아와 라모의 몸속으로 사라졌다. 라모는 온몸에 번개의 기운이 치며 진기와 융합되는 현상을 겪었다. 헤가수스도 어둠의 기운 한 가닥을 라모의 몸에 주입했다.

"칠흑의 눈은 원하는 모든 존재를 봉인하는 힘을 가졌다. 그렇다고 신에게 사용하지는 마라. 신은 바로 차원을 관장하는 자이니 통할 리가 없지 않느냐? 다만 만약 레아가 너에게 못된 짓을 하려 한다면 공간을 열어 다른 차원으로 도망가 버리면 된다. 물론 일정한 시간이 지나면 다시 이 세계로 소환될 것이다. 그만하면 충분하겠지?"

레아도 헤가수스도 신기의 비밀을 밝히는 데 주저하지 않았다. 그만한 자신이 있었다. 한낱 인간이 신기를 이용해 자신들을 억압할 수는 없었다. 라모가 분노하며 어떻게든 신의 굴레에서 벗어나려는 욕망을 느끼겠지만 모두 허망한 짓에 불과하다. 지렁이가 아무리 빨리 긴들 날으는 새의 부리를 피할 수 없는 이치와 같다. 지렁이가 새에게 잡혀

먹히지 않으려면 어두운 땅속에서 죽은 듯 숨어 지내는 수밖에 없다. 그래도 새가 원하면 땅을 파헤치고 집어낼 것이다. 인간은 신의 권능에 대항할 수 없다. 라모도 그런 이치를 아는 듯 머리를 숙이고 한참 동안 침묵을 지켰다.

"이제 그만 인간 세상으로 돌아가라."

라모를 지켜보던 두 존재는 모든 설명이 끝났으므로 다시 내기를 시작하려 하였다.

하지만 라모는 그동안 일원신공을 운기하며 최대한 머리를 맑게 하고 신기의 근원을 밝히는 데 전력을 기울이고 있었다.

레아와 헤가수스는 라모의 몸속에서 흐르는 진기의 흐름을 읽었지만 아랑곳하지 않았다. 인간의 부질없는 도발은 신의 이름으로 단죄하면 그만이다. 그러나 레아와 헤가수스는 라모의 운기를 잘못 이해했다. 라모는 일원신공으로 신을 어찌해 볼 마음은 추호도 없었다. 일원신공이 인간계에선 비할 바 없는 절대의 무력이겠지만, 신의 영역에서는 하찮은 몸부림이라는 사실을 잘 알았다. 라모가 지금 시도하는 건 바로 신기의 운용이었다. 신기의 정체를 밝히고 그 힘을 진정한 본신 능력으로 만들려는 모색이었다. 라모는 일원신공 가운데 신의 영역과 관계된 부분을 찾고 있었다. 일원신공에는 아주 적은 내용이었지만 초월하는 방법에 대해서 언급하고 있었다. 몸과 마음, 그리고 법에 대해 구술하고 있는 일원신공이었다. 그중에 법이야말로 인간 밖의 일을 논의한다.

안반수의가 이르는 대로 몸과 마음을 닦고 법을 관찰할 시점이 되면 두 가지 공덕이 생긴다. 그것은 구경지(究竟智)와 불환과(不還果)이다. 구경지는 이 세상과 저세상의 모든 것을 있는 그대로 아는 지혜이다. 더 바랄 것 없는 절대지라는 말이니 법의 나타남을 말한다. 곧 법의 나타남이란 즐겁게 머물게 됨을 의미한다. 구경지를 얻으면 고통을 없앨 수 있으니 즐겁게 머물게 되는 것이다. 현법은 모든 존재의 법이 연기(緣基)의 법 그대로 알려지는 것을 말한다. 그리하여 현법에 이른 수행자는 배웠으되 아무것도 모르는 존재가 된다. 또한 모르되 모든 것을 아는 존재이다. 불환과라는 것은 구경지를 이룬 자가 애욕과 같은 욕계에 다시는 돌아오지 않는 그런 위치이니, 고통을 영원히 떠나고 윤회를 벗어나서 아라한(阿羅漢)이 되는 것이다.

라모는 일원신공을 깊이 숙고했다. 그러자 아라한이란 모든 존재를 있는 그대로 보고 그 존재의 궁극적인 진실을 발견하는 관법(觀法)임을 깨달았다. 라모는 이미 일원신공을 마음먹는 순간 청정한 무위의 경지에 이르도록 수련한 상태였다.

라모는 곧 자신의 신체와 두 가지 신기를 구별할 수 있었다. 신기는 원래 라모의 몸 안에 없던 것이니 라모가 청정한 눈으로 살피자 금방 발견되었다. 그 다음이 문제였다. 라모는 더욱 적극적으로 관법을 운용해 신기의 실체를 들여다보고자 애썼다. 그러자 신기의 정체가 공격적 힘만을 분리한 신의 분신체라는 걸 알아보았다.

그렇다면 신의 힘은 무엇으로 움직이는가? 라모는 일원신공을 극대화해 신기의 감추어진 정곡을 찔러보았다. 말하자면 신이 자신의 힘을 갈무리하면서 만들어놓은 체계의 문 같은 것이었다. 그것조차도 라모가 관법을 사용하지 않았다면 절대 알 수 없는 비밀의 문이었다. 또한 레아가 번개의 날개를 움직일 수 있는 단 한 번의 힘을 줌으로써 단서를 발견했다. 단 한 번이었지만 한번 솟은 샘은 감출 수 없다.

마침내 번개의 날개로부터 반응이 있었다. 형언할 수 없는 힘이 번개의 날개로부터 쏟아져 나왔다. 라모는 즉시 힘을 억제하고 일부만을 자신의 일원신공에 혼합해 보았다. 전혀 무리없이 번개의 힘이 일원신공에 업혀 전신을 한 바퀴 돌았다. 일부의 힘에 불과한데도 라모는 전신이 비틀어지는 듯한 충격을 받았다. 그제야 라모는 막 떠나려던 레아 신을 불렀다.

"잠깐만 기다리시오. 그대는 내게 번개의 날개를 사용할 단 한 번의 기회를 주었는데, 그럴 것 없이 이러면 어떻겠소? 이러면 그대가 모든 걸 독차지하지 않겠소?"

라모는 말과 함께 번개의 날개 힘을 개방했다. 번개의 힘이 벼락같이 쏟아져 나왔다. 라모는 일원신공을 운용한 대수인에 힘을 실어 근처에 있던 헤가수스의 기운에 일장을 먹였다. 번개의 기운이 천공을 가로지르며 헤가수스에게 작렬했다. 온 공간이 순식간에 경직돼 버리고 말았다. 인간으로 치자면 잠시 혼절해 버렸다고나 할까? 헤가수스의 기척이 사라져 버렸다.

"무슨 짓이냐, 라모 하레스! 감히 신에게 대항하겠다는 것이냐? 내가 이미 너에게 말했을 텐데…… 신은 실체가 없다. 때문에 죽일 수도 없다. 감히 피조물에 불과한 인간이 신에게 대항하겠다는 것이냐? 내가 너를 어여삐 여겨 환생시켰거늘, 이런 불경을 저지르다니……. 정말 죽고 싶어 환장했구나!"

레아 신의 실체를 이룬 빛이되 빛나지 않는 기운이 크게 일어났다. 라모는 다시 번개의 날개를 개방했다. 그리고 일원신공에 얹은 대수인으로 레아를 향해 일장을 갈겼다. 역시 온누리를 압도하는 번개의 힘이 레아를 덮쳐 뭉개 버렸다. 레아의 기척 역시 즉각 사라졌다.

레아는 방심하고 있었다. 만약 라모가 이미 번개의 날개를 운용한 방법을 깨달았다는 사실을 알았다면 아무리 라모가 신기의 힘을 빌렸다고 하더라도 어쩔 수 없었을 것이다. 그러나 레아는 자신이 준 단 한 번의 힘을 소모했으니 이제 이 버릇없는 인간을 차근차근 분쇄해 버리면 된다는 자기 계산에만 빠져 있었다. 그런 무방비에 번개의 힘을 맞았으니 정신체와 기운으로 이루어진 신이라 하더라도 충격을 받아 혼절하지 않을 수 없었던 것이다. 번개의 힘은 인간이 아닌 신을 상대하기 위해 태어난 신기인 까닭이다.

"내가 언제 그대에게 환생시켜 달라고 기원했단 말인가? 그대의 의지로 다시 태어나 그대의 꼭두각시로 살아왔으니 억울할지언정 조금도 고맙지 않다."

라모는 일시적으로 레아와 헤가수스를 침묵시켰으나 오래가지 않을 것을 알았다. 그들이 다시 깨어나기 전에 칠흑의 눈을 먼저 발동시켜야 한다. 라모는 일원신공을 운용해 칠흑의 눈을 건드려 보았다. 예상대로 전혀 반응이 없다. 라모는 일원신공을 접고 광한마공을 운기했다. 라모의 눈이 핏빛으로 붉어지며 주변을 덮고 있는 마기가 친근하게 다가왔다. 라모는 광한마공의 진기를 칠흑의 눈으로 보내 문을 열었다. 헤가수스가 차원을 넘을 수 있는 힘을 주었으니 라모는 그 길을 따라 관찰하며 절로 사용법을 체득할 수 있었다. 라모는 몸속에서 일어나는 강력한 흡인력을 느꼈다. 무엇이든 빨아들일 듯한 가공할 진공이었다. 라모는 양손을 펼쳐 공간을 향하게 하였다.

"레아와 헤가수스여! 너희를 내 안에 봉인하겠다. 인간을 우롱하는 그대들은 이미 신의 자격을 잃었다. 들어가라, 천박한 자들이여!"

라모가 칠흑의 눈을 개방하자마자 라모의 주변을 두르고 있던 빛과 어둠이 동시에 사라져 버렸다. 라모의 눈앞에는 그저 회색의 공간이 펼쳐져 있었다. 아울러 봉인의 주체였던 헤가수스가 사라지자 석상으로 변했던 드래곤들이 깨어났다.

깨어난 드래곤들은 비록 봉인돼 있었지만 의식은 남아 있어 지금까지의 과정을 모두 지켜보고 있었다. 그중 특히 크라우저와 카릴은 금방 인간으로 폴리모프해 라모에게 달려왔다.

"라모!"

카릴이 감격한 목소리로 라모를 부르며 덥석 안겨왔다.

"카릴!"

라모도 목이 메어왔다. 죽음을 각오하고 온 길이었으나 이렇듯 무사히 카릴을 구출한 일은 꿈만 같았다. 라모는 카릴을 마주 안고 그녀의 입술에 깊이 키스했다. 그러나 그때 방해하는 존재가 있었다.

"라모 경, 고맙네. 자네 덕분에 봉인에서 풀려났으니 모든 드래곤들을 대표해 감사를 드리네."

라모와 크라우저는 굳은 악수를 나누었다. 다른 드래곤들도 한둘씩 다가와 이 경이스러운 인간을 서로 사귀고자 했다.

"우리는 처음 만났지만 자네에게 정말 감탄했네. 인간이 신을 봉인할 줄이야 누가 알았겠나? 이는 정말 땅과 하늘이 뒤집힐 일이야. 껄껄껄!"

"자네 부탁이라면 내 어떤 일이라도 마다하지 않겠네. 인간과 교류하지 않겠다는 불문율을 깨고 자네만은 예외로 하겠네."

통쾌하다는 듯 웃어대는 드래곤이 있는가 하면, 드래곤 하트라도 빼줄 듯 친근해하는 드래곤도 있었다.

라모와 드래곤들은 곧 진홍의 강을 건너 아직도 싸우고 있는 아르나와 제네모스를 구원했다. 제네모스는 거의 망신창이가 될 정도로 고전 중이었고, 아르나는 연신 공격해 오는 마족의 공격을 금강부동신법으로 피하고 있으나 힘든 기색이 역력했다.

"이런 건방진 놈! 감히 블랙 드래곤 주제에……!"

크라우저가 몸을 날려 날아가는 도중 다시 본체로 변하며 제네모스를 공격하던 블랙 드래곤의 목을 덥석 물어 집어 던져 버렸다.

"꿰엑!"

비명이 터지며 단 일 격에 치명상을 입은 블랙 드래곤이 날개를 펼쳐 그대로 도망가 버렸다. 상급 마족은 다른 드래곤이 접근해 브레스를 내뿜어 단숨에 소멸시켜 버렸다.

"아르나, 수고했소. 덕분에 일이 잘 풀렸소."

피로한 얼굴로 다가온 아르나에게 라모가 위로의 말을 던졌다. 아르나는 피로한 가운데에도 진홍의 강 너머를 바라보고 놀랐다. 넘실거리던 붉은 안개는 어디로 갔는지 몽땅 걷혔고 시야가 시원하게 트여 있지 않은가.

"결국…… 파멸의 마신을 해치웠군요."

실상 아르나도 이런 결과를 예상치 못했다. 아르나도 죽음을 찾아 떠난 라모를 두고 진정으로 슬퍼했다. 혹여 마족을 격퇴한다면 자신도 진홍의 강을 건너 헤가수스에게 도전할 생각이었다. 그것으로 작으나마 라모에게 위안을 주고 싶었던 것이다. 그런데 믿을 수 없게도 라모는 멀쩡한 모습으로 자신의 앞에 서 있다. 만약 라모가 자신의 몸 안에 헤가수스는 물론 레아 신마저도 봉인했다는 걸 안다면 그야말로 놀라 자빠질 것이다.

하지만 라모는 구태여 그런 사실을 밝히지 않았다. 라모는 결과적으로 모두 무사한 것에 무엇보다도 감사했다. 라모는 옆에 선 카릴을 잡아당겨 다시 한 번 키스하며 살아 있다는 기쁨을 만끽했다.

16장

신은 신에게, 인간은 인간에게

신은 신에게, 인간은 인간에게

    그로부터 20년의 세월이 흐른 어느 날 도란 제국 황성에서는 성대한 연회가 열렸다. 바로 루벤트 황제의 장자 유크로스가 대를 이어 황제의 자리를 물려받은 10주년 기념식이었다. 황제보다는 네 명의 황자와 세 명의 황녀가 더 기뻐하며 사방으로 주요 귀족들에게 연통하여 마련한 자리라 하여도 과언이 아니었다.

    연회는 두 군데로 나뉘어 열렸다. 대연회장이 명망있는 귀족과 친지를 위한 자리라면, 소연회장은 황자와 황녀들이 주관한 귀족 자제들만의 모임이었다. 도란 제국 황가의 외척이자 호른 제국 휠츠리 영주의 장녀인 유스티나 역시 이미 장성하여 이 소연회장에 참가해 있었다.

    "듀테! 너도 얼른 집어넣어."

    유스티나는 20년의 세월이 말해 주듯 눈부실 정도로 아름답게 성장해 있었다. 어머니 샤넬 황녀를 닮아 황금빛 머리카락이 어깨 아래까지 늘어져 하늘거렸고, 은빛의 써클렛으로 신비감을 더한 유스티나는 연회장에 모인 처녀들 가운데 가장 돋보이는 존재임에 틀림없었다. 늘씬한 체구와 크고 아름다운 눈은 아버지 야스퍼 핸슨을 꼭 닮았다.

유스티나는 이 연회장에 로랜드 국의 평민 처녀 듀테를 동반해 참석했다. 듀테는 예전 스발바르의 침공 전 그룬디아를 탈출해 가던 상인의 소생이었다.

유스티나는 5년 전 자신을 유달리 귀여워해 주는 백부인 라모를 따라 여행에 나섰다가 듀테를 처음 만났다. 코나코리 호수에서 은혜를 입은 상인 레이머가 라모를 알아보고 부득불 집으로 초대해 대접한 적이 있었다. 유스티나는 그곳에서 매우 수줍어하는 소녀 듀테를 만나자마자 맘에 쏙 들어 동생으로 삼았다. 듀테는 그렇게 예쁘다고는 할 수 없었으나 약간 소심한 데다 부끄러움을 잘 타 시원시원한 성격의 유스티나를 자극했다. 여동생이 없었던 유스티나는 듀테에게 금방 정을 느꼈다. 그 다음부터는 듀테를 휠츠리로 초대하거나, 아니면 자신이 직접 로랜드로 건너가 자주 만났다. 근래에 들어서는 아예 듀테를 휠츠리 성에 데려다 놓고 이야기 상대 삼아 돌려보내지 않을 정도로 친해졌다. 듀테 또한 아름답고 상냥한 유스티나에게 고마워하며 언니처럼 따랐다.

이번 도란 제국 연회도 유스티나가 억지로 끌고 오다시피 듀테를 데려온 것이다. 생전 처음 와보는 황성 대연회의 화려함에 놀라 눈이 휘둥그레진 듀테를 보며 유스티나는 만족한 기분을 느꼈다. 연회가 한창 진행되던 중 황태자 카리테오가 참석한 수백 명의 귀족 자제들에게 한 가지 제안을 내놓았다. 즉 자신이 소지한 귀중한 보물을 하나씩 내놓고 제비뽑기를 한 후 당첨된 사람에게 몽땅 밀어주는 게 어떻겠느냐는

제의였다.

귀족 자제들은 당연히 모처럼의 재미난 놀이에 혹해 너도나도 동참했고, 다투어 보물을 내놓았다. 혹자는 보석을 내놓기도 했고, 진주 목걸이를 내놓는 귀족 처녀도 있었으며, 어떤 귀족 자제는 화려한 양식의 검을 통째로 풀어놓기도 했다. 상자를 가져다 담고 보니 바로 보물 상자가 될 정도였다.

"자! 이 보물 상자를 차지할 행운아가 누군지 빨리 번호표를 걷어와라."

황태자 카리테오는 치기로 내놓은 제안이 많은 사람들의 호응을 얻자 절로 신이 나 번호표를 집어넣으라고 채근했다. 황태자의 명을 받은 황궁 시종이 귀족 자제들 사이를 누비며 번호표를 걷어 왔다. 급조된 번호표는 위아래로 같은 번호표가 쓰여 있고, 그 반절을 찢어 시종에게 건네주면 된다.

그런데 듀테가 자신의 번호표를 들고 망설이자 유스티나가 채근했던 것이다.

"하지만 언니, 난 귀족도 아닌데 참가 자격이 없는 것 아닌가요? 괜히 창피나 당하는 건 아닌가 몰라요."

유스티나가 아름다운 눈을 크게 떴다.

"무슨 소리야? 이미 네 몫의 보석을 내가 대신 보물 상자에 넣었어. 보석을 바쳤으니 당연히 자격이 생기는 거지. 신분이 무슨 소용이야?"

유스티나는 이미 자신의 루비로 된 귀고리와 사파이어 브로치를 두 사람 몫으로 보물 상자에 넣었다. 듀테는 유스티나의 압력에 할 수 없이 번호표를 찢어 그 반절을 시종에게 넘겨주었다. 시종 여러 명이 걷어 온 번호표는 곧 유리 상자에 담겨졌고 황태자 카리테오가 직접 손을 집어넣어 휘저은 다음 번호표를 하나 골라냈다.

"오늘의 행운아는 다름 아닌…… 128번!"

황태자가 약간 뜸 들이다가 번호표를 읽은 다음 번쩍 손을 치켜들었다. 참석자들은 모두 자신의 번호표와 대조해 본 다음 실망한 표정을 지었다. 그러나 유스티나의 얼굴은 도리어 환해졌다.

"어머, 듀테! 너 아니니? 그렇지?"

유스티나는 듀테가 손에 든 번호표를 가로채 확인한 다음 더욱 기뻐했다. 듀테는 다만 얼굴이 붉어져 안절부절못한 표정이다. 오히려 유스티나가 더욱 흥분한 표정으로 듀테를 얼싸안으며 축하했다. 두 사람의 주변에 서 있던 귀족 처녀들의 얼굴이 일그러졌다. 그중 특히 도란제국 후작가의 영애 루이지 부폰은 더욱 용납할 수 없는 심경이 되었다. 루이지가 얼싸안고 있는 두 사람 뒤에서 싸늘한 목소리로 입을 열었다.

"미안하지만 그 아이는 자격이 없는 것 아닌가요? 본의 아니게 엿듣게 되었지만, 그 아이는 귀족이 아니라고 하던데. 그러니 흥을 깨지 마세요."

기뻐하던 유스티나는 찬물을 끼얹는 자신 또래의 처녀를 바라보았다. 처음엔 급작스런 사태에 잠시 당황했지만 곧 유스티나는 더욱 차가운 목소리로 응대했다.

"그대는 무슨 자격으로 우리의 기쁨을 망치는 건가요? 귀족이라면 귀족답게 체통을 지키세요. 평민보다 못한 심보로 무슨 귀족타령을 하는 거예요?"

유스티나의 독설에 루이지의 얼굴이 파랗게 질려갔다. 루이지의 몸이 모욕을 견디지 못해 부들부들 떨렸다.

"너… 너……!"

루이지가 검지를 들어 유스티나를 가리켰다. 그랬더니 이번엔 유스티나의 안색이 변했다. 감히 자신을 향해 손가락질을 하다니……. 호른 제국 휠츠리의 영주인 야스퍼 핸슨과 글로스타의 영주인 라모 하레스가 아버지요, 백부였다. 이제껏 유스티나는 누구에게도 비난이나 멸시를 받은 적이 없다. 그러기는커녕 남들이 항상 받드는 생활만을 해왔다. 자신보다 나이 많은 친지가 아니라면 감히 황제라 해도 자신에게 손가락질을 할 수는 없었다.

'이런 버릇없는 년은 단단히 버릇을 가르쳐 주어야 해.'

유스티나는 그런 심정으로 한 걸음 루이지 앞으로 나섰다. 그때 일단의 사람들이 옆에 나타나 유스티나를 막았다.

"무슨 일이야?"

황태자 카리테오였다. 카리테오는 웃는 얼굴로 유스티나를 바라보았다. 황태자는 오늘의 흥겨운 기분을 망치고 싶지 않았다. 더군다나 다혈질인 유스티나의 기분을 거스르면 어떤 사태가 일어날지 예측할 수 없었다. 전임 황제인 루벤트가 끔찍이 아끼던 외손녀이자 자신과 사촌인 유스티나가 어떤 성격을 지녔는지 잘 알고 있는 황태자였다. 카리테오는 유스티나를 달래려 했다. 눈치없는 루이지가 그런 황태자를 앞질러 입을 열었다.

"황태자 전하! 저 여자가 감히 도란 제국 황태자의 권위를 우습게 여기고 평민을 데리고 와 이 자리를 우습게 만들었어요. 벌을 내려야 합니다."

만일 유스티나의 신분을 알았다면 루이지는 감히 이런 발언을 하지 못했을 것이다. 생소한 여자라 그저 하급 귀족의 딸이려니 추측하고 강하게 나갔다. 카리테오의 얼굴이 곤혹스러워졌고, 유스티나는 더욱 발끈해 잡고 있는 듀테의 손을 뿌리쳤다. 더군다나 황태자를 따라온 일황녀 줄리어스가 더욱 유스티나의 화를 부채질했다.

"듣고 보니 그렇네요, 언니! 아무리 언니라 해도 황궁 대연회에 평민을 데려온 건 잘못됐어요. 그러니 그녀가 당첨된 건 무효예요."

유스티나는 바로 눈앞에서 도끼눈을 뜨고 자신을 노려보는 도란 제국 일황녀 줄리어스와 사이가 좋지 않았다. 유스티나와 한 살 차이나는 줄리어스는 어려서부터 루벤트 황제의 사랑이 자신에게 오지 않는 걸 분통해했다. 황제의 사랑이 외손녀인 유스티나에게 가는 걸 시기했고, 어쩌다 놀러 오면 냉랭하게 대했다. 자신을 좋아하지 않는 일황녀가 있는 도란 제국에 별로 오고 싶은 마음이 없었으니, 루벤트 황제의 사후 발걸음을 끊었다. 이번에도 별반 내키지 않았지만 샤넬 황녀가 억지로 데려오는 바람에 끌려오듯 연회에 참석한 것이다.

이제 유스티나는 루이지보다 참견하고 나서는 줄리어스가 더욱 밉상이었다. 더군다나 루이지는 거리가 떨어져 있었고, 줄리어스는 바로 곁에서 쫑알거리는 게 아닌가? 화가 머리끝까지 치민 유스티나는 오른손을 들어 줄리어스의 뺨을 후려쳤다.

짝—

소연회장 전체로 소리가 울려 퍼졌고, 일황녀가 나자빠졌다. 지켜보던 귀족 자제들은 한순간 모두 얼이 빠져 버리고 말았다. 황녀의 뺨을 때리다니…… 죽고 싶어 환장하지 않은 다음에야 감히 자행할 수 없는 만행이 아닌가.

"넌 옛날부터 재수없었어. 그깟 보물 쪼가리 따위 갖지 않으면 그만이야. 그래, 저런 시건방진 귀족에게나 많이 나누어 주어라. 내 다시는 도란 제국 황성에 오지 않겠어!"

유스티나는 이어 노한 눈으로 루이지를 바라보았다. 그녀도 유스티나가 감히 일황녀의 뺨을 갈길 줄은 예상치 못해 반쯤 얼어 있었다.

"네가 감히 내게 손가락질을 해? 네가 누구의 딸인지는 모르지만 다음번에 어디서고 다시 만나면 가만 놔두지 않겠어! 조심하는 게 좋을 거야!"

유스티나는 말을 마치자 듀테의 손을 잡고 연회장을 빠져나가려 했다. 그때 엎어져 있던 줄리어스 황녀가 찢어지는 목소리로 소리쳤다.

"근위 기사! 근위 기사들은 어디 있는가? 저년을 잡아!"

황녀의 급한 목소리에 연회장 주변을 지키던 근위 기사들이 뛰어들어 왔다. 유스티나는 발걸음을 멈추고 돌아서 줄리어스 황녀를 바라보았다.

"년이라고? 네가 감히 내게… 이토록 무례하다니……! 도란 제국의 황녀 따위가 나 유스티나를 우습게 본단 말이지?"

줄리어스 황녀는 아랑곳하지 않고 근위 기사들을 향해 명령을 내렸다.

"뭐 하는 거냐? 내 말이 안 들려? 저년을 당장 포박해라!"

근위 기사들이 유스티나를 향해 달려왔다. 그러자 유스티나는 스펠링을 외며 손 위에 주먹만한 파이어 볼을 생성시켰다. 유스티나는 이미 4써클의 마스터였다.

"멈춰라. 누가 감히 나를 잡는단 말이냐? 호른 제국의 야스퍼 핸슨 경이 내 아버지요, 라모 하레스 경이 내 백부이시다. 너희들이 죽고 싶은 거냐? 내게 손만 대보라. 그자는 본인뿐 아니라 가족까지 모두 몰살시켜 버릴 테다!"

근위 기사들이 달려오다 급히 걸음을 멈추었다. 그리고는 황녀와 유스티나를 번갈아 바라보며 어쩔 줄 몰라 했다. 무릇 검을 다루는 자치고 라모 하레스와 야스퍼 핸슨의 이름을 모르는 자는 없다. 대륙제일의 기사인 라모 하레스이며, 그에 맞먹는 이름인 야스퍼 핸슨이었다. 도란 제국에는 그 두 사람과 검을 맞대어 자웅을 겨룰 사람이 없다. 이미 전임 근위 기사단장 빅투아르도 야스퍼 핸슨의 아래로 평가된 지 오래다. 그랜드 소드 마스터로 혁혁한 명성을 떨치고 있는 두 사람이 아닌가. 이 두 사람의 비위를 건드리고도 무사할 만한 사람은 도란 제국에 없다. 그러니 아무리 황녀의 명이라 하더라도 섣부른 행동을 할 수 없는 근위 기사들이었다. 근위 기사들이 눈치만 보고 서 있자 줄리어스 황녀가 분통을 터뜨렸다.

"너희들이 그러고도 근위 기사냐? 황녀의 명조차 듣지 않으면서 어찌 도란 제국의 월급을 받아먹고 있는 거냐?!"

황녀의 날카로운 지적에도 근위 기사들은 움직이지 않았다. 근위 기사들이 곤혹스러운 얼굴로 황태자를 바라보았다. 일종의 구원 요청인 셈이다. 그제야 황태자가 손을 흔들며 나섰다.

"줄리어스, 진정해라. 그리고 유스티나도 그만 화를 풀어라. 별것도 아닌 일로 이게 무슨 난리란 말이냐?"

황태자는 두 사람을 만류하며 근위 기사들에게 그만 물러가라고 손을 저었다. 근위 기사들은 살았구나 하는 표정으로 얼른 연회장을 빠져나가 버렸다.

"아니, 저자들이 감히 내 명을 거역하고……."

줄리어스 황녀는 기가 막혀 말을 잇지 못했다. 그런 황녀를 보며 유스티나는 더욱 서슬 퍼런 눈빛을 보냈다.

"줄리어스! 지금 머리를 숙여 사과하면 외할아버지를 생각해 없던 일로 하겠다. 하지만 불복하면 감히 날 모욕한 대가를 반드시 치르게 하겠다."

이런 엄포에 눌릴 줄리어스 황녀가 아니었다. 그녀는 오히려 큰 소리로 외쳤다.

"네가 무슨 언니야? 기껏 변방의 작은 영지를 가진 보잘것없는 영주의 딸 주제에……. 나도 마찬가지야. 널 가만두지 않겠어."

한 치도 물러서지 않고 여전히 대드는 줄리어스를 향해 유스타나는 다가가 다시 한 번 세차게 뺨을 올려붙였다. 마지막 호의마저도 무시한 대가였다. 막 일어나던 줄리어스가 다시 우스꽝스럽게 나자빠졌다.

"이것으로 끝난 게 아냐. 언젠가는 널 크게 혼내줄 거야."

유스타나는 쓰러진 줄리어스를 한 번 더 노려본 다음 몸을 돌려 연회장을 빠져나왔다. 그녀의 뒤로 얼음같이 차가운 기류가 흐르는 듯했다. 황태자가 쫓아가며 유스타나를 잡으려 했지만 막무가내였다.

유스타나는 듀테의 손을 잡고 바로 황궁 마법사실로 향했다. 그리고는 마법진을 통해 호른 제국 휠츠리 영지로 공간 이동해 갔다. 마법사실까지 따라가며 유스타나의 기분을 달래주려던 황태자는 결국 홀로 돌아올 수밖에 없었다.

"이거 일났군. 아바마마께서 아시면 불호령을 내리실 텐데……."

황태자가 어렸을 때에 루벤트 황제는 손자인 그를 무릎에 앉히고 종종 이런 당부를 했었다.

"아무리 화가 나는 일이 있더라도 라모 하레스 경이 생존하는 한 호른 제국에는 맞서려 하지 마라. 우리 도란 제국은 그의 분노를 감당할 수 없다."

황태자는 그런 루벤트 황제의 당부가 아직도 생생하다. 손자에게도 이런 당부를 할 정도였으니 지금의 황제가 된 그의 아들에게는 아마도 귀에 딱지가 앉을 정도로 강조하고 또 강조했으리라. 그런데 철없는 줄리어스 황녀는 그런 사정도 모르고 라모 하레스가 아기는 조카딸을 함부로 비난했다. 그러니 황태자는 절로 마음이 불안해졌다. 라모 하레스가 겨우 이런 일로 도란 제국과 불편한 관계가 되진 않겠지만 세상일이란 한번 꼬이기 시작하면 필연적으로 걷잡을 수 없이 꼬이기도 한다. 문제의 싹은 움트자마자 제거해야 말끔한 법이다. 황태자는 이 일을 부황에게 고해야 할는지 고민해야 했다.

휠츠리 영지로 돌아온 유스티나는 화를 억누를 수가 없었다. 자신의 방으로 들어서서도 얼굴이 붉으락푸르락하고 잠시도 앉지 않고 왔다 갔다 하자 오히려 불안해 진 듀테는 눈치를 보며 입을 열었다.

"언니, 난 오랜만에 집으로 돌아가 부모님과 지내고 싶어요. 너무 화내지 말아요. 괜히 나 때문에……."

듀테가 미안해하자 그제야 유스티나는 웃는 낯으로 오히려 위로했다.

"듀테, 네 탓이 아냐. 너야말로 마음 상하지 말거라. 그래, 네 부모님께 가서 상한 마음을 달래고 있거라. 조만간 내가 찾아갈게."

그렇게 듀테를 보내고 난 후 유스티나는 마법실로 가 다시 공간 이동했다.

유스티나가 나타난 곳은 거대한 공동이었다.

"유스티나 왔구나. 어서 오너라. 네 백부는 잠깐 산책 나갔다."

높이만 무려 일백 미터는 족히 될 거대한 공동의 한 켠에 탁자가 놓여 있고 의자에 풍성한 붉은 머리를 한 미녀가 보였다. 바로 라모의 아내 카릴이었다. 유스티나는 카릴을 조금 무서워하였다. 어쩌다 눈이 마주치면 형언할 수 없는 강대한 기운을 느낀다. 카릴이 자신에게 해코지할 것이라고는 생각할 수 없지만 그것은 위대한 존재에 대한 본능적인 두려움이었다. 두려움은 매번 만날 때마다 똑같이 느끼곤 한다. 유스티나는 그런 의미에서 카릴과 함께 사는 백부에 대해 또 한 번 감탄하게 됐다. 유스티나는 카릴을 향해 고개를 숙였다.

"안녕하셨어요, 백모님."

인사를 하고 고개를 드는 순간 누군가 유스티나의 등으로 펄쩍 뛰어올라 목을 감싸며 매달렸다. 고개를 돌리니 붉은 머리를 한 10살가량의 사내아이였다.

"누나! 그동안 왜 안 왔어? 나 심심했단 말야."

붉은 머리의 사내아이는 바로 라모 하레스와 레드 드래곤 카르넬리아와의 사이에서 태어난 베르헤나스였다. 인간의 나이로 치자면 베르헤나스는 벌써 15살이었다. 그러나 해츨링은 성년이 되기 전까지는 10살가량의 어린아이 모습을 하고 있다. 그리고 정신 연령조차도 그 나이 또래로 성장이 느렸다.

"벨! 어디 보자. 우리 벨이 그동안 누나 많이 보고 싶었어?"

베르헤나스와 친근한 사람들은 그를 애칭으로 벨이라 부른다. 유스티나는 등에 매달린 벨을 손으로 잡아당겨 품에 안았다. 유스티나는 벨을 볼 때마다 너무 귀여워 항상 매료된다. 벨의 불타는 붉은 머리카락은 도저히 인간이 가질 수 없는 절묘한 색감을 가졌다. 인간의 머리카락처럼 푸석푸석거리지 않고 마치 보석처럼 윤기가 흐르며 빛이 난다. 누구나 벨을 보면 한번 안아주지 않고는 견딜 수 없을 만큼 귀여웠다. 어깨까지 흘러내리는 머리카락과 부드러운 살결, 그리고 조화를 이룬 얼굴의 균형미는 남자인지 여자인지 구별할 수 없게 한다.

"내 자식은 그래도 사내아이여야지. 계집애는 재미없어."

라모의 한마디에 벨의 운명이 바뀌었다. 라모는 주변 사람들에게 벨을 남자로 인정하고 그렇게 대해달라고 부탁하곤 했다. 드래곤은 양성이며, 성장하면서 자신의 정체성을 결정하게 된다. 라모의 의지로 이렇듯 처음부터 사내아이로 키우기 시작하면 해츨링은 자신의 다른 가능성은 잊어먹게 된다. 벨은 이제 라모의 의도대로 남성으로 성장하여 남성으로 살아갈 것이다.

벨과 놀고 있는 사이 라모가 산책에서 돌아왔다.

"오! 유스타나 왔느냐? 오늘은 무슨 일로 온 거냐? 마검사가 되겠다는 생각은 그만 접어라. 그건 욕심 낸다고 이루어질 사안이 아냐."

라모는 유스타나에게 말을 건네며 카릴에게 다가갔다. 라모는 그새 다시 구레나룻을 기르기 시작했다. 벌써 얼굴이 온통 털북숭이다. 유스타나는 최근까지 라모에게 마검사가 되는 방법을 가르쳐 달라며 떼를 썼었다.

"유스타나! 검이란 여자아이가 다룰 만한 것이 못 된다. 그러니 마법에나 신경 써라."

이렇게 아버지가 말리는 덕분에 소드 마스터를 아버지로 두고도 검이라고는 거의 잡아본 적도 없는 유스타나에게 있어 마검사는 요원한 일이었다. 그래도 다행히 마법에 재능이 있어 이른 나이에 4써클에 이른 점만은 스스로 생각해도 대견했다.

라모는 유스타나가 한 가지만이라도 대성하길 바랐다. 자신이 마검사가 될 수 있었던 것도 오랜 시일에 걸친 깨달음이 있었기에 가능했다. 또 일원신공이라는 초유의 심법이 있었기에 경지에 다다를 수 있었다. 하지만 유스타나에게 일원신공을 가르칠 수는 없는 것 아닌가. 그래서 거절했고, 이번에도 또 유스타나가 떼를 쓰기 위해 온 것으로 생각했다.

"백부님, 부탁이 있어요."

유스타나가 품속에서 물건 하나를 꺼내 내밀었다. 라모는 그 물건을 일별하고는 눈이 조금 커졌다. 골드래빗이었다. 샤넬 황녀의 간청으로 20년 전에 맡겼던 골드래빗이 드디어 주인의 소원을 요청하고 있다. 라모는 골드래빗을 보고 이번 부탁이 심상치 않은 일임을 알았다.

"그래, 언젠가는 너의 소원을 들어주겠다고 약속했지. 오늘이 그날이로구나. 유스타나, 너의 소원을 말해 보아라."

라모는 유스타나의 손에서 골드래빗을 회수했다. 그리고 심각한 안색으로 유스타나를 주시했다. 무슨 소원이든 다 들어줄 수 있다는 자신감이 내포돼 있는 얼굴이다. 그런 라모를 보자 유스타나는 자신이 골드래빗을 허황된 곳에 쓰는 것은 아닌가 잠시 의심스러워졌다. 골드래빗을 받아 드는 엄숙한 라모의 모습은 나라 하나를 통째로 만들어달라고 해도 들어줄 것 같았다.

"유스타나! 이 골드래빗을 잘 간직하거라. 그리고 네가 살아가는 동안 진정으로 원하는 일이 있으나 사정상 이루지 못할 경우, 또는 네가 헤어날 수 없는 절체절명의 위기에 빠졌을 때 이 골드래빗을 네 백부에게 가져가라. 이 골드래빗은 너의 수신부이며 동시에 구명부이다. 그러니 함부로 작은 일에 사용하지 말거라."

유스타나는 어머니 샤넬 황녀의 당부가 새삼 다시 떠올랐다. 유스티나는 자신의 일평생 헤어날 수 없는 어려운 일이 생기리라고는 전혀 상상할 수 없었다. 왜냐하면 자신의 주위는 하나같이 비범한 사람들로 감싸여 있다. 자신이 손을 내밀기만 하면 잡아줄 사람이 부지기수로 널려 있다. 부모가 있고, 야스퍼 핸슨과 각별한 관계인 전임 천인장들, 그리고 자코 왕국의 리코 후작과 도란 제국의 빅투도 유스타나가 도움을 청하면 거절하지 않을 것이다. 그 외에도 알게 모르게 자신을 아껴주는 사람들이 많다. 그러니 골드래빗을 지금 쓴다 하더라도 별문제가 없을 거라고 생각했다. 물론 이는 전적으로 유스타나 혼자의 짐작이었다. 만약 인생이 수많은 위험과 함정으로 점철돼 있다는 걸 알았다면, 그리고 인간이란 유한한 존재로 언젠가는 홀로 서야 할 때가 온다는 걸 예상했다면 조금 더 고민했을 것이다. 유스타나는 먼 미래의 일을 앞서 걱정하기보다는 지금 당장 겪고 있는 갈등이 훨씬 심각했다.

"키메라 나이트 두 구를 제게 주세요."

라모는 자신의 귀를 의심했다. 유스타나가 이런 소원을 말해 올지는 몰랐다.

"키메라 나이트를 달라고? 너 그게 뭔지는 알고 하는 소리냐?"

유스타나는 당차게 고개를 끄덕였다.

"백부님! 요즘 이상하게 불안한 마음이 들어서 호위로 쓰려고 하는 거예요. 그러니 꼭 제 소원을 들어주세요."

라모는 간청하는 유스티나의 얼굴을 자세히 들여다보았다. 과연 얼굴이 약간 상기되고 평소와 달리 마음속에 폭풍이 이는 듯 거친 흐름이 엿보인다. 라모는 잠시 생각에 잠겼다. 유스티나는 마음이 따뜻한 아이였다. 평민과 의자매를 맺을 정도로 격의가 없기도 하다. 그러니 설마 키메라 나이트를 나쁜 일에 쓸 아이는 아닌 것으로 판단된다. 또 라모는 골드래빗이 언제 돌아올 것인가 은근히 기대하고 있기도 했다. 골드래빗은 라모가 오래전에 맡겨둔 마음의 빚이다. 빚은 빨리 갚을수록 시원하다. 혹시라도 이보다 더 골치 아픈 일을 들고 오면 어쩌나 했는데, 생각보다 쉬운 소원이라 들어줄 마음을 먹었다.

라모는 바로 블레이드를 소환했다. 블레이드는 하레스에서 은퇴한 지 오래로 바로 이 랭가드 숲에 마법사 탑을 세우고 은신하고 있었다. 블레이드의 관심은 여전히 키메라 제조였다.

부른 지 얼마 되지 않아 블레이드가 나타났다.

"블레이드 아저씨, 안녕하세요!"

블레이드는 먼저 스승인 카릴에게 인사를 하고 난 다음 라모에게도 고개를 숙였다. 그러다 유스티나의 목소리를 듣고는 반가워했다.

"유스티나! 그동안 몇 년 못 본 사이 많이 컸구나. 그래, 나도 반갑다."

인사치레가 끝난 후 라모는 본론을 내놓았다.

"블레이드 경, 키메라 나이트 두 구만 내게 건네주시오. 그 보답으로 내가 일만 골드를 내놓겠소."

블레이드는 손을 저었다.

"보답이라니요, 영주님! 당치도 않습니다. 영주님께서 원하신다면 제가 가진 키메라 전부를 내드릴 수도 있습니다."

만약 다른 사람이었다면 절대 키메라 나이트를 내놓지 않을 블레이드였다. 황금 일만 골드가 아니라 백만 골드를 내놓는다 하더라도 절대 불가였다. 그만큼 블레이드에게 있어 키메라는 소중한 연구물이었고 재물에 있어서도 부족하지 않은 블레이드였다. 블레이드는 라모가 모처럼 하는 부탁에 기꺼운 마음으로 즉시 키메라 나이트를 소환했다.

"나와라, 키메라 나이트!"

공간이 열리며 두 구의 키메라 나이트가 튀어나왔다. 라모는 키메라 나이트를 보자 낮은 탄성을 질렀다.

"호오! 이건 예전과 많이 달라졌군요."

눈앞에 서 있는 키메라 나이트는 예전의 거대한 체구가 아니었다. 그냥 2미터 신장의 인간 크기였다. 온몸을 풀 플레이트 메일로 감싸고 투구 사이로 푸른 눈만이 간신히 보였다. 그리고 허리에는 바스터드 소드 한 자루를 달고 있을 뿐으로 그냥 평범한 기사처럼 비춰진다.

"이번 키메라 나이트는 제가 대폭 수정하고 발전시킨 종류입니다. 보시다시피 체구가 작아졌지만 근력은 엄청나게 강화됐고 뛰어난 재생 능력이 있습니다. 아마 소드 마스터와 붙여도 그다지 밀리지 않을 겁니다."

블레이드의 큰소리에 라모는 더욱 감탄했고, 유스티나는 탐스럽다는 눈으로 키메라 나이트를 샅샅이 훑었다.

"블레이드 경! 난 이 키메라 나이트를 유스티나에게 호위병으로 주려고 합니다. 그러니 사용법을 유스티나에게 알려주세요."

라모의 말에 블레이드의 안색이 살짝 변했다.

"영주님! 유스티나에게 준단 말입니까? 저는 영주님께서 쓰실 줄 알았는데⋯⋯. 영주님께는 아무런 위협이 될 수 없지만 인간계에서는 비교할 수 없으리만큼 강한 존재입니다. 유스티나에게는 그냥 일반 기사를 붙여주어도 충분할 텐데요."

블레이드는 혹여 자신이 만든 키메라 나이트가 악용되는 것을 걱정했다. 라모라면 전적으로 믿을 수 있지만 유스티나는 다르다. 사람의 마음은 때와 장소에 따라 얼마든지 바뀔 가능성이 있다. 평소에 착하던 사람도 무섭게 변하는 일이 다반사다. 그러니 주저하지 않을 수 없었다.

라모는 블레이드의 염려를 잘 이해했다. 하나 블레이드의 선견지명을 라모는 애써 무시했다.

"블레이드 경께서 무얼 걱정하는지 잘 압니다. 내가 모든 걸 책임질 테니 그렇게 해주세요. 설마 유스티나가 나쁜 일에 키메라 나이트를 쓰겠습니까? 걱정은 붙들어 매놓으세요."

라모의 장담에 블레이드는 유스티나의 얼굴을 보고는 고개를 끄덕였다. 하기는 무슨 걱정이겠는가? 만약 문제가 생기면 자신이 키메라 나이트를 다시 회수해 올 수도 있고, 먼저 라모가 가만 놓아두지 않을 것이다.

"알겠습니다, 영주님!"

블레이드는 유스티나에게 피를 약간 달라고 요청했다. 유스티나가 자신의 피를 주자 블레이드는 복잡한 과정을 거쳐 키메라 나이트의 투구를 떼어냈다. 아마도 쉽사리 벗겨지지 않도록 단단히 고정시킨 모양이다. 투구를 벗겨낸 키메라 나이트의 전체적인 얼굴은 삼각형 모양을 하고 있었다. 블레이드는 유스티나의 피를 키메라 나이트의 머리에 뿌렸다. 그리고 주문을 외자 푸른 빛이 번쩍이는 눈을 감았다.

"피의 계약에 따라 나와의 계약을 잊고 새로운 주인에게 충성을 다해라."

이어 블레이드는 눈을 감은 키메라 나이트의 머리에 손을 얹고 이름을 말해 주라며 유스티나에게 설명했다. 유스티나는 강력한 호위병을 갖게 되었다는 설레는 마음으로 두 구의 키메라 나이트 앞에 서서는 양손으로 삼각형의 머리를 짚었다.

"너의 주인이 될 나의 이름은 유스티나 핸슨이다. 내 이름에 복종한다면 이제 눈을 떠라."

유스티나의 명에 따라 키메라 나이트들이 눈을 번쩍 떴다. 유스티나는 키메라 나이트가 완전히 자신의 것이 되었다는 걸 알고 기쁨을 금치 못했다. 블레이드는 이어 키메라 나이트를 다시 공간에 감추는 방법과 부르는 요령을 알려주었다. 유스티나는 시범적으로 키메라 나이트를 공간에 집어넣었다가 다시 불러오고는 좋아 어쩔 줄 몰라 했다.

"유스티나! 설마 그런 일은 없겠지만, 만약 네가 키메라 나이트를 불의한 일에 사용한다면 아무리 골드래빗에 의한 소원이라 할지라도 언제든지 회수하겠다. 그러니 항상 정의로운 일에 키메라 나이트를 사용하기 바란다."

라모의 당부에 유스티나는 당찬 목소리로 대답했다.

"항상 명심할게요, 백부님! 절대 불의한 일에는 사용하지 않겠어요."

유스티나는 그러면서 속으로 한마디를 덧붙였다.

'도란 제국의 줄리어스 황녀를 혼내주는 한 가지 일만 빼놓고요. 황녀를 혼내준다고 해서 불의한 일이라고는 하지 않으시겠지요.'

유스티나는 싱글벙글 웃으며 라모가 보지 못하도록 약간 고개를 숙이고 득의한 웃음을 지었다. 그때 이미 라모는 블레이드와 대화를 하느라 유스티나의 표정을 보지 못했다.

유스티나는 소기의 목적을 달성했으므로 곧 작별을 고하고 휠츠리로 공간 이동했다. 집으로 되돌아온 유스티나는 며칠간 방에 틀여박혀 키메라 나이트를 소환해 시험했다. 과연 자신의 명령을 어느 정도까지 이해하는지 알고 싶었다.

블레이드가 심혈을 기울여 완성한 키메라 나이트는 놀라운 지능을 가지고 있었다. 물을 가져오라든가 문을 열라는 간단한 명령 외에도, 약간의 복잡한 추리를 요하는 문제까지도 해결할 능력이 있었다. 즉 물건 한 가지를 방에 숨기고 찾아내라고 하자 물건의 크기나 감출 수 있는 방향을 예상한 다음 빠른 시간 내에 찾아낸다. 아울러 대련을 시켜보았더니 그래듀에이트에 이른 열 명의 기사들조차도 얼마 견디지 못하고 한 대씩 얻어맞고 연무장에 누워버렸다. 그것도 검이 아닌 몽둥이를 들게 하고 나서의 결과였다. 유스티나는 보면 볼수록 키메라 나이트가 맘에 들었다. 자신의 말엔 절대복종하며, 싫증을 낸다거나 지칠 줄 모른다. 근 삼 일간 유스티나는 키메라 나이트와 지내느라 시간 가는 줄 몰랐다.

삼 일째 되는 날 야스퍼가 유스티나의 방을 찾아왔다. 세월이 흘러도 야스퍼의 얼굴은 여전히 젊었다. 일백 살을 넘긴 나이에도 불구하고 아직 30살도 안 돼 보였다. 그래서 잘 모르는 사람은 야스퍼가 유스티나의 아버지가 아니라 오빠라고 생각할 정도였다.

야스퍼의 얼굴은 약간 굳어 있었다.

"유스티나! 너에게 나쁜 소식이 있다. 네가 동생으로 생각하는 로랜드 국의 듀테가 죽었다는 연락이 왔다. 방금 살라망의 영주로부터 전언이 왔다."

살라망은 듀테의 집이 있는 로랜드 국의 지역 중 하나다. 유스티나는 그동안 좋았던 기분이 한순간에 식어버리고 말았다.

"말도 안 돼요. 며칠 전만 해도 건강하던 아이인데……. 어떻게 죽을 수가 있어요!"

유스티나는 믿을 수가 없었다. 놀란 나머지 눈물도 나오지 않았다. 유스티나의 표정을 살피던 야스퍼가 다가와 유스티나의 머리를 쓰다듬었다.

"유스티나! 너무 슬퍼하지 말거라. 인간의 삶은 원래 이렇듯 허망한 법이란다. 가까웠던 사람이 어느 날 불의의 사고로 네 곁을 떠날 때가 있단다. 이는 한정된 삶을 사는 모든 사람의 운명이니, 너도 그녀의 영혼을 홀가분하게 떠나보내거라."

유스티나는 잠시 후에야 눈물을 흘리며 자매 같던 듀테의 죽음을 슬퍼했다. 이어 유스티나는 듀테가 사고가 아닌 살해당했다는 소식을 듣고 더욱 놀라워했다.

"어쌔신의 솜씨 같다고 하더구나. 살라망의 영주가 사건을 조사하고 있으니 곧 범인을 찾아낼 수 있을 거다."

유스티나는 야스퍼의 말을 듣자마자 불현듯 범인의 얼굴이 떠올랐다. 어린 처녀에게 원한을 품어 살인자를 보낼 사람이 누가 있겠는가? 있다면 며칠 전 모욕을 받은 도란 제국의 줄리어스밖에는 없었다. 유스티나는 분명 사주한 자는 줄리어스일 것이라 짐작했다. 유스티나는 만류하는 야스퍼를 뿌리치고 로랜드 국의 살라망 지역으로 공간 이동하려 했다.

"호위 기사들과 마법사를 데려가거라."

야스퍼는 혹시 모를 위험을 방지하기 위해 기븐과 엘런이라는 이름의 기사 두 명과 파지라는 이름의 5써클 마법사를 붙였다. 유스타나가 공간 이동해 살라망 지역에 있는 듀테의 집에 당도했을 때 발견한 것은 폐허만 남은 집터였다. 저택은 완전히 불타 사라졌고, 살라망 영지의 병사 두 명이 주변을 조사하고 있을 뿐이었다. 조사에는 마법사를 따를 사람이 없었다. 휠츠리의 마법사 파지가 불탄 저택 앞에 가만히 서서 무언가에 귀를 기울였다. 그리고 한참 후에야 고개를 돌리며 입을 열었다.

"바람의 정령이 말하길 복면을 쓴 10여 명의 인물들이 침입해 주택에 있는 모든 사람을 살해하고, 자코 왕국 방향으로 도망쳤다고 합니다. 지금부터 그들을 추적하겠습니다."

유스타나는 불탄 저택과 한 켠에 늘어놓은 시체들을 보자 더욱 줄리어스가 가증스러웠다. 시체들은 이미 누가 누군지 모를 정도로 꺼멓게 그슬려 있다. 그들 가운데서 듀테를 찾기는 힘들어 보였다. 유스타나는 듀테를 위해 애도한 후 어쌔신을 추적해 갔다.

이틀을 추적한 후 자코 왕국과의 접경 지대인 크레스포 지방에서 결국 어쌔신을 따라잡을 수 있었다. 그들은 별반 숨을 생각도 하지 않고 여행하듯 유유자적 걷고 있었다. 등에는 간단한 봇짐을 메고 희희덕거리며 걷는 무리를 발견한 유스타나는 즉시 기븐과 엘런을 시켜 멈추도록 했다. 기사 두 명이 달려가 무리의 앞을 가로막았다.

"당신들은 정규 기사들 같은데 무슨 일로 우리 앞을 가로막는 것이오?"

유스타나는 그들의 앞으로 걸어가 면면을 자세히 살폈다. 마법사 파지가 그들을 범인으로 지목했지만 얼굴로 보아서는 그저 평범한 대륙민으로 보였다.

"저들의 봇짐을 뒤져 봐요."

유스티나의 명령에 기사 기븐이 한 사람의 봇짐을 잡아채려 했다.

"으윽! 이런 빌어먹을 놈."

그러나 가까이 다가가던 기븐이 튕겨나오듯 뒤로 물러섰다. 경장 차림을 하고 있던 기사의 메일을 피해 찌른 듯 배에서 피가 솟구쳤다. 그리고 봇짐을 뒤짐받으려던 인물은 어느새 피 묻은 대거 하나를 손에 들고 있다. 기븐은 부상에도 불구하고 검을 빼 들었다.

"들켰다. 모두 죽여."

우두머리로 보이는 자가 외치자 10여명의 인물들이 대거 하나씩을 품속에서 꺼내더니 일제히 달려들었다.

"파이어 볼!"

"아이스 애로우!"

유스티나와 마법사 파지는 마법 공격을 시전했고, 두 명의 기사도 검을 빼 들고 방어했다. 그러나 어쌔신들의 동작이 매우 재빨랐다. 땅을 뒹굴며 가볍게 마법 공격을 피하며 달려든다. 기사들도 어쌔신이 세 명씩 협공하자 더 이상 여력이 없었다. 유스티나는 파지가 실드를 펼쳐 방어하는 동안 주문을 외웠다.

"나와라, 키메라 나이트!"

공간이 열리며 두 구의 키메라 나이트가 튀어나왔다. 유스티나는 어쌔신들을 가리켰다.

"죽이지 말고 모두 사로잡아라. 뼈가 부러지는 건 상관없다. 다만 목숨만 살려놔라."

유스티나의 명령에 키메라 나이트가 검도 빼 들지 않고 어쌔신을 덮쳤다.

"으악! 이것들은 뭐야!"

키메라 나이트는 어쌔신이 들고 있는 대거는 조금도 신경 쓰지 않았다. 건틀릿을 끼고 있는 해머 같은 주먹을 들어 어쌔신의 뺨을 후려쳤다. 얻어맞은 어쌔신의 이빨이 모두 뽑혀 나가며 기절해 버렸다. 키메라 나이트는 또 다른 어쌔신의 팔을 잡아서는 비틀어 버렸다.

우드득—

뼈가 돌아가며 그대로 부러져 버렸다. 처참한 비명을 지르며 어쌔신 한 명이 널브러졌다. 어쌔신들은 방심하고 있는 키메라 나이트의 등을 대거로 힘차게 내리찍었지만 메일조차도 뚫지 못했다. 오히려 다리를 잡혀 허공으로 들린 후 허공을 날아 땅바닥에 패대기쳐졌다. 숨 몇 번 고르는 동안 어쌔신의 대부분이 팔다리가 부러지는 중상을 입고 쓰러졌으며, 절반은 입으로 피를 토하며 기절해 버렸다.

유스타나를 따라온 휠츠리의 기사와 마법사는 입을 떡 벌리고 키메라 나이트의 활약에 얼이 빠져 버리고 말았다. 호흡을 몇 번 고르는 사이 승부가 끝나 버렸다. 그래듀에이트에 이른 자신들도 세 명을 감당하지 못할 지경이었는데, 키메라 나이트는 허수아비 다루듯 처리하는 게 아닌가.

"아가씨! 저것들은 도대체 뭡니까? 굉장하군요. 속도나 힘으로 보아 소드 마스터 같은데 어디서 온 자들입니까?"

유스타나에게 다가온 기사와 마법사가 영문을 몰라 질문을 던졌다. 유스타나는 별반 사정을 알려주고 싶은 생각이 들지 않았다. 키메라 나이트를 다시 공간으로 돌려보낸 뒤 기사들을 시켜 어쌔신을 심문하도록 했다.

"아가씨! 저희들이 심문할 동안 잠시 산보라도 하고 오시죠."

심문은 종종 고문을 수반한다. 순수한 처녀가 볼 만한 광경이 아니다. 대강 그런 의미를 눈치 챈 유스티나가 자리를 비켜주었다.

약 1시간 정도가 흘러서야 기사들이 정보를 알아왔다. 어쌔신들은 더 이상 보이지 않았다. 기사들의 심문을 견디지 못하고 하나씩 죽어갔던 것이다. 어쌔신들답게 비밀을 털어놓지 않으려고 해 무리하게 고문할 수밖에 없었다. 돌아온 기사들은 조금 곤혹스러운 표정들이다.

"아가씨! 알아내기는 했으나 배후가 뜻밖의 인물입니다."

기사 엘런이 말하기 전 유스티나가 먼저 입을 열었다.

"범인은 다름 아닌 줄리어스 디아고 민트루노이겠죠."

어쌔신을 심문한 기사들이 깜짝 놀랐다.

"알고 계셨습니까, 아가씨?"

유스티나는 자신의 추측이 사실로 드러나자 입술을 깨물었다. 줄리어스가 보복을 자행한 것이다. 차마 유스티나에게는 대항하지 못하고, 평민인 듀테를 죽임으로써 자신의 분풀이를 했다. 유스티나는 도란 제국의 하늘을 향해 주먹을 쥐었다.

"줄리어스, 기다려라! 내가 듀테의 복수를 하지 못하면 사람이 아니다!"

기사들은 유스티나의 서슬 퍼런 얼굴에 마치 자신들이 죄를 지은 것마냥 속이 뜨끔했다.

"아가씨! 줄리어스 황녀가 도란 제국 카타로에 있는 어쌔신 길드에 이 일을 의뢰했고, 그 결과를 보기 위해 직접 레팀논 평원에 건설된 성까지 와 기다리고 있답니다."

뜻밖의 보고에 유스티나도 적이 놀랐다. 줄리어스가 도란 제국 황성에 박혀 있는 한 유스티나의 복수는 시간이 걸릴 수밖에 없었다. 그러나 레팀논 성에 있다면 얘기가 다르다. 유스티나는 모처럼 통쾌하게 웃을 수 있었다.

"호호호! 하늘이 나를 돕는구나. 줄리어스, 기다려라! 이 유스티나가 직접 듀테의 복수를 해주마."

실상 유스티나는 줄리어스를 죽일 수 없었다. 자신의 사촌지간이 아닌가. 만약 자신이 줄리어스를 죽이면 어머니 샤넬이 용서하지 않을 것이다. 그래서 죽이지는 못하더라도 사로잡아 평생 잊지 못할 모욕을 줄 결심이었다.

"기븐 경은 부상을 입었으니 휠츠리로 돌아가 치료하세요. 그리고 앨런 경은 같이 휠츠리로 돌아가 기사 열 명을 추려 레팀논 평원으로 미리 가서 내 명령을 기다리세요. 물론 이 일은 아버지와 어머니 모르게 은밀히 행해야 해요. 일이 잘 마무리되면 내가 반드시 고생한 사람들에게 충분한 보상을 해주겠어요."

마법사 파지가 장거리 이동 마법진을 그렸고, 기븐과 앨런이 즉시 명을 받들어 휠츠리 영지로 이동해 갔다.

유스티나와 파지는 도란 제국의 레팀논 성 부근으로 공간 이동해 갔다. 레팀논 성은 도란 제국이 200킬로미터에 이르는 레팀논 평원의 절반을 자코 왕국에 빼앗기고 난 다음 건설한 곳이다. 성 둘레만 무려 50킬로미터에 이르는 거대한 성이었다. 20년 전에 건축을 시작해 10년이나 걸려 완성했다. 레팀논 성은 도란 제국이 언젠가는 평원 전체를 다시 수복하겠다는 강력한 의지였다. 그러나 아직은 요원한 일이었다.

자코 왕국 기병은 지난 스발바르와의 전쟁에서 무려 10만의 전사자를 낼 만큼 막대한 피해를 입었다. 그러나 그 덕분에 침략자라는 오명은 많이 씻겨졌다. 아니, 이젠 오히려 대륙을 지키는 수호기병이라는 칭찬까지 듣는 실정이었다. 연전연패를 거듭하던 그룬디아 연합군이 자코 왕국 덕분에 완벽한 승리를 거둘 수 있었다. 만일 자코 왕국의 30만 기병이 스발바르의 배후를 가로막지 않았더라면 아무리 라모의 무력이 뛰어났더라도 지난 전쟁의 결과를 예측할 수 없었을 것이다.

역시 무패의 군대.
그룬디아 최강의 기병.

대륙민들은 다투어 자코 왕국 기병을 거론하며 엄지손가락을 세웠다. 자코 왕국은 대륙 간 전쟁이 끝난 후 발 빠르게 군대의 편제를 정비해 원상 복구했다. 도란 제국 또한 적지 않은 피해를 입어 오히려 자코 왕국이 다시 덤벼들지 않을까 염려해야 했다.

그로부터 20년이 넘는 세월이 흐르는 동안 도란 제국은 다른 국가에 비해 월등한 국민의 수와 풍부한 재물 등 국력을 기울여 성을 건축했던 것이다. 평원에선 결코 자코 왕국 기병을 당할 수 없다. 그럼 효과적인 대응법은 무엇인가. 성이 있어야 한다. 이런 논의의 결론으로 레팀논 성이 탄생된 것이다.

유스타나는 그런 레팀논 성을 바라보며 휠츠리의 기사들을 기다렸다. 유스타나는 키메라 나이트를 다시 불러내 검 대신 나무 몽둥이를 사용하도록 명령했다. 근처의 생나무를 잘라 길고 굵은 몽둥이를 만들었다. 유스타나는 되도록 살생을 자제하려고 했다. 그러는 동안 휠츠리의 기사 열 명이 나타났다. 그 선두에는 역시 엘런이 있다. 유스타나는 어두워지기를 기다렸다가 레팀논 성안으로 침투해 들어갔다.

성 침투에 있어서도 키메라 나이트는 발군이었다. 높이가 무려 10미터는 너끈히 되는 돌벽이었다. 그런데 유스티나의 명령을 들은 키메라 나이트가 기사를 한 명씩 성벽 위로 집어 던졌다. 기사들은 성벽 위로 2미터는 더 높이 날아올라 갔다가 무사히 안착했다. 기사들은 키메라 나이트의 무시무시한 힘에 모두 혀를 내둘렀다. 키메라 나이트는 건틀릿을 낀 손으로 성벽을 찔렀다. 그럼 돌벽이 푹푹 파였다. 그런 식으로 순식간에 올라가 버린다. 마법사 파지와 유스티나는 플라이 마법을 사용해 날아올라 갔다.

올라가 보니 기사들이 순찰병을 기절시켜 놓은 것이 보였다. 성벽 위에서 성안을 내려다보았다. 30만의 병력이 주둔하는 레팀논 성이었다. 크고 작은 군막이 성안에 가득했다. 그중에 유독 허공으로 솟아 있는 5층 건물인 영주관이 보였다.

"여기서 흩어져 저기 보이는 영주관 앞에 다시 집결하도록 해요. 시간은 10분이에요."

유스티나는 줄리어스 황녀가 와 있다면 거주하는 곳이 영주관이라고 짐작했다. 기사들이 성벽을 내려가 사방으로 흩어졌다. 그러나 곧 흰 빛이 번쩍하더니 하늘이 밝아졌다.

"침입자다!"

보초병의 눈만 조심하다 마법사들이 이중으로 알람 마법을 설치해 놓은 걸 깜박했던 것이다. 유스티나는 아랑곳하지 않고 파지와 더불어 영주관을 향해 달렸다. 간혹 병사들이 튀어나와 가로막았지만 키메라 나이트가 몽둥이를 휘두르면 그대로 날려가 기절해 버렸다.

영주관에 도착했을 때 사방에서 검 부딪치는 소리가 났다. 휠츠리의 기사들이 발각돼 싸움이 벌어진 모양이었다. 하지만 그 덕분에 신경이 그리로 쏠려 영주관에는 병사들이 얼마 안 되어 보였다.

"문을 부수고 그대로 쳐들어가."

유스티나의 명령에 키메라 나이트가 온몸으로 대문에 부딪쳤다. 대문이 키메라 나이트의 힘을 이기지 못하고 그대로 넘어가 버렸다. 유스티나는 키메라 나이트를 앞세워 마당을 가로질러서는 영주관 건물로 진입해 들어갔다.

"암살자다!"

"막아라!"

건물 안에서 기사들 대여섯 명이 뛰어나왔다. 그들은 나오는 족족 키메라 나이트의 밥이 되었다. 키메라 나이트가 몽둥이를 들어 팔이고 어깨고 닥치는 대로 두들겨 댔다. 그러는 동안 유스티나는 서슬 퍼런 눈으로 손님 방으로 보이는 문을 모조리 열어젖히며 줄리어스 황녀를 찾았다. 그러나 줄리어스는 어디에도 없었다. 유스티나는 시녀 한 명을 족쳤다.

"줄리어스 황녀가 여기에 왔겠지? 어디에 있느냐? 사실대로 대답하면 너를 조금도 다치게 하지 않겠다."

시녀는 유스티나보다는 그 뒤에 서 있는 키메라 나이트가 공포스러웠다. 누군가의 머리라도 깨박을 쳤는지 들고 있는 몽둥이에는 피가 묻어 있다. 시녀는 더듬더듬 사실을 털어놓았다.

"황녀께서는 별… 별관에 계세요. 제발 살려주세요."

시녀는 자신을 죽일까 봐 벌벌 떨며 손을 비볐다.

유스티나는 영주관에 붙어 있는 작은 건물을 생각해 내곤 즉시 영주관을 나와 별관으로 향했다. 그러나 별관에도 줄리어스는 없었다. 방금까지 있었던 흔적이 보였으나 종적은 없다. 별관을 지키는 시녀를 닦달해 조금 전 말을 타고 떠났다는 말을 들었다.

황녀의 호위 기사 중 한 명인 근위 기사가 우연히 근처에 있다가 유스타나의 얼굴을 발견했던 것이다. 더불어 키메라 나이트의 무서운 위력을 보고는 놀라서 즉시 달려가 줄리어스에게 보고했다. 줄리어스는 유스타나가 왔다는 소리에, 그리고 소드 마스터에 필적하는 두 명의 기사가 동반했다는 보고에 더럭 겁이 났다. 영주관에서 끊임없이 비명이 터져 나오는 소리를 들었다. 줄리어스는 계속 이곳에 머무르고 있다가는 유스타나에게 큰 봉변을 당할 것으로 예측했다. 황녀는 즉시 마법사 한 명과 다섯 명의 근위 기사들, 그리고 이곳까지 동행한 수도 카다로의 어쌔신 길드장을 이끌고 성을 빠져나갔다.

"파지 경! 난 이대로 줄리어스를 추적해 갈 테니 경은 우리 휠츠리의 기사들을 구해 돌아가세요."

그러면서 유스타나는 대답도 듣지 않고 성문을 향해 뛰어갔다. 그 뒤를 두 구의 키메라 나이트가 재빨리 따라 달렸다. 파지는 유스타나를 잡으려 했으나 틈을 주지 않았다.

"아이고… 영주님이 아시면 경을 치겠군."

파지는 유스타나를 따라갈 건지 기사들을 구할 건지 한참을 망설였다. 그러나 결국은 유스타나의 부탁대로 기사들을 구원하러 달려갈 수밖에 없었다.

성문에 다다른 유스타나는 보초병을 닦달했다.

"줄리어스 황녀는 어디로 갔느냐?"

키메라 나이트에게 멱살을 잡혀 허공에 뜬 보초병은 혼비백산했다.

"황녀께서는 성을 나서 남서쪽을 향해 떠나셨습니다. 제발 살려주세요."

유스티나는 즉시 성문을 나서 남서쪽을 향해 한동안 달렸다. 키메라 나이트들이 바짝 쫓아왔다. 그러나 좀체로 종적을 발견할 수 없었다. 유스티나는 키메라 나이트 한 구를 불러 명령을 내렸다.

"넌 먼저 달려가 앞서 말을 달리는 존재가 있으면 가로막아라. 죽이지는 말고 사로잡아라. 대신 마법사가 보이면 불문곡직하고 무조건 제일 먼저 때려 잡아라."

유스티나의 명령을 받은 키메라 나이트 한 구가 앞으로 튀어 나갔다. 그간 유스티나와 호흡을 맞추기 위해 슬슬 달려왔었다. 그러나 전력을 다해 달려나가자 그 속도가 놀라웠다. 말보다 무려 두 배는 더 빠른 속도였다. 키메라 나이트는 순식간에 사라졌다. 유스티나는 나머지한 구를 데리고 계속해 추적해 갔다.

한편 유스티나를 따돌리고 도망치던 줄리어스는 곧 기사 한 명이 무서운 속도로 쫓아오는 것을 발견했다. 곧 키메라 나이트는 일행을 추월하여 앞을 가로막았다. 앞이 막히자 도란 제국의 근위 기사들과 어쌔신 길드장 카이만은 할 수 없이 말에서 내려 황녀를 보호할 수밖에 없었다. 키메라 나이트의 푸른 눈은 제일 먼저 황녀의 곁에 서 있는 마법사를 발견했다. 유스티나가 마법사를 지적한 이유는 장거리 이동을 방지하기 위해서였다. 키메라 나이트가 기사들을 무시하고 마법사를 향해 달려갔다.

챙!

챙그렁—

기사들을 달려드는 키메라 나이트를 향해 검을 휘둘렀다. 그러나 검만 부러지고 상처를 입힐 수 없었다. 마법사는 아이스 에로우를 발해 목을 노리고 날렸다. 목은 약점이 있어 어느 정도 상처를 입힐 수 있었다. 녹색 피가 흐르는 것이 보였다. 그에 아랑곳하지 않고 키메라 나이트는 달려와 몽둥이로 어깨를 내려쳤다. 꽝렬한 충격에 마법사는 앞으로 픽 고꾸라져 기절해 버렸다.

"까아아아아아악—"

옆에 서 있던 줄리어스 황녀가 비명을 질렀다. 키메라 나이트가 고개를 들어 쳐다보았다. 그 순간 뒤에서 근위 기사들이 죽기 살기로 달려들었다. 황녀가 잘못된다면 자신들의 목숨도 같이 사라지는 것이나 마찬가지였다. 상급의 그래듀에이트인 다섯 명의 근위 기사들이 목숨을 도외시하고 덤벼들자 키메라 나이트도 일시 어쩌지를 못했다.

"저런 괴물이 어디서 나왔지?"

놀라워하던 어쎄신 길드장 카이만은 곧 정신을 차렸다. 카이만은 파랗게 질린 얼굴을 하고 서 있는 줄리어스 황녀의 손을 낚아채 옆에 보이는 산을 향해 달려갔다. 키메라 나이트는 기사들을 마구잡이로 후려쳤지만 얻어맞은 충격으로 일시 기동을 못하면 다른 기사가 그 틈을 메우는 식으로 격렬하게 저항했다.

유스티나가 현장에 당도했을 때 근위 기사 다섯 명은 완전히 만신창이가 돼 있었다. 경장 갑옷은 깨져 나가고 온몸에는 성한 곳이 단 한 군데도 없어 보였다.

"여자를 잡으란 말야. 쓸데없는 기사들을 잡고 실랑이를 하고 있느냐? 여자는 어디로 갔어?"

유스티나가 화를 내자 키메라 나이트가 어리둥절한 눈을 하더니 손을 들어 옆에 보이는 산을 가리켰다. 해발 1천 미터는 되어 보이는 제법 험준한 산이었다. 유스티나는 그 주변을 살펴보았다. 산 주변은 사방으로 트여 있어 도망갈 곳이 많았다.

"기다려라, 줄리어스! 널 반드시 잡고 말겠어."

유스티나는 더욱 결심을 다지며 산을 노려본 후 자코 왕국으로 이동해 갔다.

밤늦게 유스티나를 맞은 하룬은 내색 않고 반갑게 맞아주었다. 하룬은 이미 백작에서 후작이 되어 있었다. 더불어 이미 일선에서 물러난 리코의 뒤를 이어 자코 왕국 총사령관이 돼 있었다.

"유스티나! 오랜만이구나. 그래, 무슨 일이지?"

하룬은 유스티나의 얼굴을 알고 있었다. 실상 야스퍼는 리코 후작과의 결투를 잊지 못해 자주 자코 왕국에 들르곤 했었다. 야스퍼와 리코는 마치 재미있는 오락이라도 하듯 대련을 했고, 승부를 가리지 못했다. 두 사람은 서로를 높이 평가하며 틈만 나면 양국을 방문해 실전을 방불케 하는 결투를 벌였다. 야스퍼는 간혹 자코 왕국에 올 경우 유스티나를 대동했다. 대련은 야스퍼가 유일하게 즐기는 오락이나 마찬가지였으므로 자신의 딸을 데려오는 데 주저하지 않았다. 두 사람의 대련에는 종종 하룬도 끼어 있었다. 측량할 수 없는 무력을 가진 소드 마스터의 대결을 어찌 놓칠 수 있단 말인가. 무슨 핑계를 대서라도 참관하려 애썼고, 거기서 종종 유스티나를 만날 수 있었다. 하룬도 유스티나를 매우 귀여워했다.

"하룬 아저씨! 제가 물건을 도둑맞았는데 범인이 레팀논 평원 쪽으로 도주했어요. 물건은 제가 아끼던 것이라 꼭 되찾고 싶어요. 그러니 기병 5백 명만 빌려주세요. 부탁드릴게요."

하룬은 유스티나가 간청하는 모처럼의 부탁을 흔쾌히 허락하고는 즉석에서 레팀논 평원에 주둔하고 있는 병력을 임의로 차출할 수 있는 명령서를 써서 유스타나에게 건네주었다.

"네가 아끼는 물건이라니 반드시 되찾기 바란다. 아울러 병력이 모자라거나 내게 더 부탁할 일이 있으면 주저하지 말고 연락하거라."

병력을 무단으로 차출할 수는 없었다. 그러나 하룬은 다른 속셈이 있었다. 유스타나는 호른 제국의 권력가들이 아끼는 아가씨였다. 바로 라모와 야스퍼였다. 유스타나를 통해 그들에게 어느 정도 은혜를 베풀어두는 건 국익에 도움이 된다. 하룬이 주저하지 않고 병력을 빌려준 이유는 유스타나와의 친분보다는 그 뒤에 버틴 호른 제국의 실력자를 겨냥한 안배였던 것이다.

다음날 유스타나는 자코 왕국의 기사 5백 명을 풀어 산 주위를 포위하도록 명령했다. 그리고 자신은 직접 산속으로 접어들었다. 잡기만 하면 단단히 혼내줄 예정이었다.

그때 줄리어스 황녀는 산 중턱에서 그런 광경을 내려다보고 있었다. 옆에 선 카이만은 땅을 치며 안타까워했다. 지금 기병 5백 명이 산 주위를 말을 달려 오고 있었다. 짐승 한 마리도 놓아 보내지 않을 정도의 철통같은 경비로 보였다. 이럴 줄 알았으면 어둠을 틈타 계속 도망갔어야 했는데……. 의문의 소드 마스터가 무서워 숨을 죽이고 산속에 숨어 있었다. 이제는 움치고 뛸 수도 없게 되었다.

"이제 도망칠 길이 없게 되었습니다, 황녀님! 저 혼자라면 어떻게 빠져나갈 수 있을 것입니다. 제가 즉시 인근의 영지로 달려가 황궁에 알리겠습니다. 그러니 잠시 혼자 계시는 게 어떻겠습니까?"

카이만은 자신의 은신술이라면 빠져나가는 데 별 어려움이 없을 것 같았다. 그러나 황녀를 데리고 움직이면 즉시 발각당할 것이다. 카이만은 황녀의 신분에 혹해 이번 의뢰를 수락한 것이 잘못된 판단이었음을 절감했다. 기껏 로랜드 국의 평민 여자 한 명을 죽이는 일이어서 불평없이 최선을 다해 임무를 수행했다. 그러나 그 결과는 지독했다. 자신이 보낸 열 명의 부하들은 소식도 없고, 자신과 황녀마저도 쫓기는 신세가 되고 말았다. 카이만은 도대체 지금의 상황을 믿을 수가 없었다. 지금 자신들을 무섭게 쫓아오는 여자는 누구란 말인가? 누구길래 감히 도란 제국의 황녀를 잡으려고 자코 왕국의 기병을 동원한단 말인가? 모르긴 해도 황녀 이상의 존재임이 분명했다. 카이만은 자신이 고래 싸움에 끼어든 새우 꼴이라는 데에 절로 한탄이 터져 나온다.

"싫어. 가지 마. 여기 숨어 있다가 사정을 봐서 도망가면 되잖아."

황녀는 막무가내였다. 그저 자신이 홀로 숨어 공포에 떠는 것이 싫었다. 그나마 둘이 있으니 조금 나았다. 그런데 홀로 남겨진다고 생각하니 진저리가 쳐지는 것이다.

카이만은 차마 입 밖으로 내놓지는 않았지만 속으로 욕을 퍼부었다.

'이 미련한 여자야! 네가 사람을 죽이고자 했을 땐 그만한 응보를 받을 줄 짐작하지 못했단 말이냐? 그만한 각오도 없이 사람을 죽이고자 했단 말이냐?'

아무리 황녀지만 이런 지조도 용기도 없는 여자에게 걸려든 자신이 한심스러워졌다.

"줄리어스 황녀님! 여기에 계속 있어보았자 점점 어려워질 뿐입니다. 빨리 구원을 요청해야 합니다. 일단은 살아남아야 복수든 뭐든 가능한 법입니다. 그러니 용기를 가지고 결단을 내리십시오."

카이만이 다시 황녀를 설득했다. 그러나 대답은 엉뚱하게도 그의 뒤에서 들려왔다.

"용기라는 말은 그런 데 가져다 붙이는 게 아냐. 그럴 땐 쥐새끼 같은 도망질이라고 부르는 거야. 알았니, 이 쥐새끼들아!"

줄리어스 황녀는 뒤로 엉덩방아를 찧었고, 카이만은 자신도 모르게 벌떡 일어섰다. 그들의 뒤로 유스티나가 키메라 나이트 두 구를 거느리고 다가오고 있었다. 유스티나는 마법 탐지술을 사용해 작은 소리를 엿듣고 있던 중 둘의 대화를 듣고 달려온 길이었다.

"어… 언니!"

줄리어스 황녀가 입을 벌리며 떠듬거렸다. 그 말을 들은 유스티나가 냉큼 달려들며 줄리어스의 뺨을 연속해서 세 차례나 후려갈겼다.

"꺄악!"

줄리어스 황녀가 갑작스런 모욕과 통증에 비명을 질렀다.

"감히 네 입에서 언니라는 소리가 나와? 내 의동생 듀테를 살해하고도 나를 부를 자격이 있어, 이 못된 계집애야!"

이어 유스티나의 눈이 카이만의 전신을 훑었다. 그러자 카이만은 고양이 앞의 쥐처럼 몸이 움츠러들었다.

"네놈이 은신술 운운하는 것을 보니 바로 암살자들의 우두머리로구나. 넌 도저히 용서할 가치가 없어."

유스티나는 키메라 나이트를 바라보았다.

"저놈을 때려죽여라."

명령이 떨어지자 키메라 나이트가 즉시 달려들며 몽둥이로 카이만의 다리를 후려쳤다. 뚝 소리가 나며 대번에 뼈가 부러지고 말았다. 이어 다른 키메라 나이트는 어깨를 내려쳤다. 어깨뼈가 박살나는 소리도 들렸다. 이어 두어 번의 몽둥이질에 갈비뼈가 부러져 나갔다. 듣고 있던 줄리어스 황녀의 안색이 너무 놀라 꺼멓게 변했다. 마지막 마무리로 몽둥이가 동시에 카이만의 목과 머리에 떨어지는 순간이었다.

쾅—

폭음이 들리며 키메라 나이트 두 구가 뒤로 훌훌 날려갔다. 소스라치게 놀란 유스티나의 앞에 한 사람이 날아 내렸다. 유스티나는 그 인물의 정체를 알고는 놀란 음성을 발했다.

"백부님!"

바로 라모 하레스였다. 라모는 백보신권을 두 번 내질러 키메라 나이트를 물리쳤던 것이다.

라모가 이곳에 나타나게 된 사정은 이랬다. 도란 제국 레팀논 성의 영주는 한밤의 소란 끝에 줄리어스 황녀가 사라진 것을 알았다. 더불어 황녀를 뒤쫓는 의문의 무리가 있다는 보고를 받고는 곧바로 황궁에 이런 사실을 알렸다. 뒤이어 황궁에서 조사팀이 파견 나왔고, 피해 사항과 그간 황녀의 종적을 추적한 끝에 어쌔신 길드와 관련이 된 사실을 알았다. 또 그중 유스티나의 얼굴을 본 사람들의 증언으로 추정한 결과 휠츠리 영주의 딸이라는 사실도 밝혀내었다. 그로써 사건은 명백해졌다. 줄리어스 황녀는 유스티나에게 쫓기고 있었던 것이다.

이에 도란 제국에서는 호른 제국에 곧바로 항의했고, 휠츠리 영지에서 라모에게 소식이 연결됐다. 라모는 유스티나가 키메라 나이트를 가져간 지 며칠 지나지도 않아 이런 일을 벌이자 크게 분노했다. 그래서 바로 레팀논 성으로 공간 이동해 흔적을 추적한 끝에 유스티나를 만날 수 있었던 것이다.

"유스티나! 너에게 정말 실망했다. 내가 너에게 키메라 나이트를 불의한 일에 사용하지 말라 하였거늘……. 감히 사람을 상해하는 데 사용한단 말이냐?"

라모는 유스티나를 준엄하게 꾸짖었다. 유스티나는 백부의 이런 엄한 질책을 처음 받아보자 가슴이 철렁 내려앉았다. 유스티나는 눈물을 흘리며 달려가 라모에게 안겼다.

"백부님! 절 미워하지 마세요. 저도 이런 일에 키메라 나이트를 쓰고 싶지 않았어요. 하지만 줄리어스가 어쌔신에게 의뢰해 제 의동생을 살해했어요. 그러니 제가 얼마나 화가 났겠어요. 제 사정을 이해해 주세요."

유스티나는 라모의 가슴에 얼굴을 묻고 그간의 슬픔이 새삼 떠올라 연신 눈물을 흘렸다. 라모는 유스티나의 양 어깨를 잡아 약간 떼어놓고 그녀의 얼굴을 내려다보았다. 눈물 젖은 유스티나의 얼굴이 보이자 라모는 마음이 약간 누그러들었다.

"인간 세상에는 법과 질서라는 것이 있다. 죄를 지었으면 당연 대가를 받을 것이다. 그러니 네 개인적으로 복수를 하려고 한 행위는 온당치 못했다. 그런 속사정이 있다니 네 심정을 이해 못할 바는 아니지만 넌 엄연히 키메라 나이트를 이용해 사람을 죽이려 했다. 어린 처녀가 그런 악독한 마음을 먹어서는 안 돼. 돌아가면 너에게서 키메라 나이트를 다시 회수하겠다. 대신 다른 소원 한 가지를 들어주마."

그러자 유스티나가 몇 발자국 물러서며 고개를 흔들었다.

"싫어요. 한번 준 걸 뺏는 법이 어디 있어요. 전 키메라 나이트가 좋아요. 다른 건 필요없어요. 백부님! 다신 안 그럴 테니 키메라 나이트를 저로부터 떼어놓지 마세요."

유스티나는 라모가 당장에라도 키메라 나이트를 빼앗을 것 같아 얼른 공간으로 숨겨 버렸다. 그때 자코 왕국 기병이 몇 명 산 위로 올라왔다. 라모는 그들을 불러 지시를 내렸다.

"줄리어스 황녀를 즉시 레팀논 성으로 인도해 주거라. 그리고 저자는 포박해 글로스타 성으로 보내라. 죄질을 조사해 본 연후 판결을 내리겠다."

줄리어스 황녀는 그제야 살았다는 표정으로 일어나 라모에게 고개를 숙였다. 줄리어스의 얼굴에는 공손한 기색이 가득했다. 대륙제일의 기사라는 이름 하나로도 감히 황녀라는 신분을 내세워 거드름을 피울 수 없었다.

"안녕하세요, 라모 하레스 경. 저는 도란 제국의 일황녀 줄리어스 디아고 민투르노예요. 이렇게 도와주셔서 고마워요."

라모는 고개를 끄덕였다.

"황녀께서 고생하셨구려. 어서 돌아가시구려."

라모가 순순히 놓아 보낼 듯하자 유스티나가 질색했다.

"백부님! 저 얘가 원흉이에요. 저 아이의 사주로 이 모든 사태가 벌어졌어요. 그냥 보내시면 안 돼요!"

유스티나가 안타까운 듯 소리쳤지만 라모는 어깨를 두드리며 진정하라는 듯한 몸짓을 보낼 뿐이다.

줄리어스 황녀는 뒤도 돌아보지 않고 산을 내려가 레팀논 성으로 떠나갔다. 그런 줄리어스를 보며 유스티나는 처음엔 죽일 듯 노려보았으나 종내에는 억울한 눈물을 흘렸다. 라모는 그런 유스티나에게 다가가 뒤에서 어깨를 감싸 안았다.

"유스티나! 너무 억울해할 것 없다. 정녕 황녀가 죄를 지었다면 언젠가는 벌을 받을 것이다. 그러니 이 일에 너무 집착하지 말거라."

라모가 유스티나를 위로했지만 좀체로 눈물을 그치지 않았다. 두 사람은 산 중턱에 선 채로 줄리어스가 떠나가는 광경을 계속 내려다보았다. 한참의 시간이 흐른 후 라모는 탄식을 불어냈다.

"신은 신에게로, 인간은 인간에게로……. 만물은 각자의 의무가 있건만 그 의의를 찾는 존재는 몇이나 될까?"

결국 시간이 흘러 눈물을 그친 유스티나는 느닷없는 라모의 발언에 의아해졌다.

"백부님, 그게 무슨 뜻이에요?"

라모는 가벼운 미소를 지었다.

"글쎄. 아직까지 나도 잘 모르겠구나. 그렇지만 유스티나, 인간의 삶은 세월이 흐르면 정말 중요한 것은 따로 있더구나. 아무리 큰 원한도 세월이 흐르면 보잘것없는 잔해가 되고 만다. 그러니 당장 눈앞의 이해와 고통에 얽매이지 말거라. 그런 것들에 붙들려 있으면 진정한 인생의 아름다움을 놓치고 만단다. 나는 우리 예쁜 유스티나가 항상 즐거운 인생을 살아가길 바란다."

유스티나는 라모의 말이 알 듯 모를 듯 느껴졌다. 유스티나는 라모의 말을 다시 되새김질해 보았다. 그런 식으로 두 사람은 서로 상념에 잠겨 오래도록 산 중턱에 머물러 있었다.

〈완결〉

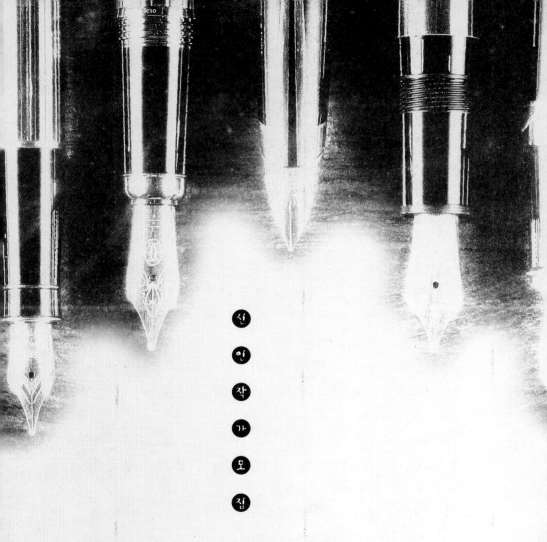